P r e t e n d i n g t o b e N o r m a l

Living with
Asperger's Syndrome

アスペルガー的人生

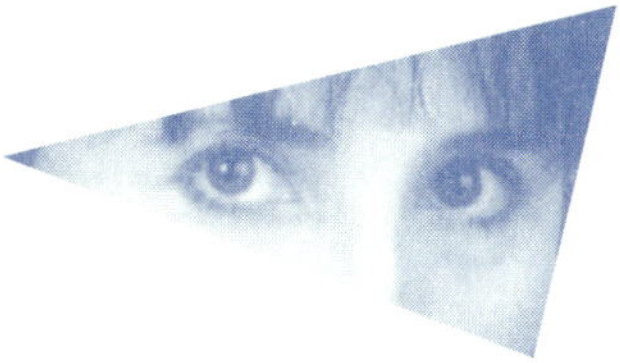

Liane Holliday Willey
リアン・ホリデー・ウィリー 著
ニキ・リンコ 訳

東京書籍

アスペルガー的人生

Pretending to be Normal

Living with Asperger's Syndrome

by Liane Holliday Willey

First published 1999 by Jessica Kingsley Publishers Ltd, U.K.

The Japanese edition published by arrangement through

Cathy Miller Foreign Rights Agency, London, U.K.

Printed in Japan

献辞

私にとっては、どんな仕事も、どんな光景も、どんな感覚も、どんな知識も、わが子らの値打ちには及ばない。リンゼイ・エリザベスとジェナ・ポーリーン、そしてメレディス・マデリンに本書を捧げる。

目次

序文

リアンの自伝を読めば、この世界がアスペルガー症候群の人の目にはどう見えているのかが理解できることでしょう。リアンは、アスペルガーという障害があるがゆえに、われわれの織りなす対人関係の世界では、勝手のわからないよそ者として、とまどいながら生きています。そんな彼女は、自分自身のことを、いみじくも『ちゃんと道がわかっているとはいえないが、かといって丸きり迷っているというほどのことはない人』と述べています。

リアンにはアスペルガー症候群のお嬢さんがいます。わが子の診断がきっかけとなって、彼女は、自分も娘と同じ障害があることに気づくに至りました。そんな彼女は目下、自分がこれまで世の中で――彼女の言い方では、ふつうの世の中で――迷わずに歩む上で役立ってきた手管を、娘さんに伝授しているところです。

リアンの半生は、まさに探索の旅でした。そんな彼女が、これまでの旅の記録をつづってくれました。著者と同じアスペルガー症候群の仲間たちがこれを読めば、自分と同じような感じ方や考え方、自分にも覚えのある経験に触れることができるでしょう。著者はいわば、旅の道連れというわけです。また、リアンはついに、自分を理解してくれ、支えてくれる伴侶と出会うことができました。それを知って、自分の将来に希望を見出す人たちもあるでしょう。彼女は職業の分野でもうまく行っていますし、『私の場合、アスペルガー症候群ゆえの特色は、そのほとんどが、少しずつ目立たなくなり続けている』と言います。

家族や友だちにアスペルガー症候群の人がいるという皆さんであれば、彼らを理解する上で、これまでは気づかなかったヒントを学ぶことができるでしょう。アスペルガー症候群の大人たち、子どもたちは、必ずしも自分の視点を理路整然と説明できるとはかぎりません。リアンは、そんな彼らの代弁者の役割を引き受けてくれました。今度は何が起きるんだろう、リアンはどうやって切り抜けるんだろう、こうして知ったことをわが子のために役立てたい――アスペルガー症候群の子どもを育てる親御さんたちなら、そんな思いから、夢中でページをめくることになるでしょう。

学校の先生方にも、この本はおすすめです。これまでは、理由がわからないだけに、単に型破りだと見られていた行動、一見では異常と思えた行動に説明を与えてくれるからです。

診断や治療にあたる専門家の先生方にとっても、本書は、情報と洞察に満ちた宝の山となりましょう。私自身もこの先、アスペルガー症候群とはどのようなものなのかを解説するにあたって、リアンの言葉をいくつも引き合いに出させていただくつもりですし、臨床の現場でご当人の皆さんを援助する上でも、リアンの教えてくれた作戦をお借りするつもりです。

実に興味深いことに、リアンは本書の末尾にこう記しています。『いくらつらい目にあおうとも、私は、ＡＳを根治させる治療法が見つかることなど望みはしない。それよりも、もっと根絶してほしい病《やまい》はほかにある。もっとありふれた病、実にたくさんの命をむしばんでいる病だ。この病にかかった人は、わが身を絶えず「人並み」という基準と比べずにはいられなくなる。しかもその「人並み」とやらはたいてい、あまりにも完璧で、完全で、現実にはだれ一人達成できないような代物だったりする』これなど、文化的な意味でも、哲学的な意味でも、万人に耳の痛い言葉ではないでしょうか？

リアンは本書の原稿といっしょに、こんな添え書きを送ってくれました。「この本がお気に召しますように。あなたの友、リアンより」

リアンに友と呼んでもらえるとは、何とも光栄に思います。私は、リアンは勇士だと思っています。彼女の本は、世界各地の何千という読者にとって、大きな励ましになることでしょう。

トニー・アトウッド

一九九九年二月

謝　辞

非常に多くの方々が優しさをもって私のこれまでの半生に影響を与えてくれたが、私自身はそれに気が付かなかった。彼らの支援がなかったならば、わたしはまだ演技することしかできないでいたかもしれない。心からの感謝を次の方々に捧げたい。

◎トニー・アトウッド　アスペルガー社会のすべての人々への献身に
◎ＯＡＳＩＳウェブサイトで知り合ったすべてのＡＳの友人たち　現在私が知っている非常に多くのことを教えてくれたことに
◎セイラ・エイブラハムとリサ・ダイアー　たゆまないご指導とご支援に
◎リチャード・カリー牧師　聖なる存在と出会うことを教えてくれたことに
◎大の親友オリバー・ウェバー　彼の大きな笑い声と大手を広げて抱きしめてくれることに
◎モーリーン・ウィリー　姉妹でいてくれることに
◎マーゴ・スミス　友人でいてくれることに
◎母　ジャネット・ホリデー　粘っこさと不屈の精神と勇気をくれたことに
◎父　ジョン・Ｔ・ホリデー・ジュニア　人に頼らずに、高潔・高貴に考えることを教えてくれた
◎夫　トーマス・ウィリー　私が何をしようと支えてくれることに
◎私の大切で完璧な娘たち　リンゼイ、ジェナ、メレディス　私に元気を取りもどす強さと、魂を高揚させる喜びと、二度と演技などしないでよいことを教えてくれる愛を与えてくれたことに

最後に、私が呼びかけたときに応えてくれた天上の神に、飛びきりの感謝を

著者ノート

トニー・アトウッドの著書『ガイドブック アスペルガー症候群』によれば、成人の場合、家族のだれかがASと診断されて初めて、自分もASだと気づく例が少なくないという。私の場合もそうだった。私には七歳になる娘がいる。一年前、この子はASという名前をもらうことになった。これが契機となって、私の家族も、そして私も、自分たち自身について、これまで知らなかったことに次々と目を開かれていくことになる。

それまで私たちはだれも、ASなんて言葉は聞いたこともなかった。ところが、ひとたびASのことを知ってしまうと、どうだろう。われわれ一族のあの人も、この人も、AS的な特徴や性質にあてはまるではないか。そして、私もその一人だった。

私はまだ、自分がASなのかどうか、調べてもらったことはない。現段階では、私の住んでいる地方では、成人のASの診断を行える人が見つからないのだ。でも、そんなことは気にならない。私は、どうしても正式な診断を必要としているわけではないのだ。自分ですでに知っていることを、あらためて教えてもらうだけのことだから。

そんなことより、私が切実に必要としているのは、情報だ。娘を援助するには、どうするのがいいのか？　私がこれからも成長を続けていくには、何をすればいいのか？　世間一般の人々にもっとASのことを理解してもらうには、何を伝えればいいのか？　もっともっと知りたいことがたくさんある。

私は願っている。みなさんがこの本を読み終えた後、自分自身について、あるいは、愛するだれかについて、それぞれに学びの道を歩み始めてくれることを。

リアン・ホリデー・ウィリー

まえがき

自閉症とは、さまざまな状態を傘のように広くカバーする概念だ。能力のレベルも障害の程度も幅広いし、差異の見られる分野も多岐にわたっている。自閉症という診断名は流動的なものであり、どこからどこまでを指し示すかが厳密に示されているわけではない。

科学者たちは、原因はまだはっきりしていないという。教育者たちの間では、対応法について意見が分かれている。サブタイプも多く、心理学者たちはどう分類すべきかわからないという。親たちにしてみたら、何もかもがわからないことだらけ。そして本人たちはといえば、意見さえ聞いてもらえない人があまりにも多い。自閉症は稀なものではないはずなのに、とりわけひどく誤解されている発達障害の一つである。

本書で扱うのは広義の自閉症、その中でも特に、アスペルガー症候群（ＡＳ）である。ＡＳは、自閉症に関連する診断名の中では比較的新しい部類に属する。初めて議論されたのは一九四四年、ハンス・アスペルガーの論文においてだったが、最近になるまで、一般にはほとんど知られることはなかった。にわかに注目を浴びることになったのは一九九〇年代に入り、ウタ・フリス、ローナ・ウイング、トニー・アトウッドといった研究者たちが国際的な舞台でとり上げるようになってからのことだった。

ＡＳをかかえる人々は、障害の度合いが多少軽くはあるが、ほかのタイプの自閉症の親戚たちと同様、社会性、コミュニケーション、そして想像力の分野に障害がある。ギルバーグとギルバーグが一九八九年に発表した診断基準によると、社会的な相互作用の障害、関心の範囲の狭さ、同じ行動習慣《ルーチン》を反復したいという強い欲求、しゃべり方や言葉の奇妙さ、非言語的なコミュニケーションの問題、身体の動きの不器用さなどを持つとされている。とはいえ、これらの症状が実際に現れるときには、各自の全般的な能力レベルによって、その形も程度も幅広く、一人一人が大きく違うものだということを忘れてはならない。

ひと口にＡＳといっても、機能レベルにはかなり幅がある。中には生涯にわたって診断など受けることのない人々も多いくらいだ。ある人は別の診断を下され、ある人は未診断のままでこれからも生きていくのだろう。

最もうまく行っている人たちの場合、「ちょっと変わった人」として、とっぴな生活ぶりにあきれられながらも、ときおりどこからともなく独創的なアイディアをひねり出してはみんなを唸らせることになる。あるいは、生活に役立つユニークな道具を世に送り出してくれる発明家になれるかもしれない。新しい数式を発見する天才になれるかもしれないし、偉大な音楽家や作家、芸術家となって、私たちの人生に輝きを添えてくれる人もいるだろう。

大成功もしないが迷惑にもならない人たちもいる。挨拶しようにもやり方がわかっていない一匹狼、そもそも挨拶をしたいという意欲も薄い超俗の人、蚤の市に通いつめて常連みんなの名前と生年月日を覚えてしまうコレクター、自分の車はすき間なくスローガンのステッカーで埋めつくしてしまう反体制派、どこの大学にでも二人か三人かはいそうなタイプの教授といった感じになるだろう。

やたらと目立つ人たちもいる。遠慮というものを知らず、人のプライバシーを侵害してしまう困った人、どこの食堂にでもいそうな、はるかかなたのテーブルに陣どったグループと平気で会話を続ける常連客、まるでロボットのようなしゃべり方で気味悪がられる人、毎日同じ靴下をはきたがり、朝食も毎日同じでなくては気に入らない人々、道がわかっているわけでもないが、かといって完全に迷子になっているわけでもない人々。そんな人たちだ。

予後にもかなりばらつきがある。本人の能力レベルだけではなく、介入プログラムと当人のニーズとの相性、周囲の人々からどんな援助が得られるか、医療関係者や教育関係者が熱心な働きかけを息長く続けてくれるかどうかといった点にも大きく左右される。とはいえ、予後のよしあしという概念自体、きわめて相対的なものでしかない。だから私は、生活の質を比較し、定量化するにあたって、AS的な特徴の薄さを規準にする考え方は絶対にとらない。つまり、ASの人の側を変えることしか考えないなら、変わってもらうことで社会によりよくなじんでもらおうとしか考えないなら——そもそも、社会になじむとは何を意味するのか、それさえもはっきりしていないというのに——見当違いというものではないだろうか。

ASの人々にも、すばらしい点はいくつもある。そんな人々が、そつのない社交家のコピーになどなれるはずもないし、そんなことを望むのは間違っていると思う。社会の側としては、援助を提案するにとどめるべきだろう。その代わり、本人が生産的で充実した自立生活を送れるようになるために必要と思われるなら、どんな援助も惜しむべきではない。援助の目標はそれ以上であってもそれ以下であってもならない。援助する側が少し出すぎても、逆に内容に不足があっても、社会はあまりに大きな損失をこうむるだろうし、本人たちの失うものはさらに大きい。

トニー・アトウッドは一九九八年の著作『ガイドブック　アスペルガー症候群』で、ASの人々について次のように記している。「……彼らは生命の豊かなタペストリーに織り込まれた一条の色鮮やかな糸である。アスペルガー症候群の人々がいなかったら、また彼らを大切にしなかったら、われわれの文明は実に味気ない、不毛なものとなるだろう。」（原文一八四〜一八五ページ）氏のこの言葉は、先のような意見を実にみごとに表現したものと言うことができるだろう。

1 幼少の頃

ときには、崖っぷちに危うく立っている、そんな日もある。そんな日は今にも落ちそうに、私が私でなくなり、とても自分とは思えぬ姿へ、二度となりたくないと慈悲を乞うような姿へと、今にもはまり込みそうになる。これこそ私の最悪の時。暗黒と暴虐の時、前ぶれもなく襲ってくる危険。もはや降伏するほかはなく、深みへと身を投げれば、私はちりぢりに広がり、広く虚ろな洞を充たす。かと思えば、高台にしっかり立っている、そんな日もある。これまで知らなかったことに気づき、鮮やかに謎が解ける日。そんな日には、元の姿、元の一つの体に戻ることができる。ふり返ることは、後戻りではないとわかったから。ふり返れば、自分が何者かがわかり、これから目ざすべき姿もわかる。ふり返ることで、自由になれる。そのどちらでもない日はたいてい、分水嶺にうずくまり、過去と今の間で、慎重に釣り合いをとる。どちらにも転ばずにいたいから。過去を再訪できるのは嬉しいが、行動主義という冷たい物差しを携えずに行く気はない。私が過去をふり返るのは、無念さをかみしめるためでもなければ、失敗や誤解を探すためでもない。過去は道具、ただの触媒。流されずに考えるため、自分を正しく知るために。三八年を費やしたとはいえ、私がどれほど安心したか、とても言い表すことなどできはしない。ようやく自分を捕まえたのだから。

男の人が、太くて黒いクレヨンを貸してくれた。鉛筆の代わりに、これを使えということなんだな。でもそれならなぜ、ふつうに鉛筆を貸してくれないんだろう。いやな感じのクレヨンだった。形も平べったい。クレヨンなら、丸くなくちゃいけないのに。それに、太すぎて私の手では持つのがやっとだった。バニラ紙の表面を滑る感触も気に入らないし、柔らかくてやたらとべとつくのもいやらしい。それでも私は、渡されたクレヨンをおとなしく使った。母によく言い聞かされていたのだ。これはテストなんだって。これを受けたら、私がどれくらい賢いかわかるんだって。母は私に、怖がることなんかないのよと言ってくれたし、終わったらアイスクリームを買ってくれると約束してくれた。アイスクリームに釣られていなかったら、あんな気持ち悪いクレヨンを握ったりはしなかっただろう。

私はがまんした。小さな絵をいくつも描き、問題文に丸をつけ、積み木でいろいろな形を作った。自分が賢い子なのはよく知っていたし、こんなテストはつまらないほど簡単だということもわかっていた。

三つになる頃には、父も母も、私がふつうの子ではないことに気づいていた。一度きちんと検査してもらってはいかがです、と小児科の先生にすすめられたので、私は精神科に連れて行かれた。そして、いろいろと話をして、知能テストを一つ受けた結果、診断が下された。知能は天才レベルだが、しつけがなっていない。つまり、頭はよいが、甘やかされている——それが診断だった。

これを聞いてから、両親は一人娘のすることをこれまでとはちがった目で評価するようになる。何をしようと、うんうん、この子はちょっと、甘やかしてしまったからなあ、で簡単に片づくようになった。そう、あの頃は二人とも、本当に何も知らなかったのだ。

幼い頃をふり返ってみると、どんなことをしてでも、とにかく同じ年ごろの子どもたちには近づくまいとしていたことを思い出す。本当の子どもたちなんかより、想像の友だちのほうがずっと好きだった。ペニーと弟のジョナ。二人は私の親友だった。といっても、二人の姿は、私にしか見えなかったのだけれど。母の話では、私は食卓でも二人のために席を空けるよう言い張り、みんなでドライブに行くときにも二人をいっしょに乗せて行けとせがんでいたらしい。二人を本当の人間として扱ってほしかったのだろう。

覚えている場面の一つに、アルミホイルの箱を片手に、ペニーとジョナをしたがえてママの部屋に入って行くところがある。アルミホイルで食器を作って、正式なお茶会のしつらえを作り上げる。それが私たちのお気に入りの遊びだった。お皿、ティーカップ、スプーンやフォーク、お茶菓子を並べる大皿、食べ物までアルミホイルで作った。作った食器でお茶会のまねをしたわけではない。ただ、パーティーに必要な道具を作ってセッティングするだけだった。

想像の友だちとは、学校ごっこもした。毎年、学年末になって本物の学校が終わると、私はきまって、学校のごみ捨て場の大きな収集ボックスの中にもぐり込んでは、古い教科書や謄写版刷りのプリント、ドリル帳などを拾ってくるのだった。私がほしいのは、本物の教材。おもちゃの道具を教材に見立てるわけにはいかなかったのだ。

こうして掘り出した宝物は、残らず持ち帰って、大切に、大切に扱うのだった。とりわけ好きだったのは、本をむりやり広げて反らせるときの感覚だった。表紙と裏表紙がくっつくほどに押し広げるときのあの圧力は、今でもよみがえってくる。固くてなかなか曲がらない本の、手に逆らう力も思い出せる。そんなとき私は、すなおに曲がればいいのに、と不満に思ったものだった。そうやって広げた本の背表紙が、ふだんとは逆向きに曲げられて、細い溝になっている中に指を滑らせるのも心地よい。なめらかで、まっすぐで、心を落ち着かせてくれる感触だった。もう一つの楽しみは、ページの間に鼻をうずめて、本の香りを吸い込むことだった。チョークや黒板消し、絵の具なんかといっしょにしまってある間にしみついた、嗅ぎなれたあの匂い。子どもたちの手で扱われた匂い。嗅いでみて思いどおりの匂いがしないと、そんな本にはたちまち興味が失せてしまうのだった。

捨ててある教材の中でも特に嬉しいのは、むらさき色をした湿式コピーのプリントだった。今のような上等のコピー機がなかった頃は、どこの学校でも、この青刷りを使っていたものだ。刷り上がったばかりの青刷りの匂いは、今でも呼び起こすことができる。私の大好きな匂いだ。青刷りの紙は重ねると手に心地よい。枚数が多いときの手にまとわりつく重みは格別だった。青刷りの束を、平らな面の上でトントンとそろえるときの音も、手に伝わる感触も好きだった。

集めてきた教材を使ってペニーとジョナに勉強を教えるなんて、二の次だった。お茶会のときと同じで、楽しみは、道具を美しく並べて場をしつらえることの方にある。私にとっては、おもちゃは、使って遊ぶよりも並べることの方が大切だったのだ。

もしかしたら、私がほかの子どもたちと遊びたがらなかったのは、そのせいかもしれない。子どもは人がせっかく念入りに並べた物を使おうとする。並べかえようとする。やり直そうとする。私は自分のまわりを思いどおりに調えておきたいのに、じゃまばかりする。私の頭の中にある、正しい動きのとおりに動かない。子どもたちは自由を求めるけれど、それは私の許容できる範囲を越えていたのだ。私は、ほかの子といっしょにおもちゃを使いたいと思ったことがない。考えていることを説明しようと思ったこともない。とにかく自分のものは自分のものだと思っていたのだから。

想像の友だち以外に、本当の子どもと遊ぶことがあるとしたら、それはいつも、モーリーンという女の子と決まっていた（彼女は今に至るまで、私の親友である）。モーリーンは今でもこの話を持ち出しては私をからかうのだが、ほかの子と遊んでいるときに折あしく私が遊びに行くと、彼女はあわてて先客を隠していたそうだ。モーリーンがほかの子と遊んでいたと気づくと、私はひどく怒っていたらしい。私も、モーリーンがほかの子といっしょにいるところに出くわすとひどくいやだったのははっきり覚えている。嫉妬していたわけではない。別に、友だちをとられるのが怖かったのでもない。とられるなどという発想ができるほど、人間のことを理解してはいなかったのだから。私はただ、どうして友だちが二人以上も必要になるのか、さっぱり理解できなかっただけなのだ。そして、モーリーンには別の考えがあるなんて、想像もつかなかった。こんなことは私にとっては単純至極な理屈だった。私にはモーリーンがいる。モーリーンには私がいる。完璧ではないか。それ以外の人間は、侵入者でしかなかった。侵入者を放っておいたら、私はまことに困った立場に置かれてしまうことになる。そんな状況、私には絶対に対応できない。そう、もう一人だれかを入れてしまうと、私はその子ともいっしょに遊ばなくてはならなくなるのだ。

私には、集団の原理が少しも理解できなかった。物をやりとりしたり、助けたり助けられたり、誰かのまねをしたり、ルールに従ったり、順番を待ったり。そんな何気ないことを基礎に成り立つ遊びの世界のしくみは、まったく解読不能だった。その頃の私は、子ども同士のつき合いに関しては、まだ勉強の途中だった。自分なりに少しずつ学びはじめて、一対一でならどうにかつき合えるかなというレベルだった。それ以上の人数になると手に負えなかったし、ひどい結果にもなりかねなかった。

ある日のこと。おそらく私は、モーリーンが何度も別の友だちを呼ぶものだから、とうとう頭にきたのだろう。彼女が庭で隣の女の子と遊んでいるところに乗り込んで行くと、だいたい何であんたがモーリーンのうちなんかにいるのよ、と言ったのだった。その子が何と答えたのかは覚えていない。でも、説明を聞きおわるか早いか、その子のお腹にげんこつをくらわせたことだけは覚えているから、よほど気に入らない答えだったにちがいない。

母は私がほかの子と遊べないのを心配していたらしい。何とかしようと、六つのときに私をバレエ教室に入れてくれた。当初は名案のように思えたのだが、これは少しも長続きしなかった。そもそも私は、バレエ自体がきらいだった。あんな複雑な動き、どうしたって覚えられるはずがない。踊るためには左右対称の動き方ができなくてはならない。でも私には、自分の身体の動きを調節することができなかった。第一ポジションだとか第二ポジションだとか、片脚をああしてもう片脚をこうして、さらに両腕はちがう方向を向く——私の脳には、そんな込み入ったことを身体に指示する能力はそなわっていなかった。

バレエをやっていると、いらいらがつのるし、頭が混乱するばかりだった。だいたい、白鳥みたいに動くって何？　何の意味があるの？　白鳥がきゅうくつなレオタードを着る？　白鳥は足のしびれる靴をはいたりするの？　バレエ自体も、バレエの先生の言うことも、非論理的だった。少なくとも、私にわかる論理は一つもない。子どもたちもわけがわからない。みんな、ルールを守ろうとさえしないではないか。

こんな私でも大目に見てもらえたのは最初のうちだけだった。私の方でも、すぐにうんざりしてしまった。結局ある日、先生からが電話があったのを機に、私はレッスンをやめることになる。あのとき先生は喜んでいたのだろうか、それともがっかりしていたのだろうか。未だにわからない。

「ホリデイさん。実は、リアンちゃんはもう、私どもの教室にいらっしゃらない方が、結局はみんなのためになると思うのですが」

「どうしてでしょう?」

「まず、お嬢さんは、思うように体を動かせないようです。でもそんなことより、問題は態度なんですよ。言うことを聞いてくれないのも困りますけど、ほかの子と仲よくしようという気がちっともないんですから。実を申しますと、何にもしていないお子さんを、ただ近くにいたからというだけでぶったりするんです」

なぜよその子をぶったりしたの? 母にきかれた私は、きちんと理由を説明した。私には自明としか思えない理由だった。

「私に触ったから」

「『触ったから』って、どういうことなの?」

「だって、『片手幅で並びなさい』って言われてたのに。片手を広げて、隣の人に触らないように立つことになってたのよ。だったら触っちゃいけないはずでしょう?」

「でもねリアン。わざと触ったわけじゃないのよ。きっと、ちょっとふらっとしたら、当たっちゃったのよ」

「だって、触っちゃいけないはずなのに」

私には、そうくり返すしかできなかった。私にとっては完璧な理屈だったのだが、こうしてバレエのレッスンは終わりになった。

私は次第に、動作よりもことばの方をずっと重視するようになっていった。言われたことは、本当に文字どおり、ことばの表面上の意味のとおりに守っていたのを覚えている。

その頃母はよく、「おうちの屋根が見えるところにしか行っちゃだめよ」という言い方をしていた。それは、私が遠くへ行きすぎて迷子にならないようにという意味の、母なりの表現だった。

ある日の午後のこと、私は小学校の校庭に遊びに出かけた。小学校はうちから四ブロックしか離れていないのだから、怖くもなかったし、遠すぎるなんて思いもしなかった。だから、家に帰ってきた私は、何とも思わずに母に報告した。ところが、どういうわけだかこれが大騒ぎになってしまった。何がそんなに心配なのかしら？　だって学校からおうちの屋根を見ようと思ったら、屋根に登らないと見えないのに。だから登っただけなのに。

これが私の言語理解だった。ことばの世界には、比喩だとか例だとかいうものと、本題とよばれるものとがあるなんて、ずいぶん後になるまでわからなかった。この頃はまだ、私にとってのことばとは、細部優先の、過剰なまでに形式的な規則だった。ことばと意味とは一対一で対応していると思っていた。一つの文に二つ以上の意味があるなんて考えたこともないから、耳にした文がそのまま語り手の意図だと信じて疑わなかった。

アスペルガー症候群の子どもたちは、「他人には他人の考えがある」ということに自分で気づかない。わざわざ教えてもらわなくてはわからないのだ。今日では、アスペルガー症候群についての知識も増えているので、一見当たり前に思えることでも大人が教えてやらなければならないことが知られている。でも私が小さい頃はちがった。他人の意識に関する知識は、どんな子にも生まれつきそなわっていると信じられていたのだ。

両親は、私がわざと逆らっているのだと思い込んでいて、いつも首をかしげていた。どうしてこの子はこう親をなめたことを言わずにはいられないのだろう? こうして二人とも、私に何か言うときには必ず、意味をねじ曲げられないよう、ことばの使い方を工夫するようになった。それでも私はしじゅう、二人のことばを自分流にねじ曲げていた。だって、両親のことばに合わせて、自分の発想の方を曲げるなんて、私には無理だったのだから。

学校の先生方も、私の偉そうな言動を自分なりの理屈で解釈していた。先生方の思い出の中では、私は今でも「強情で反抗的で、でもみんなに可愛がられる、理解に遅れのある子」ということになっているらしい。

両親は知らず知らずのうちに、私に通じるようなものの言い方が癖になっていたから、娘がよそではほかの人の指示に従えないなんて、思ってもみなかったらしい。父も母も、私の注意を引きたければどうしたらいいか、よく知っていた。そして、私が何かに熱中していたら、どんなに変なことだろうと、たいていはやりたいようにやらせてくれた。一枚のガムを何日も続けて噛んでみたらどうなるかなと思ったときもやらせてくれたし、話をするときには、口をいちいち文字と同じ形にしようとしていたときも止めたりはしなかった。本は声を出して読むんだと言えば、それも許してくれた――たとえそこが図書館であっても。何ごとにも、私には私のやり方があった。両親もそれをよくわかってくれていた。放っておいたらトラブルの種になることでもないかぎり、私が本気で努力していることに口をはさんだりはしなかった。

私は、知力の面では恵まれていたので、家では自分の好きな環境で、好きなやり方で学ぶことができた。ところが学校ではそうはいかない。学校に行くと突然、きゅうくつで非論理的な計画やスケジュールに従うよう求められることになった。

学校に上がった最初の年のこと。私たちのクラスでは、生徒の一人一人に番号がつけられていた。なんでもこれは、名前がわりの特別大切な番号なのだそうで、生徒たちは、先生に自分の番号を呼ばれたら、名前を呼ばれたのと同じように返事をすることになっていた。私の論理では、こんなのは無意味な思いつきとしか思えない。無視したのも、ごく自然な反応だった。すると担任の先生はうちに電話をよこして、私が言うことをきかなくて困ると訴えた。でも両親は私の意見に賛成だった。番号で呼ばれて返事をするなんて、くだらない。これからは、うちの娘は名前で呼んでいただきますと言ってくれた。

その同じ年。生徒たちは毎日、昼寝をすることになっていた。「さあ皆さん。マットを出して、お昼寝をしましょうね」という先生のせりふは今でもはっきり覚えている。私は従わなかった。そして、またしてもうちに電話がかかってきた。両親は、今度も学校に来て先生と話をしてくれた。

「リアン、お昼寝しないのはなぜ?」父と母がきく。

「だって、できないから」

「ほら。このとおりなんですよ」

意地の悪い口調だった。両親は続ける。

「どうしてお昼寝ができないの?」

「マットなんてないから」

「マットならちゃんとあるでしょう。ほら、ロッカーをごらんなさい」

「マットなんてありません」

「おわかりいただけました?　このとおり、お嬢さんは本当にがんこなんですよ」

　そう言われても、父も母も、簡単にはあきらめなかった。

「どうしてマットがないなんて言うの?」

「あれはマットじゃないもの。あれはうすべり《ラグ》だもの」私は、正直に、かつ正確無比に答えた。

「そういうことなら」父が続ける。「うすべりの上でなら、お昼寝するかい?」

「先生がしなさいっておっしゃったら、する」

　私はしらっと答えた。

「娘には、うすべりを出して昼寝しなさいと言ってやってください」

　父はそう言うと、母といっしょに私を連れて帰った。

　その当時から、私は子ども心にも、味方になってくれた両親に感謝していたように思う。私はなにも、好きで気難しくふるまっていたわけではない。ただ、物ごとは何でも正しく、正確にやりたかっただけなのだ。でも困ったことに、先生は、私がみんなと同じやり方でことばを理解していると思い込んでいた。本当は、私の言語理解は、ほかの子どもたちとはずいぶんちがっていたのだ。

　子どもはたいてい、秩序もなく、騒がしい場を好む。学校では、しじゅう子どもたちが走り抜け、わめきたて、動き回っていた。とにかくせわしない。何でもまぜこぜにする。静かに遊ぶとか、一人で遊ぶとかいうことを知らない。幼稚園では、私はよく給食室で遊んでいた。いや、「よく」というより、給食室以外のところではほとんど遊ぼうとしなかった。このこともやはり「問題」だったらしく、担任の先生をひどく悩ませることになった。

給食室のおもちゃで遊ぶのでなければ、本を読んでいた。本を読んでいると落ち着く。三歳になる頃にはもう、どんな文章でもすらすら読めるようになっていた。いや、正確にいえば、あたかも読めるかのように見えていた。およそ文字で書いてあるものなら、ほとんど何でも朗読することはできた。ただ、内容まで理解していたとはかぎらない。理解という点では、一年生レベルが限度だった。

たとえ意味はわからなくても、字面を目で追っていくのは心の慰めだった。白い紙に整然と並んだ黒い活字。そのリズミカルなパターン。左から右へ、上から下へと視線を導いていく文字の流れ。どれも心地よかった。句点があるときは止まらねばならない。読点があるとき、段落が変わったときは、一息あけねばならない。そんな規則に身を委ねるのも心地よかった。単語を舌の上で転がす感触も好きだった。たいていのことばは、口の中で、それぞれに違った所を動かすのがたまらなく好きだった。でもときには、耳を痛めつけるような単語に出くわすこともある。嫌いなのはたいてい、鼻音の多すぎる単語だった。そんなことばに出会ったときは、声には出さないことにしていた。体裁の悪い単語も拒絶した。左右が非対称すぎる単語、見てくれの悪い単語、発音が規則に合わない単語も避けて通るのだった。

絵本にはあまり心をひかれた覚えがない。おそらく、絵がついていると、目にした文字を意味と結びつけなくてはならなくなるからだろう。字だけの本を見ている分には、そんな必要に迫られることはない。字だけの本なら、自分の求めるものだけを手にすることができ、何の負担も生じない。

そんな私だったが、八歳になる頃には、内容の理解も朗読のレベルに追いついてきた。とはいえ、読めるのはノンフィクションにかぎられていたのだが。フィクションは難しい。書いてあるとおりのことばかりでなく、もっと想像をはたらかせなくてはならないから。

私が好きなのは、伝記だった。図書館にある伝記は残らず読んでしまった。司書さんは口を酸っぱくして、たまにはほかの本も読んでみなさいと言っていたものだけれど。本当に生きていた実在の人々について読み、彼らが本当に経験したことを読むのは好きだった。題材になっているのがどんな人物であろうと、そんなことは二の次だった。ベイブ・ルースであろうと、ハリー・トルーマンであろうと、ハリエット・タブマンであろうと、かまいはしなかった。野球にも、政治にも、社会問題にもさほどの興味はなかった。それより、今こうして自分が読んでいることばが、事実と対応していることの方に心を惹かれていたのだ。大人になった今でも、方々の図書館であのときと同じ伝記を見かけるたび、私は、自分の中の懐かしいあの場所へ引き戻される。そこでは、印刷されたことばたちは、とても大切で貴重なものだったのだ。

たいていの子どもたちとはちがって、私はよそへ遊びに出かけるのが大の苦手だった。中でも、初めての場所に行くのは怖くてしかたがなかった。外出の予定があると、それを考えるだけで体調を崩してしまうほどだった。母の話では、私をほかの子の誕生日パーティーや遊園地、お祭りのパレード、祖父母の家などに連れていくのはひどく憂鬱だったという。それというのも、連れていく途中で、私は決まって吐いてしまうからだった。母も私も、今でこそ笑って話すことができるけれど、当時は笑い事ではなかった。どうして私は何にでもこうぴりぴりと構えてしまうのか、私にも母にもわからなかった。子どもならだれでも、誕生日パーティーを喜ぶはずではないか。子どもならだれでも、祖父母の家に行くのを楽しみにするはずではないか。子どもならだれでも——でも私はちがった。まるで私だけがちがっているようだった。よそに泊まるなんて、とんでもないことだった。私は一度でいいからお泊まり会をちゃんとこなそうと、本当に本当にがんばった。でも、一度としてうまくいったことはなく、毎回、父に迎えに来てもらうことになって終わるのだった。

家を離れるのは大の苦手だった。わが家のことなら、私にもわかる。家でなら、どこに行けば本が置いてあるかもわかっている。私が命令すれば、犬は必ず従うこともわかっている。台所の戸棚は四角くて、黄色い平皿がきちんと積み上げてある。積み上げられた皿の側面に指を這わせれば、規則正しい凹凸を感じられることもわかっている。下の階の洗濯場に通じるランドリー・シュートに、何度も何度もくり返し、物を押し込んでは落とすこともできる。堅い板張りの玄関ホールを、行ったり来たり、滑ることもできる。ぬいぐるみを一列に並べて、お話をすることもできる。途中で要らぬ邪魔が入ることもない。必要とあれば、ベッドの下にもぐり込むことだってできる。

私の行動が原因で、両親に病院へ連れて行かれることもよくあった。私は堅い物をかじるのが大好きで、歯ごたえさえ良ければ、毒のある物でもかまわずにかじった。アルミ箔で作ったお茶会セットも、遊び終えてしまうと、口に入れて噛み、堅くてかわいらしい球にする。堅いエモリー樫の板も、前歯でかじって粉にした。二つ折りのマッチ箱の、こすって火をつける薬の部分を奥歯ですりつぶすように噛むのも大好きだった。砂糖の小袋は、開けずにそのまま口に入れる。苦い紙の袋をしゃぶっているうちに、ざらざらした、甘い砂糖が少しずつしみ出てくるのが嬉しい。子ども用の糊も、粘土も、パラフィン蝋も食べた。そこまででやめておけば、病院にまでは行かずに済んだのだろう。ところが私は、固形の便器洗浄剤や、衣装だんすの防虫剤も味わってしまった。

両親は、私のおかげで、病院の人たちに、虐待でもしているのかと疑われるようになったと言っている。でも本当のところはどうだろう？　病院の人たちだって、この子はこういう子なんだと慣れっこになっていったのではないだろうか。

ぎざぎざ、ざらざらした物を噛むのが大好きな一方、どうしても触れないほどいやな物もあった。かっちりした物、繻子のようになめらかな物、ちくちくする物、ぴったり吸いつきすぎる物は大の苦手だった。苦手な物のことを考えたり、想像したり、思い浮かべたり——とにかく、意識がそれらと出くわすと必ず、鳥肌が立ち、寒気がして、何とも言えず不快な気分になるのだった。人前だろうとかまわず、着ているものをすっかり脱いでしまうこともしょっちゅうだった。靴もすぐ放り投げた。それも、車で走っているときに。たぶん、こうすれば、こんなやっかいな代物とは永久に縁が切れると思ったのだろう。洋服のタグは引きちぎる。ちぎったところに穴があいて、後で叱られるとはわかっていても、頓着はしなかった。小さい頃の私には、穿けるズボンといえば一着しかなかった。節の多い糸で織った、ざっくりしたポリエステル生地の、青い半ズボンだった。さんざん説得されて、ようやくそれ以外の服を着ることを承知したのは、もうすぐ五つになる頃だったと思う。

敏感だったのは感触だけではない。音にも、光にも耐えられないものはたくさんあった。周波数の高い金属的な音には、神経を引っかかれるようだった。ホイッスル、パーティーで使われる鳴り物、フルートやトランペットなど、それに類する音が割り込んでくると、私の中の静けさはすっかり乱されてしまい、私の世界は居心地の悪い場所になってしまう。まばゆい光にも弱かった。真昼の太陽、反射光、ストロボのように点滅する光、震え、ちらつく光、蛍光燈の光。どれも、目を灼かれるように感じられた。鋭い音とまばゆい光とがいっしょになると、私の五感はすっかり負担過剰になってしまう。頭を絞めつけられたようになり、胃の中はかき回される。脈拍が上がり、心臓は休むひまもなく酷使され、どこか安全な場所を探し回るのだった。

救われるのは、水の中にいるときだった。水面に浮かぶときの感覚は大好きだった。私は自由に動けるようになる。身も心も落ち着いて、ゆったりとくつろげる。水は強く、たのもしい。黒く、重々しい闇で、私を安全に包んでくれるし、静けさを与えてくれる。どこまでもまじりけなしの静けさ。こちらはただ、身をまかせるだけでいい。水にもぐって朝からずっと泳いでいるうち、いつの間にか昼になってしまうのだった。こうして、水の中の静寂に、暗闇に、少しでもしがみついていたくて、私は、がまんの続くかぎり息を止めてもぐり続けた。

一番のお気に入りは自宅のプールだったが、かくれ家はほかにもあった。庭のかえでの木に登り、そのたくましい腕に抱かれるのも心地よかった。木の上にいれば、自分は当事者にならずに周囲を見渡すことができる。観察者という身分で世界に参加できる。私は熱心に観察した。人々の動きの微妙な陰影を見ていると、うっとりと心を奪われてしまう。観察するにとどまらず、観察対象その人になりきろうとすることさえ珍しくなかった。何も、やろうと思ってやっていたわけではない。とにかく、ただやっていたのだ。まるで、そうする以外に選択の余地などないかのように。

母の話では、私は人の特徴やイメージをつかむのが実にうまかったらしい。ときには、外見や身のこなしなど、表面的な特徴をそのまままねることもあった。同級生の誰かが眼鏡をかけ始めたら、おばの眼鏡をこっそり失敬してかけてみる。かえって見えなくなろうとおかまいなし。腕を骨折した子を見た日は、家に帰ると、私も腕が折れたと言い張る。母はとうとう根負けして、小麦粉ねんどでギプスを作ってくれることになった。

でも、外見など以上に熱心にまねたのは、何といっても、他人のふるまい方だった。私は物まねが上手だった。ことばのアクセントやイントネーション、顔の表情、手の動き、歩き方、細かなしぐさ、どれも薄気味悪いほど巧みにまねてしまう。まるで、相手その人になってしまったかのようだった。

まねる相手をどんな基準で選んでいたのかは、今でもわからない。一応、きれいだなと思った子をまねていたことだけは確かだ。もっとも、この「きれい」も私なりの基準だから、一般的な意味できれいだったかどうかはまた別だけれども。どうも私は、相手の全体的な外見はあまり気にとめていなかったようだ。それよりも、顔のパーツの一つだとか、目の色、髪の質感、整った歯並びなどに心を惹かれていた記憶がある。中でも、特に気になるのは、何といっても鼻だった。私はバランス感を重視する人間だから、すんなりと形の整った鼻、「古典芸術のような」鼻を見ると満足するのだった。だんご鼻や上を向いた鼻、曲がった鼻、それに何より、低くてしみや汚れのある鼻を見ると、不満げにじろじろ見てしまうのだった。今すぐにでも手を出してこね直し、自分好みの形に整えてしまいたくなる。皮の下には骨があり、軟骨があるなんて、考えもしなかった。私の頭の中では、鼻の形はいくらでも曲げたり伸ばしたりできるはずだった。それだけに、この世にまっすぐじゃない鼻があるなんて、不合理なことに思えた。

両親に当時の話をきいてみると、物まねが上手なことよりもむしろ、その熱心さの方が不可解だったという。どうしてこの子はこんなに人のまねをしたがるのだろう？　みんなと同じでないと仲間に入りづらいのだろうか？　ちがう人間になりたいのだろうか？

でも、当時の私にそんな考えはなかった。十歳かそれくらいになるまで、自分はほかの子どもたちとはまったく切り離された存在と思っていたのだから。自分をみんなと比較したことなんて、一度もなかった。

まさか自分がみんなと同じ小学三年生だなんて、まさか自分がチームの一員だなんて、そんな発想も思いつかなかった。それはまるで、人の目には見えない生き物のような気分だった。もちろん、頭ではちゃんとわかっている。ほかの人には私の姿が見えていることも、私の声が聞こえていることも、私に話しかけることができるということも、知ってはいる。それでもなお、自分は彼らの世界とは離れたところにいると思っていた。仲間はずれにされていると思っていたわけではない。反対に、こちらが好き好んでみんなを締め出していたのだ。だから、人をいくらじろじろ見たって平気だった。見られた人がいやがるかもしれないなんて、気にする必要も感じない。誰かの人となりの一部をとり入れても、サルマネは恥ずかしいという意識もないし、自分を見失うんじゃないかと怖れることもない。自分がどこにいるかくらい、いつでもわかっているではないか。

たとえ自分を見失いそうになったとしても、取り戻す方法はちゃんと知っていた。子ども部屋のベッドの下に入れば、すばらしいくぼみがある。ヘッドボードのラインのおかげで、くぼみの形は、みごとなまでに左右対称だった。広さは幅三フィート、奥行き二フィートそこそこ。そこに行きさえすれば、必ず自分をとり戻すことができる。物ごとの事情がわからない、まわりがうるさすぎる、刺激が多くて集中できない——理由は何であれ、このままでは自分がばらばらになってしまいそうな気がしてきたら、ベッドの下のくぼみにはまり込めばいい。そうしているうちに、自分もくぼみと同じように四角く、左右対称に思えてくる。しっかり膝をかかえて、千々に乱れる思いの一切を引き戻す。さっきまで血の巡りに乗って全身をかけめぐっていたあれやこれやの考えが骨格の中に収まってしまえば、しばらくは休むことができる。両手の人差し指で耳をふさいで歯をくいしばり、目をぎゅっとつぶったまま、その静けさの中をゆっくりただようことができる。こうしてたっぷり時間をとってから目をあければ、もうだいじょうぶ、すっかり回復しているのだった。

集団生活も二年目に近づく頃には、外でいやな目にあったときのふるまい方のパターンはいくつかに固まっていた。子どもたちの中には、困ったことがあれば攻撃に出る道を選び、腕をみがいていく者もいる。でも私は逆で、静かに退却し、黙って防禦を固める方だった。周囲の状況が耐えがたくなったり、わけがわからなくなったりすると、ただ引き下がって、一人で怒っているのだった。これだって見てくれの良いものではないけれども、外でおおっぴらに暴れるのに比べれば、周囲の評判は良かったはずだ。

かといって、かんしゃくを起こさなかったわけではない。かんしゃくならちゃんと起こした。ちゃんとどころか、当時よく私の子守りをしてくれていたおばたちの話が本当なら、相当しょっちゅう起こしていたらしい。おばたちの証言によれば、私はまたたく間に豹変する子だったという。さっきまで冷静沈着でおとなしかったはずなのに、もう竜巻のように暴れている。たった今、何かに夢中になっていた――たいていは、紙や空き箱で家や街を作っていた――と思ったら、次の瞬間には苦心の作品を踏みつけて地団駄を踏んでいるのだった。なぜ私がいきなり激怒するのか、おばたちには理由がわからなかったという。私は理由を言わなかったのだ。おそらくは、感覚のシステムが負担過剰になって、ある一点を越えたところでスイッチが入ってしまったのではないだろうか。私は感覚の統合がうまく行っていなかったから、頭ではこうやりたいと思っていることを、体がそのとおりにできないことがよくあったが、そんなときのもどかしい気持ちをうまく発散するすべも知らなかったのだろう。自分にはできないことなのにいつまでもがんばり続け、もう限界だということを自覚することもできず、突然、糸でも切れたようにかんしゃくを起こすことになったのではないだろうか。

よそでは決してかんしゃくを起こさなかった理由は、自分でもしかとはわからないが、心当たりはある。ほかの子どもたちがかんしゃくを起こしている姿は何度か見た記憶があるのだが、それが実に恐ろしい光景だったのだ。小さな体躯は気味悪い形によじれ、顔は真っ赤に（ときには紫に）なり、唇は青くなっていく。それはもはや、人間の子どもの形を成していなかった。私の目の前で、さっきまで人間の子どもだったものが、溶け、煮えたぎり、野蛮な生き物へと退行してしまう……。ことによると、私が自分を抑えようとするようになったのは、かんしゃくといえば、そんな恐ろしいイメージと結びついていたせいかもしれない。怒りは家の中だけに閉じこめておけば、スーパーマーケットに棲息するみにくい生き物にならずにすむはずだと納得していたのかもしれない。

こんなことを書いていると、私の子ども時代が暗かったかのように思う人もあるだろう。中には、奇妙で、異様な話だと思う人もあるかもしれない。でもそれはちがう。私にとっては、暗くもなければ、異様でもなかった。あの頃は、いつも映像が流れていた。すべては私のために上映されている映画のようなものだと思っていたから、悪い気はしなかった。気が向いたら飛びこめばいいし、去りたくなれば去ればいい。通行人のように、気楽な立場で観察するのもいい。そう思っていたのだ。ほかの子どもたちは、この世界を私とはまったくちがうふうに解釈しているなんて、考えてみたこともなかった。両親も、そんなことは疑ってもみなかった。同じ年頃の子どもたちなら、この子はどこかちがうなあと気づいていただろう。でもいかんせん、みんなあまりに幼く、無邪気だったから、あまり気にしてはいなかった。

小さい頃の私は、自分で自分を安心させ、暖めるすべを知っていた。大きくなってからも、幼かったあの頃、あの場所に戻りたいと願うことはよくあったし、実は今でもしょっちゅうなのだ。

両親も、精神科の先生も、小児科の先生も、私のふるまいを見て、単に早熟なのだとか、正常だけど独創性が強いのだとか考えて片づけていたものだが、今になってふり返ると、それも無理のないことだとよくわかる。あの頃のみんなにとっては、これが少しでも自閉症と関連のあるものだなんて、想像もつかないことだったはずだ。当時の考えでは、自閉症といえば、自分一人の世界に生きている子どもたちのことだった。自傷行為でけがをする子、奇声を上げる子、怒りに燃え、生涯に一言もことばを発しない子がほとんどだった。自閉症の子どもたちは施設に入れられるものと決まっていて、将来には何の希望もないのだと思われていた。誰もがそう信じている時代だったのだ。単一の学習障害なんてものが存在することも、まだ人々は聞いたことさえなかった。まして私は知能が高い。四〇年前には、知能の高い子に学習障害はなかった。だからみんなも、私に学習障害があるなんて、信じて疑わなかったのだ。

今では、両親もASのことを理解しているから、当時とはまったくちがった視点から私の子ども時代について語ってくれる。以前の両親なら、私が何を思ってこんな行動に出るのか不可解に思うしかできなかった。でも今は、娘の目には外界がどう映っているのかを知っている。知った上で見直してみれば、この子の選択（子ども時代のも、成人後のも）は無理のないものだった、それどころか理にかなっていたと納得できるという。今、家族で当時のことを語り合ってみると、「なるほどそうだったのか！」の連続だ。「ああ、それであんなことを……」という謎解きの合間に、ときおり「いやあ、あの頃はてっきり……」という語りがまじる。そこには罪悪感もなければ、糾弾もない。「あのときああしてさえいれば」と悔やむこともない。今では、調和、秩序、そして結束だけがある。

2　ティーン時代

私の思考は　中央だけが鮮明で、
端へいくほど皺くちゃになり、
縁より外はすり切れている。
意識すれば　鮮明なところだけを見ることもできる。
まん中に目を据え　動かさなければいい
核心から、
明快さの生まれる源から　目をそらさなければいい。
過去の記憶と　現在のささやき声とを　混ぜて取り合わせて
隅々までアイロンをかけて皺をのばすこともできる。
もしも　必要に迫られたなら、
その気になったなら、
外側があまりにもぼろぼろにすり切れたなら。

ティーンエイジ（一三〜一九歳）が通常は平坦な時期とはいえないことは知っている。でも私のティーン時代は、気楽でのんきとまではいかないにせよ、好奇心と発見が目白押しの時代だった。それは、素朴ながらも、意義深い経験だった。無知という包み紙をほどけば、謎がぎっしり詰まった大きな箱が顔を出す。そんな数年間だった。

私は明らかにほかのみんなとはちがっていたし、自分でもそのことは自覚していたはずだ。でもどういうわけか、そのために傷つくこともなかったし、頭を悩ませることもなかった。私はみんなとは丸きり別の思い込みをかかえて生きていたが、私も友人たちも、そんなことは気にもとめなかった。私たちは皆、何でも大らかに受け止めてしまうわざを身につけていたから、ゆったりとお互いをさぐり合い、知っていく余裕があったのだ。

ハイスクールのときのクラスは、いくつかの仲良しグループに分かれていた。私にそれとわかるのは三つだったが、本当はそのほかにもあったのだろう。今の知識で当時の仲良しグループのことを考え直してみると、あれはみんな、興味・関心が共通する者同士で集まっていたのだなあとわかる。ASの人々にとっては、まさに理想的な環境ではないだろうか。

私の属していたグループのことは、今もやすやすと思い出せる。私の仲間たちには、スポーツ選手やチアリーダー、生徒会の役員などが多かった。私がこのグループに落ち着いたのは小学生のときだった。まだ、それぞれの個性が顔を出し始める何年も前のことで、みんな、自分は将来どんな若者になるのか、ハイスクールに進んだら何に打ち込むことになるのか、考えたこともなかった。

私たちのグループは、友情に篤いことで知られていた。安全で、裏切られる心配などなかった。こんなつき合いをいくら求めてもかなわない若者たちがいくらでもいるというのに。

私たちはみんな、歯に衣着せぬタイプの生徒たちで、卑近なことから学問上のことに至るまで、何にでもずばずばと意見を言うグループという評判だった。持論といい、理想といい、ひたすらきまじめで杓子定規だった。接するもののすべてに、とにかく何かひとこと言わないではおさまらなかった。

私にとって、ものごとについて意見を述べるのは、たやすいことだった。どんなときであっても。私は、このグループの中にあってさえ、飛び抜けてぶしつけで、飛び抜けて無遠慮だった。仲間たちにそれじゃ言い過ぎよとたしなめられても止まらなかった。だって私には、どのくらいからが言い過ぎになるのか、見当もつかなかったのだから。大人になった今も、自分の考えを胸にしまっておかなくてはならない理由なんて思いつかない。

この点に関しては、世の中って本当に気まぐれだと思う。意見を求められるときがあるかと思えば、そうではないときがある。斬新なアイディアほど尊ばれるときがあるかと思えば、あたかも事態が目に入っていないかのように全員が黙りこくっているときもある。こんな使い分けは、私にはさっぱりわからない。ほかの人たちは、意見を述べるべきときと、沈黙を守るべきときとを、なぜ見分けられるのだろう？　なぜ自分の判断に自信を持てるのだろう？　私など今に至っても、自分はしゃべりすぎたんだろうかと不安になったり、意図がまちがって伝わったんじゃないかと気をもんだりすることはしょっちゅうだし、あんなこと言うんじゃなかったと悔やむこともある。でも、これだけはとっくの昔に思い知った。この口は閉じられない。私の頭の中身が口からこぼれ出すのを止めるなんて、犬に骨を見せておいてがまんさせるよりも難しい。

ハイスクールでやりたいことが、意見を率直に述べることだけだったなら、私は毎晩、満足して眠りについていただろう。でも私には、ほかにもっともっとやりたいことがあった。自分の力を誰かに証明したかったわけではない。どうしても到達すると決めたゴールがあったわけでもない。ただ、好きだから、何とか出来るようになってみたかったのだ。

ハイスクール時代、興味をひかれた活動は三つある。一つは競泳だった。この頃になっても、水が大好きで、水の中にいれば落ち着けるのは変わっていなかった。でも悲しいかな、私は選手としては物にならなかった。泳ぎが好きなんだから、競泳もできるだろう――私は単純素朴に、そう思い込んでいたのだ。でも現実は甘くない。確かに、部分的には水泳の素質もあった。息は長く続くし、脚で水を蹴る力もある。有酸素運動にも強い。でも競技となると、肝腎な点が欠陥だらけだった。何時間も続けて泳げるとはいっても、それは左右対称に動くならの話で、左右の腕を交互に動かせとか、バランスを考えろとか言われると、もうお手上げだった。たとえば、左腕で水をかきながら同時に右脚の蹴りに気を配るなんて不可能だ。

こうして練習する姿をひと目見ただけで、コーチには見切りをつけられてしまった。それでも、やめろとは言われなかったし、みんなと同じ練習もさせてもらえた。コーチにいじめられたこともなければ、無礼な扱いを受けたこともない。それも当然だろう。いじめようにも、私はあまりにも目立たない存在で、いるもいないも同然だったのだから。

私は何とかみんなについて行こうと、精いっぱいに努力した。練習にはみんなより先に来て、最後まで残った。そうまでしてもなお、覚えるべきことが覚えられなかった。

みんなと一緒に競技会に行ったことも何度かある。でも私には、チームの人間関係のしくみがわからなかった。私は一人で座って、解散の時間が来るまで、時計を見つめているばかりだった。こうして私はチームをやめたが、残念がる人など一人もいなかったと思う。私の方でも、みんなとの別れがさびしかったとは言いがたい。それよりさびしかったのは、水との別れだった。

今でも、こんな夢想をすることがある。もしもあのとき、生徒たちの個性をもっと細かく見きわめてくれる人に指導を受けていたら、どうなっていただろう。この子は運動には向いていないのだと簡単に決めつけるのではなく、協調運動の部分に困難があるのだなと見抜いてくれる人だったら、どうなっていただろう。そこまでは言わないにしても、誰かがもう少し手を貸してくれたらよかったのに。でも、ハイスクールというところは、ある意味で、強い者だけが生き残れる世界だった。この子には特別な配慮が必要だと気づいてもらえ、助けてもらえるのは、よほど困難の重い生徒たちに限られていた。それ以外の者は、ただ放置され、自力で何とかするしかなかった。

自分は水泳選手には向かないとわかると、次は、マーチングバンドに入ってみた。といっても、バンドの方ではない。応援団のチアリーダーを目ざしたのだ。それにしても、何と愚かな選択をしたことだろう。水泳で挫折したのは、左右の手足をバランス良く動かせないせいだったはずではないか。だったら、同じ理由でダンスも難しいはずだとわかってもよさそうなものなのに。

練習のときは、リーダーが前に出て、みんなと向かい合って立ち、手本を見せてくれるのが常だった。なぜあんなことができるのか今でも不思議なのだが、私以外の全員は、目に映った動きとは左右裏返しに体を動せるらしい。リーダーが左腕を動かせば、みんなも左腕を動かす。これが私にはできなかった。向かいに立った人が左腕を動かせば右腕が、右腕を動かせば左腕が動いてしまう。これではいけないとわかってはいる。でもどんな工夫をしようと、「先輩の右手は、私の左手」と何度自分に言い聞かせようと、やはりだめだった。頭ではわかっても、体には伝わらないのだ。

最初の数週間は、右と左の地獄だった。ところがある日のこと、私は思いつく。最後列に立って練習すれば、少しは何とかなるかもしれない。ここなら、自分と同じ方を向いた人たちをまねられるではないか。こうして何時間も何時間も練習した甲斐あって、前の列の人を見てさえいれば、どうにかステップをこなせるようになった。

もちろん、ステップだけではダンスにならない。演技をするためには、第一に、ステップの組み合わさった振りつけを覚えなくてはならない。そして第二に、音楽に合わせて踊れなくてはならない。第一の課題はともかく、もっと難しいのは第二の課題だった。私はすぐにリズムからはずれてしまう。背が高いわけでもないのに、いつも最後列に並ばせてくれと頼み込むのは私だったし、へまをするのもいつも私だった。

結局、ハイスクール時代にダンスの才能が花開くことはなかった。のちに、卒業後にエアロビクスがはやりだしたときも、やはりステップを覚えることはできなかった。覚えられない理由は、ハイスクールのときとまったく変わらない。でも一つちがっていたのは、大人になってからの私は、自分をよく知っていた点だろう。趣味であれ運動であれ、およそ協調運動の含まれるものは、自分にはなかなか習得できない――もうそれを知っていたから。だが、ティーンの頃の私は、問題の根深さに気づいていなかった。自分の不器用さはひととおりではなく、そう簡単に改められるものではないとは知らなかったのだ。

でももしかしたら、それで良かったのかもしれない。もしもティーンの頃に、私にはどうせ無理だと誰かに（あるいは何かに）教えられていたら、あの頃挑戦したことの半分もやってみなかっただろうから。当時の私は、まだ自分中心の発想から抜け出せていなかったがゆえに、こういったことをじっくり考える力がなかったわけだが、それが逆に幸いしたのだと思う。

そんな私だったが、まったくの行き当たりばったりで、運良く自分に向いた分野を見つけることになる。今度は能力も発揮できたし、夢中になってうち込むことができた。朗読と演技のクラブに入ったのだ。

これは私見だけれども、いわゆる文化系の教養派タイプ、舞台芸術を志したりするタイプの人たちはアスピィ（アスペ族）なのではないだろうか。さもなければ、次にすてきな仲間たち、アスペ族の忠実な友となる人たちだ。演技を学ぶ仲間たちの間では、私も十二分に受け入れてもらえた。メンバーの多くは、人は一人一人ちがうものだという考えの持ち主だった。人間の多様性を尊重し、個々人の意見のちがいを許容するばかりか、面白がる人たちが大部分だった。そんな暖かい環境に支えられて、私はおおいに活躍することになる。私のＡＳ的な特性を活かし、現実の場面でも通用する長所として役立てるには、これ以上の環境はなかった。クラブには、私以外にも、個性的な発想の持ち主が何人もいた。そんな仲間たちとの稽古は実に刺激的だった。おかげで私は、ことばとは単に要求を伝達する手段にとどまらないのだという発想を学ぶことになる。私にもようやく、私のままでいられる居場所が見つかったのだ。

私にとっては、言語について理屈で考え、学ぶことも、朗読やスピーチの実演も、小さい頃から今に至るまで、ずっと変わらず深い関心の対象だった。でも、そのすばらしさにここまでひたりきったのは、ハイスクールのときが初めてだった。

ことば、そして、ことばにまつわる一切のものども――これほど私の集中をとらえて離さないものはない。今でも私の本棚には（いつも詰め込みすぎでぎゅうぎゅうの本棚だ）、類義語辞典が数冊、それに辞書が五、六冊、名言・引用句の出典辞典が何冊も鎮座している。個人の回想記、日記もぱらぱらと混じっている。

私にとって、言語の面白さは、主観性よりも規則や正確さが優先されるという縛りにある。まずは単語をしかるべき順序で並べ、調子や釣り合い、つながりや語義といった要素を残らず計算に入れ、その上で初めて、書き手は単語をひねったり曲げたりして、自分の意図にぴったりの表現をさぐることができるのだから。

単語たちは私に、さまざまな楽しみを与えてくれる。そのどれもが、私を魅惑する。私は、単語たちにまつわることなら何から何まで、好きで好きでたまらないのだ。何といっても、単語にはすてきな力がある。左右相称の単語、好みの形の単語は、目を楽しませてくれる。かと思えば、発音するときの抑揚で私をとりこにする単語もある。こちらがそれなりの扱いをするならば――よほどのことがないかぎり気を抜かず、ていねいに扱うならば――単語たちはまるで魔法のように感性を楽しませてくれるし、外界の理解を助けてくれる。なぜなら、一つ一つの単語には、それぞれに人格があり、陰翳があり、学ぶべき教訓があるのだから。

こうして単語たちを慎重に扱うのが昂じて、強迫的な儀式になってしまうこともある。そんなときは、単語を一つ選ぶのに大変な時間がかかったり、一つのセンテンスを、見た目も手触りも音の響きも完璧にしようとひねり回して、とんでもない時間が過ぎてしまったりする。ことば選びに引っかかって、思考の方はストップしてしまうのだ。この状態になると、ほかのことにはいっさい集中できない。完璧な単語、完璧なフレーズが見つかるまで、何一つ手につかない。そんな具合だから、文章を書くという作業は大変なときもある。とはいってもそれは、時間がかかるとか、ほかのことができなくなるのが困るという意味であって、ことば選び自体がつまらないわけでも、空しいわけでもない。

自分でひとり芝居や叙事詩などの原稿を書き、上演にあたって自分の声と混ぜ合わせるのも、すばらしい経験だった。私は自分の声で遊んだ。さまざまに細工し、加工してみた。練習をつみ、これまでになかった声色、これまで使ったことのない調子を発見したし、微妙な音量の調節、複雑なリズムをものにした。自分の声が耳に残す感覚、喉の奥で響くときの震えぐあい、唇をすり抜けるときの感触、どれも心地よい。自分で朗読する作品を書くときは、頭でだけではなく、声も重視してことばを選ぶのだった。むずむずとくすぐったい単語や手触りのすべすべした単語、発音すると体が温まる単語を見つけようと、時間をかけ、苦労してさがすのだった。見た目も、音も、手触りもすてきなことばがいくつも見つかると、これはすばらしい作品になるはずだと思えた。こうして会心の作になったときは朗読もうまくいくときまっていて、コンテストでもたいてい一〇〇人中上位の五人に入ることになった。

スピーチや朗読のコンテストに出場していたのは、もうずいぶん昔のことになってしまったが、自分の声をいじったり加工したりすることはやめていない。最近では、朗読ではなく、日常で耳にする他人の声色をまねるようになったのだ。中でも、ひどく鼻にかかった声や極端に甲高い声、東部なまりや南部なまりの目立つ話し方などを耳にすると、どうしてもまねてみないではいられない。さもないと、まるで鼓膜を濡れタオルで叩かれているように、いつまでも耳が落ち着かないのだ。ところが、気になる声も、ひとたび自分の声でまねてしまえば、何度でも思いのままに再生できる。こうしてもて遊んでいるうちに、あんなにいやだった声も、自分の好きなように編集されてしまい、お気に入りの音のコラージュに組み込んで、味わうことが可能になる。

さて、朗読コンテストでは、たいてい、ラジオ・テレビ部門というジャンルに出場していた。マイクを前にして椅子に座り、自分で書いたニュースの文面を朗読して、審査員に聞いてもらうというものだ。

何よりも好きだったのは、もちろん声を出す部分だったが、一方で、身体を使う演技も楽しかった。非言語的なコミュニケーションや身体動作を求められることになったが、これもよい刺激だった。私は人形。この人形を自分の好きなように動かせばいいんだ——そんなイメージを描くのは、本当に楽しかった。この戯曲に、この詩にもっと深い意味をもたせるには、顔の表情は、視線は、手の動きは、重心の動かし方は、どうするのがよいだろう？ そうやって念入りに計画していくのは、パズルを組み立てるにも似て楽しかった。

当時の私はほとんど自覚していなかったが、この作業は、図らずも非言語的なコミュニケーションの訓練になっていて、演技をしていないときにも役立つこととなる。たとえばこんなことがあった。書いてある文をただ読み上げたときは、声を張り上げないと相手に届かなかったような場面でも、きっぱりした口調で、しかも真剣な表情で切り出せば、ささやき声程度の大きさでも人の耳をとらえられることがある。こんな経験をとおして私は、声のトーンと顔つきが合わされば、かなりの威力を発揮することを学んでいった。

おおぜいの人の前で話すからといって、不安や恐怖を感じることはなかった。人前で話すのは緊張するという人は多いが、私は今でも、その理由がよくわからない。もしかしたら私には、何かが欠けているのかもしれない。ほかのみんなにははっきりわかるのに、何か、私には把握できないような理由があるのではないだろうか?

あるいは単に、人前で話すのが好きだから緊張しないのかもしれない。おおぜいの人の前に立って話すのは、一方通行のコミュニケーションだけに、相手のボディ・ランゲージなど、ことば以外の表現形式にまどわされなくてすむ。仮にどちらかをとれと言われたら、一人や二人を相手に話をするより、おおぜいの前に立って話す方を選ぶだろう。小人数のグループで会話していると、神経はまるで凍った舗道を竹馬で歩いているような感じになる。会話の流れ、話題の移り変わりを見失う。ほかの人の発したことばを踏んづける。自分の頭の中の考えにつまずいて、前のめりに転ぶ。それがほとんど毎回なのだ。小人数の会話となると、一人芝居や朗詠のときのようにはいかない。演技の方が簡単だった。舞台では、つまずくことなんて絶対になかったのに。

私にとって、舞台に立つのは救いであり、解放だった（もっとも、私は一人で演じることしかできないから、独演専門だったけれども）。舞台で語っていると、一日じゅう頭からふり払うことのできなかった思考内容が、すっかり出て行ってくれる気がした。人の生についての奇怪な観察所見も、強迫的に私を悩ませていたおかしな疑問も、すんなりと私の意識を離れ、誰かほかの人の頭に住みかを移す。頭の中の考えを声に出して発音してしまうことで、私はようやく意識を切り替えて、別のことを考えられるようになるのだった。

自分という人間について、弁論や朗読のコンテストを通して学んだことは実に多い。ことに、舞台に立っていないときにこそ、舞台での経験がヒントになるのだった。舞台の上では、およそ考えられるかぎりの人間の感情を、片っぱしから試着してみることができた。ふだんの私には縁のない感情でも、やすやすと袖を通すことができる。気がすめば、羽織ってみたときと同じ気軽さで脱ぎ、元の棚に返すのも自在。次に用があるときまで、そのまましまっておけばいい。なのに舞台以外の場では、たちまちそうはいかなくなる。本心ではないことを演じるだなんて、そんな余裕は失われる。

観客を前にしてできることと、スポットライトが消えてしまってもできること。その落差を初めて思い知ったときのことは、今でも忘れられない。知り合ってまだ日も浅い学友たち（とりわけ、初対面の人たち）の前で、素《す》のままの自分をさらさなければならない場面に置かれて、私はすっかり凍りついてしまったのだ。今でこそわかることだが、このとき、それまでも常につきまとってきたASの困難さが、とうとう無視できないレベルにまで達したのだろう。ふつふつと立ち上ってきた泡が、あるとき器のふちを越えてあふれだすように。それまで冷静さを保っていた私の神経は、冷たく濡れた手で掴まれたかと思うと、白く曇った製氷皿に押しつけられてしまった。

私には、どんなにがんばっても、二つの世界を目立たぬように行き来することができなかった。一方には標準的な人々の住む世界があり、他方には不ぞろいの人々の住む世界がある。どちらか片方の世界を離れ、もう片方の世界に入ったとたん、私はきまって、大声で到着を宣言してしまっているようなのだ。標準の世界を訪れるときはまだいい。自分にも比較的自信を持っていられるし、たいていは冷静さを保つこともできる。ただその代わり、いつよそ者と見破られるか、常にはらはらしていなくてはならないけれども。ところが、一歩横に踏み出して、不ぞろいの世界に入るともういけない。これまで自分を固めていた糊がゆるみ、ちょっとくつろいだ気分になったかなと思っていたら、何の前ぶれもなく、生の神経たちが舞台の中心におどり出て、今すぐめんどうを見ろと騒ぎだす。こちらはその手当てに追われて、舞台の上でなら使えたはずの対話のテクニックも、ボディ・ランゲージも、何一つ思い出せない。この奇妙な異変が起きると、幼い頃によく行ったあの場所に逃げ込むしかできない。周囲で起きていることのいっさいから意識をそらすしかない。みんなの暖かい笑い声や冗談も、互いの近況や計画を語り合う声も、応援や励ましのことばさえも、締め出すしかない。そんなことより、とにかく頭を空っぽにすることに専念しなくてはならないのだ。くり返しくり返し数字を唱え、どこか静かな場所、どこか騒音の追ってこない場所にひたすら焦がれるしかできなかった。

あれはもしかしたら、感覚刺激の負担が限度を越えてしまったのかもしれない。あるいは、次に何が起きるか予測できないせいで、神経がすり減ってしまったのかもしれない。いや、単に、狭い空間で、慣れない人たちのすぐそばにいる感覚が悪かっただけかもしれない。とにかくはっきり言えるのは、あれが恐ろしい体験だったことくらいだ。みんなの顔と顔が混ざり合い、人々の声は調子っぱずれに聞こえだす。自分の五感がさっぱり当てにならなくなる。周囲のできごとはスローモーションになり、やがてストップしてしまう。どこか静かな場所、誰もいない部屋を見つけて、自分を立て直すまでは、元には戻らない。ここまでことが進んでしまうと自分をとり戻すのは容易なことではなくなるが、時間をかけることさえ許されるならば、必ず元に戻ることはできるものだ。

今の私は、あの頃には知らなかったことを知っている。だからつい、この時期のことを現在の知識に照らして見直してみたくなってしまう。こうしてふり返るたび、決まってこんな思いにとらわれる。もしもあの頃、もっと人と交わっていたら、私はもっと学ぶことができていたのではないのか？　独演ではなく群劇に参加していたら、個人と個人のやりとりについて、役立つ情報をもっと学ぶことができたのだろうか？　感情も、表情も、せりふも、誰かに伝え、受け取ってもらわないかぎりは空しいものだと気づいていただろうか？　コミュニケーションとは水平な台に静かに置かれているようなものではなく、自ら生命をもって躍動する、いわば三次元の存在だったのだ。私は遅まきながらようやくそのことに気づいたが、あの頃もっとみんなと近しく関わっていたら、この発見は何年か早く訪れることになっていただろうか？これればかりは、いくら考えたところで答えの出るようなものではないけれども。

ことばにまつわるあれこれを研究し、学ぶのは、私にとって楽しいこだわりの一つではあるが、一番のお気に入りというわけではない。西部開拓時代、それに、ハリウッド製の恋愛コメディ映画への熱中ぶりにくらべたら、あんなものは物の数ではない。テレビで映画を観ているか、膨大な映画雑誌のコレクションをめくっているか、何十冊もある映画史の本を読んでいるとき以外は、西部の開拓時代の本を読みあさっていた。カウボーイや列車強盗、インディアンや開拓者たち、入植者たちの出てくる本なら、フィクション・ノンフィクションを問わず、手当たりしだいに読んだ。一八〇〇年代のアメリカの暮らしぶりにかかわることなら、すべてに熱中した。馬に乗るときも、先住民のまねをして、鞍を置かずに乗った。初めてベビーシッターをしたときは、最初のアルバイト料でカウボーイ・ハットを買った。自分の姓がホリデーだからというので、もしかしたらギャンブラーとしてもガンマンとしても悪名高いあのドク・ホリデーとつながりがあるかもと思い、わが家の家系を調べるなんてことまでやった。

同じ年頃の女の子には、私と同じように昔の西部に熱中している子などいなかった。いや、女の子どころか、男の子にも同好の士はいなかった。それでもみんなは、私が開拓時代のすばらしさについてくどくどと熱弁をふるっても、あからさまにいやな顔をしたりはしなかった。当たり障りのないようがまんしてくれていたが、かといって話に乗ってくれるわけでもなかった。そのうちに私の方でも、友人たちに自分の好きなテーマについて聞いてもらおうとするのは止めてしまったが、頭の中は相変わらず西部のことでいっぱいだったし、一人になれば心置きなくひたりきった。西部劇など、昔の映画は一人で観に行く。これがかっこ悪い行為だなんて、一瞬たりとも考えなかった。西部を舞台にしたテレビドラマが放送されれば、音声をテープに録音する。みんなならラジオを聴くところを、このテープをくり返しくり返し聴く。一人で図書館へ行き、書庫の中をうろついては、アニー・オークレイやワイルド・ビル・ヒコック、シッティング・ブルなどについての文献を片っぱしから引き出していく。誰かを誘っていっしょに調べようなんて、思いつきもしなかった。学校の先生方に、もっとほかの本も読んでみたらどうだとすすめられても耳を貸さなかった。私の目標は、西部劇に登場するすべての人物について、図書館にあるすべての本を読破することなんですと言い返した。あの勢いなら、きっとこの目標は達成されていたにちがいない。

好きなテーマへのこだわりぶりは、しだいにエスカレートしていった。その激しいことといったら、今思えば、仲良しグループのみんなに見放されてもおかしくないくらいだった。こんな私に、そして私のあくの強さに、みんなよく辛抱してくれたものだと驚かずにはいられない。いや、今だからわかるのだが、私がみんなに見放されずにすんだのは、ひとえに親友のクレイグがいてくれたおかげだろう。

クレイグは頭の切れる男の子で、人を笑わせるのがうまく、みんなの人気者だった。彼と連れだって歩いているというだけで、私の地位は自動的に高まるのだった。グループの仲間だけでなく、それ以外の生徒たちまで、好意的に接してくれるのだった。

私たちは、いつだか思い出せないくらい幼い頃から仲良しだった。そして、クレイグはいつからか、私の保護者のような存在になっていた。彼が私の困難に気づいていたのかどうかは、今でもわからない。この人は、具体的に教わらないと人との接し方がわからないんだと、彼は見抜いていたのだろうか。私を見ていると、知らない人や慣れない状況にどぎまぎしているのがわかったのだろうか。私にはわからない。でもどちらにせよ、これだけは確かに言える。私が苦闘しているとき、クレイグは決まって、そばにいてくれた。あるときは目立たないやり方で、あるときはストレートに、気遣いを示してくれた。昼食の時間には私の席を確保しておいてくれたし、教室までいっしょに行ってくれた。パーティーに行くときは迎えに来てくれたし、デートのお膳立てもしてくれた。緊張でがちがちになっていたら笑わせてくれたし、みんなの中で一人ぽつんとしていたら、話し相手になってくれた。私の家族といっしょに休暇旅行に来てくれたこともある。当初招待していた人にキャンセルされてしまったと知ると、穴埋めしてくれたのだ。当の私は、自分が困った立場になっていると気づいてさえいなかったのに、クレイグは気づいて急場を救ってくれたのだ。

クレイグとの付き合いは、私にとってはまさに理想の形だった。あれなら私にだってやっていけた。私だって、みんなとちがっている点を堂々と押し出せるような関係であれば大丈夫なのだ。私のことをよく知っていて、私のコンディションに気づいてくれるような友人は今でも何人かいるし、そんな人たちと一緒なら、安心してくつろぐことだってできる。ただ、連れがどれほど良い友であろうとも、一人ですごすよりいいと思うことなどめったにない。ほかの人たちを見ているかぎりでは、たいていの人には、他者と深く強く結びつきたいという欲求があるらしい。でも私の場合、小さいときから、この種の欲求をあまり感じたことがなく、とりたてて友が欲しいと思ったこともないのだ。かといって、ことさらに友情なんて必要ないと思っていたわけでもない。知っている人にはていねいに接したし、廊下ですれちがうだけの人にも親切にしていた。会話だって、短い、ひねりのきいたやりとりならむしろ大の得意だった。ひとことふたこと、鋭く言い返すだけなら、独演とあまり変わらなかったから。双方向の会話というよりは、演技の稽古で学んだことの応用のようなものだったから。

基本的に、私は同世代の若者たちとのつき合いに淡白だったという言い方が当たっているように思う。実際、みんなとの関係を、痛いほど大切なものと感じてはいなかった。何も、グループのみんなに好意を持っていなかったわけではない。みんなのことは好きだった。ただ、あの頃の私なら、たとえ一人きりでも、仲間と呼べるグループがなかったとしても、さほど苦しまなかっただろうと思うのだ。自分自身との対話、それに自分一人の思考。彼らこそ、いつも変わらず最良の友だった。一人きりで時間を過ごすのは楽しいことだったし、一人で会話し、一人で遊んで十分幸せだった。そんな私も、家に友だちを呼んでいっしょに遊ぶことはあった。でもそれは単に、両親にお友だちは来ないのかと言われたからとか、友だちは家に呼ぶものだと知識として知っていたからとか、その程度の理由でしかなかった。私だって、ティーン同士の付き合いのルールを覚え、守ることはできた。ちょうど、野球のルールを覚え、守るのと同じように。

グループの仲間たちが彼らなりのルールを持っているらしいことは、私にもよくわかっていた。みんなが自分自身に課しているルール、グループに課しているルール、どちらもしっかり意識していた。特に、ふるまい方に関するルール、人との接し方に関するルールは気をつけて観察していた。わけはわからないなりに、とにかくそういうものなんだなと納得する気持ちが半分、理由を知りたいという好奇心が半分で、みんなの行動をひたすら観察しては、微妙なニュアンスのちがいに基づいて分類し、頭の中の回転式ファイルに収納していくのだった。

こうして私は、同級生たちのしぐさに関しては、どんなに細かな特徴も見逃さないほどになった。彼女たちが胸にかかった長い髪を肩ごしにかき上げたり、横髪を耳にひっかけたりするさまを観察しては、これはもはや三つ編みとリボンと巻き毛を用いたアートパフォーマンスなんだなと気づいた。目の動かし方も頭の中に録画した。しゃべり声が大きくなり、活気のあるときには目が大きく見開かれることも、声が小さいとき、話し方が遅いときには伏し目がちになることも知った。みんながしゃべるときの手の動きにも夢中になった。小さな建物のような形に曲がったり、手そのものが信号であるかのように、くるくるとよじれたり。こうして私は、実験を見守る科学者のような態度で、同級生たちを観察した。自分の似姿を見ている気がしたことなど一度もない。私はこちらにいて、みんなは向こうにいるという感覚は常に変わらなかった。

動きと同じように、服装も観察して記憶した。ファッションの流行《はやり》すたりを観察するのはおもしろかったし、今でもいい気晴らしではある。私はただ、人間ならほかにももっとやることがあるだろうに、たかが流行をそこまで重視する必要性が理解できないにすぎない。

同級生たちにとっては、洋服選びは真剣な作業であることは理解できた。みんながお互いのスタイルをまねし合うのを見ていたからだ。自分もこのルールに従って当然と思われていることもわかっていた。ところが、それでは従おうとすると、きまって違反してしまうことになるのだった。これを着ないとルール違反になるんだと頭ではいくらわかっていても、どうしても着る気になれない服が多すぎた。この頃になってもまだ、子どものときと同じく、苦手な肌ざわり、苦手な色、苦手な柄がたくさんあったからだ。股上が浅くて腰ではくタイトなジーンズ。アースカラーのシャツ。がりがりと首を痛めつけるウールのジャケット。どれも私には無理だった。だから、ほんの少し基準をはずれた所あたりで妥協点をさぐるしかなかった。じろじろ見られずにすむ程度にはふつうに見えて、かといって自分も着ていてつらくはない——そんな服がほんの数枚見つかればそれでよしとすることにした。このわずかな「まあまあ服」がどれも洗濯待ちのときは、手持ちの服を無作為に着た。組み合わせが可笑《おか》しかろうとかまってはいられなかったし、気にしないようにしていた。私って流行なんかより、着ごこちと実用性を優先するタイプなのよと押し出すことに決めてしまったのだ。

　これには、私よりも、友人たちの方がきりきり舞いすることになった。彼女たちは寄ってたかって、外見にもっと気をつけなきゃと言ってやめなかった。洗面所へ引っぱっていっては、お化粧のしかたやヘアスタイルの整え方を教えてくれ、私がいかにみっともないかをくり返し教えてくれるのだった。脚のむだ毛を始末しないからひどいことになってるわよ、シャツの裾は外に出さなきゃおかしいわよ、週に何日も同じ服を着ちゃだめよ……。みんなにとりわけ嫌われたのは、私の靴だった。でも靴に関しては、私の方が強硬だった。ごわごわしたキャンバスのテニスシューズや、つるつるすべる革のおしゃれな靴などに自分の足を押し込むなんて耐えられないから、学校にも室内履きで行った。みんなにいくらうるさく言われようと、これだってけっこうかわいいし、おもしろいじゃないの？　と思うばかりで、ちっとも変だと思っていなかった。

私だって、ある特定のルールがきちんと通用している間だけは、何とか合わせていくことができた。ルールは私の忠実な友だったし、それは今もかわらない。私はルールが好き。ルールさえあれば、私にだって事情がはっきりわかる。自分がどんな立場にあるのか知ることもできるし、どうふるまえばいいか知ることもできる。

なのにどういうわけか、ルールは始終変更される。さもなければ、人々の方でルールを破る。どちらにしても私はひどく苦しむことになる。世の中には、決まりごととして動かしてはならないものがあるはずではないか。「ありがとう」の後には「どういたしまして」が続く。ドアは後ろの人が通るまで押さえておくべきもの。高齢者は尊敬すべきもの。列があれば、割り込まずに並んで順番を待つ。図書館では大きな声で話さない。人にものを言うときは相手の目を見る。あげればきりがないが、理屈はどれも同じ。ルールとは地図のようなもので、参照すれば、自分のとるべき行動も調べられるし、相手の出方も予測できる。違反する者がいれば、世界全体がひっくり返ってしまうではないか。

仮に、ティーンエイジャーの世界で通用しているルールが単純明快なものばかりだったなら、そして、すべてのルールが善悪だけを規準に定められていたなら、私だって目立たずに通用しただろう。私の発想のしかたがこうまで人とちがうなんて、私自身も、周囲も、気づきはしなかっただろう。でも現実はちがった。ほとんどのルールは、誰かにとって不便だとわかったとたん、威力を失うらしい。人々にルールを破られてしまっては、こっちまでどうふるまえばいいかわからなくなってしまう。それでは困るから、私は自分なりに工夫して、これまで暗記してきたのとは別のルールを編み出すしかなかった。新しいルールを作れば、進むべき方向も、ペースも、自分の好きなように選べることにはなった。でもその代わり、既成のルールを杓子定規に守っていた頃には目立たなかったような微妙なちがいまでが、くっきりと浮き彫りにされることにもなってしまったのだ。

ほかのティーンたちがよくやっているさまざまなしぐさを仔細に検討していくうち、私は気がついた。人には誰でも、それぞれにおかしな癖があるらしい。そして、辛いときや退屈なときに、それぞれの癖を利用しているらしい。爪を噛む者もいれば、唇に歯を立てる者もいる。髪の毛を噛む者もいれば、筋肉をぴくつかせる者もいる。鼻歌を歌っている者もいたし、舌先で歯の裏を吸う者もいた。足先をこつこついわせる音も聞いた。人々が気持ちを落ち着かせるため、時間をつぶすために従うルールは実に多様だとわかった。でも、私のような方法を好む者はほかにはいなかったと思う。少なくとも、身近な友人たちの間では、いなかった。

私は「切りのいい数字」へのこだわりにとらわれていた。算数は大嫌いだったし、苦手だったけれど、数字にこだわるのはまた別らしい。末尾にゼロのつく数字を追い求めるうち、動作は何でも十の倍数回だけくり返すという癖に発展していった。自転車をこぐなら、一日に十マイル。それも、正確に十マイルでなくてはならない。少し多くても少なくてもぶち壊し。走行メーターの数字をきっちり十マイルに合わせるためなら、途中で自転車をかついで帰ってくることもあれば、ガレージの中でひたすら輪を描いてこぎ続けることもあった。

運動のメニューも十づくしだった。プールでは、底までもぐっては浮いてくる動きを十回で一セットと決めて、十セットくり返した。体操も、十種類の動作をこなした。やはり、一種類につき十回が一セットと決め、十セットくり返すのだった。庭のぶらんこでは、十回回るごとにいったん止めて区切りにした。

階段があれば、何段であろうと十歩めで登り終わりたいから、段をまたいでとばしたり、足踏みしたりして調節した。

それでもこの当時は、自分がこうまでみんなとちがうとは、まだ自覚していなかった。自分のやることには、ほかの人のやらないことがこんなに多かったなんて、自分の考えることには、ほかの人が考えもしないようなことがこんなに多かったなんて――私がそう気づくのは、まだ何年も先のことだった。ハイスクール時代の私はまだ、自分の世界はかなり特殊な世界らしいと、ようやく気づき始めた段階だった。自分の世界はまちがっているんだとも、恥ずかしいとも思わなかった。取るに足りないものとも思わなかった。ただ、特殊で、独特な世界らしいとわかってきたのだ。

この頃の私は、自分が特殊な世界に住んでいようと、いっこうに気にならなかった。みんなから浮いていようと、離れていようと、不自由を感じたことはない。孤独を感じたこともない。友人たちの方でも、私をことさら排除する人などいなかった。無視されたり、避けられたりしたこともない。みんなそれぞれやりたいことに打ち込んでいて、細かいことなどに頓着していなかったのだ。

私のティーン時代の思い出は、すてきな時間、すてきな人たちの記憶で満たされている。いやな経験がないわけではない。もしかしたらあれは不当な扱いだったのかもしれない、危険な出来事だったのかもしれない――そう思えるような出来事はある。でも、そのときの記憶がよみがえっても、ただの悪い思い出よ、私には関係ないわと片づけることができる。だって当時の私はまだ、こうした経験からさほど打撃を受けることはなかったのだから。

ハイスクールでの経験が私に教えてくれたのは、輝かしい未来を心待ちにすることだった。ハイスクーールでの日々は、私に強さと自己洞察、それに自信を与えてくれた。おかげで私は、自分は一個の個人なのだ、大量生産のコピーじゃないんだと信じることができた。

あの頃は、結束の強い仲良しグループの仲間たち、先生方、カウンセラーや指導者《メンター》といった人々の織りなす、狭いながらも密なネットワークがあって、私を守り、導き、すべてを与え、何から何までめんどうを見てくれた。でも、そんなみんなでさえ、私を守り切れるのは、私が故郷を巣立つまでのことだった。卒業とともにみんなの元を離れた私は、たちまち外界の冷たい風にさらされ、ほとんど壊れそうなまでに痛めつけられることになるのだが、よもやそんなことになろうとは、誰も思いはしなかったのだから。

3　大学時代

この世界に願いごとを許されるなら　スケート靴を頼むだろう
凍った水さえ見つければ　たちまち思う存分にほほえみ
笑い　踊り　歓声をあげることができるから。
思い描くのは氷の世界　しっかり凍って揺らがない世界　境目のはっきり見て取れる世界
境目さえあれば　私は安全　生暖かい水からも守られ、視線からも守られ、
とろける思考からも、破れ、こぼれる思考からも　守られる。
そして私は世界にも　一緒に滑ろうと誘うだろう、
私の掴んだ喜びが　いかほどのものか見てほしいから、
だって私は、もう何も恐れずともよいのだから。
そんな日がきたならば　誰もがその人らしく生きられるようになるだろう、
無縁かと思えたものたちも　意外に似ているとわかるだろう、
霧は晴れ、混乱はしずまり　真の理解が私たちをやさしく包んでくれるだろう。

本当は、この章を書くのはあまり気が進まない。自分の十代後半から二十代前半のことを思い返すと、どうにもいたたまれない気持ちになるのだ。後知恵《あとぢえ》というもののおかげで、あの頃わからなかったことも、幾分かはわかるようになった。でも、だからといって、苦い思い出が消えてなくなったわけではないし、どうしようもない恥ずかしさが薄らいだわけでもない。

自分の将来を見通すなんて、一八歳という年齢の若者たちにとっては、ひどく難しいのが普通だろう。限りない可能性の輝かしさに目がくらむ者もいる。かと思えば、行く手に待っているかもしれない厳しい灼熱を思い、おびえて度を失う者もいる。そのどちらになるかは、本人の能力、実力だけで決まるものではない。周囲の人々がどれだけ支えてくれるかによっても大きく左右される。友人や家族、進路カウンセラー、恩師や雇い主、生涯教育の専門家。若者たちには、こういった人々からの支えがぜひ与えられてしかるべきなのだ。

ことに、特殊なニーズのある若者の場合はなおさらだろう。その「特殊なニーズ」というのがどんなものであれ――たとえ、事情を知らない人なら気づかずに見過ごしてしまうほど微妙なものであれ、手厚い援助が不可欠であることに変わりはない。

私の場合、星のように輝かしい未来が約束されているとだれもが信じていた。学業成績も優秀でＩＱの数値も高かったので、高校に入った早々から、この子は大学へ行き、大学院くらいまでは進むだろうと思われ、しかるべきコースに乗せられることになった。通常の統一測定基準では、私が大学・大学院で苦労する可能性を疑う理由など見つかりはしなかった。大学に進む準備が整う頃には、奨学金を受ける手はずも整っていたし、願書を出したすべての学校、すべての学部から合格通知が届いていた。判断材料といえばそれだけだったから、特別なカウンセリングが必要なのではないか、特別指導、個別指導が必要なのではないかなんて気づいてはもらえなかった。普通の大学一年生と同じように、教科書を一そろい、厳しい時間割、それに、これからわが家となる寮の一室を与えておけば十分と思われていた。それ以上の援助を必要としているなんて、はた目にはわからなかった。

人はとかく、外見にだまされやすい。いつの頃からか私は、大規模な総合大学だけが価値あるものだと信じ込むようになっていた。だから、一流の小規模な私立単科大学が奨学金を出してくれるという話があったのに、それを断ってまで、州で一番名の通った総合大学に入学した。これが失敗の始まりだった。入学した大学のキャンパスは、ごちゃごちゃとした、わかりづらい所だった。だだっぴろい敷地に、さまざまな施設が何の規則もなく散らばっていて、しかもひどく混雑していた。おかげで、もともと方向感覚の弱かった私は、たちまち道に迷ってしまった——文字どおりの意味でも、比喩的な意味でも。

今でも忘れられない。授業が終わって教室を出たはいいが、次の教室へ行くのに一番近い道はどこなのか、さっぱりわからないのだ。ドアというドア、廊下という廊下は学生たちの群れに埋めつくされている。これでは頭を整頓するひまもない。しかたなく、人の波について建物を出るよりほかはなかった。あたかも、自分の行く先くらいちゃんとわかっているかのようなふりをして歩く。ようやく人が少なくなってきたところで、自分の現在位置を把握しにかかる。まず、彫刻であるとか、特徴のある建物であるとか、何か目立つ目標物をさがす。そして、それを手がかりに、頭の中に地図を思い描く。

たとえば。シェークスピア論の授業が行われる建物を出たら、噴水が見えるか、道路に出るか、駐車場に出るか、三つに一つ。ここで立ち止まって、次の教室へはどう行けばいいのか考える。次の授業は口頭《スピーチ》コミュニケーション学。教室は、道路を渡り、中庭を抜けた先の建物だ。だから、噴水のそばの出口から出たのなら、右へ曲がれば道路に出るはずだ。逆に、駐車場の近くに出たなら、左に曲がらなくてはならない。ここまで来れば、もうだいじょうぶ。あとは、繁華街に近づく方向へと舗道を歩いていれば、どこかで左側に数段の階段が現れるはずだ。それをのぼれば目ざす建物の裏口に続いている。

建物に入ってからがまた時間がかかる。たいていは、なんの手がかりもなしに試行錯誤するしかない。よほど運のいいときは、絵や陳列棚、塗装のデザインが変わっている部分など、内装の特徴が手がかりになる。でも、そんなことはめったになかった。どこもかしこもベージュ色の壁、ところどころに並んでいる掲示板もまったく同じで、目印にはならない。いくら私でも、階までまちがえるわけではない。でも、ひとたび目ざす階に着いてしまうと、廊下を何度も行き来して、ドア枠の上に刻まれた教室番号だけを頼りに教室をさがすしかなかった。

こんなことをしていたのでは、ようやく教室が見つかる頃には、決まって一〇分か一五分は授業に遅れていることになる。しかも、全身は冷汗でぐっしょり濡れ、すっかりおびえきった状態で。

はじめのうちは、遅刻してもかまわず出席していた。けれどもじきに、講義のまっ最中に部屋に入るのが耐えられなくなってきた。遅れて入るのが無礼な行為であることは知っている。教授に無礼だと思われていることもわかる。そして何より、この無礼さを思うと、こちらの気持ちがくじけてしまうようになったのだ。廊下に座り込んで、ドア越しに講義を聴いたこともある。こうして私はほどなく、休憩時間の一〇分で教室が見つからなかったときは、授業をあきらめてしまうようになる。

授業には休まず出席しなくてはならない。最初から最後まで参加しなければならない。頭ではちゃんとわかっていた。でも、次から次へといろいろな障害が現れて、どうしてもかなわなかったのだ。当時の私は知らなかったことだが、今、思い返してみればはっきりわかる。教室を見つけるとか、授業が終わるまで教室を離れないとか、その程度の課題さえ果たせなかったのは、ASゆえの特徴のせいだったのだ。私はみんなと同じ若者ではなかった。先のことなど深く考えず、気楽に将来を楽しみにしていられるご身分ではなかった。自分で気づいていないだけで、私は絶えずASにいたぶられ、痛めつけられていたのだ。私は怯えたねずみ。ASは気まぐれな猫で、いつ飛びかかってくるかわからない。油断しているときにかぎって襲われる。そんなことのくり返しで、なけなしの理性さえふっ飛んでしまうありさまだった。

何かことがあるたびに、私は結果など考えずに行動した。生物学の授業は、学期のまっ最中にいきなり放棄してしまう。教授が私の目の前にホルマリン漬けのブタの胎児を置いたそのときを境に、二度と授業に出なかった。激しい臭いに襲われ、とても耐えられなかったのだ。こんな時期にやめたらひどい成績が残ってしまうのに、そんなこと考えもしなかった。代数の授業も、たまにしか出なかった。理由は、講師の声の質がカンに障るから。やはり、成績のことなど考えていなかった。演劇論の講座はどれも大好きだったのに、だからといって順調とはいかなかった。中の一つは、使われている教室が苦手なために挫折することになる。とにかく暗くてかび臭く、窓一つない、薄気味悪い部屋だった。あんな部屋、若者の集う場所ではない。廃棄処分を待つ不要品の箱でも積み上げておくにふさわしい――そんな部屋だったのだ。

この時期、私の認知力は日に日にかすんでいく。頭には霧がかかったきり、二度と晴れなかった。空間の認知はうまくできない。感覚はまともに機能しない。問題解決のノウハウも知らない。何でも視覚的な思考パターンに頼りすぎる……。ASの困難はどこまでもつきまとってきた。当の本人は、何もわかってはいなかったのだが。

ろくに授業に出られないのだから、成績もたちまち落ち込んだ。このままいけば、補習のため、集中講義に出なくてはならない。そんなものがこなせるはずもない。でも、いやならどうすればいいのか、どうしてもわからなかった。

私が学生だった七〇年代末から八〇年代の初頭頃には、特殊なニーズをもつ学生の援助を担当する部門は、もうできていたのだろうか。まあ、たとえあったとしても、どのみち私は利用しなかっただろう。相談に行けばいいという発想自体、思い浮かばなかっただろうから。私はそれまで、ふつうの児童・生徒とはちがうと気づいてもらえたことなど一度もなかった。認めてもらえたのはせいぜい、知能が高いということだけだった。だから、何かおかしいと疑ってみるヒントもなかった。特別な配慮を頼めば助かるかもしれないなんて、思いつくこともできなかった。学習スキルパートナー制度や学生メンター制度を利用すればいいのではないかなんて、思ってもみなかった。対人スキルを学ぶためのカウンセリングを受けようと思ったこともない。それどころか、キャリア・カウンセリングを受けることさえ思いつかなかった。ただひたすら、一人で何とかしようとするばかりだった。ことはどんどん悪化していくのに、それでも一人でもがき続けた。

はたから見ている分には、キャンパスで迷ってしまうことと、自分に合ったコースを選べないことが最も目立ち、わかりやすい問題だったかもしれない。でも、一番つらい記憶はそのことではない。問題が教室移動と授業だけだったなら、私だって何とかやっていけたと思う。ほかの学生たちだって、たいていは何とか生き延びているではないか。苦手な科目があって苦労をしていない学生なんてめったにいないだろうし、住み慣れた故郷を離れての生活にいつまでもなじめない学生だって、たくさんいるはずではないか。

本当の苦しみは、私が自分の特異さを気にするようになったときに始まった。私がみんなとちがっているのは、うわべだけのささいなことじゃなかったんだ、自分には欠陥があるんだ、これは恥ずかしいことなんだ――そう考えるようになったのが苦しみの始まりだった。

大学に進めば、生活が大きく変わるだろうということは最初から予想していた。住む土地が変わること、勉強の内容が変わること、これまで以上に自分の責任が増えること、今までとはちがう種類の困難に出会うであろうこと。どれも承知の上だった。でも、対人関係がこうまで変わるとは、思ってもみなかった。

友だちを作り、つき合いを続けていくとはどういうことなのか、まわりになじみ、合わせるとはどんなことなのか、みんなと協力して成果をあげるとはどんなことなのか――ふつうなら教えられなくても自然にわかることが、ASのおかげで私にはまるで見えていなかった。でも、自分には見えていないということさえ、気づきようがなかった。まさか自分がASだとは知らなかったのだから。

暖かい家庭で家族に愛されて育った子どもたちなら、まるでトランポリンにでも乗っているみたいに、子ども時代から若者時代へと飛び移っていく子がほとんどだろう。彼らは神経学的にもバランスがとれているから、楽天的で前向きにもなれる。彼らにとっては、さまざまな経験が、トランポリンでの連続ジャンプのように、なめらかにつながっている。ときおり失敗をしても、すぐに態勢を整えて、今度はもっとうまく飛べばいいんだと思いながら飛び続けることができる。ところが、アスペルガーの人はそうはいかない。転んでも、下にはトランポリンなどない。柔らかいクッションに受け止められて、すぐに準備を整えて出直すなんてできない。ASとは、過去の経験から学ぶのが難しい障害だ。経験を積んでもなかなか一般法則にならないから、問題解決に役立てられないのだ。ASの人々は、転んだときに受け止めてくれるしくみを持たずに生まれてくる。失敗しても気をとり直すためのしくみが生まれつき備わっていないのだ。だから、ことあるごとに地面に叩きつけられ、痛めつけられ、壊れてしまうことになる。私の大学時代をふり返っても、そんな記憶があまりにも多い。

私は大学での人間関係を甘く見ていたのにちがいない。大学へ進んで新しい人たちと出会っても、じきに、地元の町の仲間たちと同じような関係を結べるつもりでいた。でも、そこには大きな誤算があった。地元の町の仲間たちは、何も突然あちこちから無作為に集められてきたわけではない。みんな、幼いうちからたっぷりと時間をかけて、少しずつ互いを知っていき、互いの癖も、風変わりなところも、そんなものなんだと納得しながら固い友情を築いていったのだ。でも私は、そのことを勘定に入れていなかった。進学したとたん、事情が一変するかもしれないなんて、思ってもみなかった。それまでの私は、みんなにも好かれていた。得意な科目では成績もよく、同級生に一目おかれていた。それが変わってしまうなんて予想だにしなかった。大学生というものが、自分たちの規準に合わない人間に対しては、こうも非情になる人々だなんて、知る由もなかった。

進学先が決まり、入学する前の春頃から、私の元には、たくさんの女子学生学友会《ソロリティ・クラブ》から勧誘状が次々と舞い込んできた。社交に重きを置いた会もあれば、勉強熱心な学生の多い会もあった。これほど多くの誘いがあったのも、学校の成績が良かったせいだろう。でも私は、少しも興味をひかれなかった。生活したり勉強したりするのに、何をそんなに群れを作りたがるんだろうと、内心、奇異に思っただけだった。どこかのクラブに入ろうという考えは全くなかった。これまでと同じように、気が向いたときだけ、必要を感じたときだけ、ちょっと行動を共にする仲間たちがいれば、それでよかった。

仲よくなれる人が何人か見つかればいいだろうなとは思ったが、それも、多分に好奇心からのことだった。それにもう一つ、広い世の中に出れば、一人くらいは自分と似た人と巡り合えるはずだと思っていたせいもある。人ごみの中では身震いしてしまう人。大きな音がすれば、耳をふさごうとする人。自分の家のまわりでさえ、迷子になってしまう人。そして、ときおりいっしょに図書館へ行く仲間、ときどきいっしょにサイクリングに行く仲間。そんな人と会えるはずだと思っていたのだ。

私が知っていたのは、大学というところは自由の多い場所で、きゅうくつな価値観に縛られずにすむらしいことくらいだった。学友会《ソロリティ》などの団体のメンバーたちを見ていると、みんなレミングのように統制がとれているではないか。私にはいくら何でも画一的すぎる。あんなつき合いをする仲間がほしいなんてさらさら思わない。彼女たちのライフスタイルも、うらやましく思えない。どこかの団体に所属していることがこれほど重視されているなんて、私は少しも知らなかった。会員証なんか持っていなくたって、友だちの一人や二人、見つかると思っていた。会員という身分の威力を完全に見くびっていたのだ。

そもそも私は、大学を社交の場だと思っていなかった。それ以前に、人とのふれ合いなんて、少しで足りてしまうのだから。私は「友だち」というものをいたって単純に考えていた。友だちとは、何分かのあいだ、場合によっては何時間かのあいだ、いっしょにいて楽しい人。名前は知らないこともあるけれど、顔は見分けることができて、向こうの趣味や関心事をいくつか知っている。そしてたいていは、相手の生活習慣も一つか二つは知っている。これが私の考える「友だち」だった。たとえば、授業に行く途中で、毎日決まった女の子と顔をあわせるなら、そして、彼女が「口頭コミュニケーション論《スピーチ》」を専攻したがっていること、同じ州の同じ地方の出身であることを知っているなら、私の考え方では、その子はもう「友だち」ということになる。親友とは思わないし、行動を共にしなくてはと縛られるわけでもないけれど、それでも、こちらからほほえみかけることのできる相手、教室に着くまでの数分、声をかけることができる相手がいれば、それが友だちだと思っていた。あるいは、もしかしていっしょに図書館に行ける相手ができたら、夕食を共にできる相手ができたら、それもいいかもしれない。でもそれ以上のつき合いは必要なかったし、ほしがりもしなかった。

最初のうち私は、ほかの一年生たちも私と似たようなものだと思っていた。みんな、私と同じようなつき合いを求め、私と同じような相手をさがしているように見えたのだ。ところが、最初の学期が進むにつれ、どうもおかしいと気づいた。私だけがとり残されてしまったらしい。見ていると、何やら派閥のようなものがだんだん固まりつつある。私はそのどこにも属していなかった。故郷の町ではずっと仲良くやってきた仲間とそっくりな顔をした人たちまで、私がいることに気がつかないらしかった。

私にもすぐにわかった。こちらがほほえみかけても、誰もほほえみ返してはくれない。誰も近づいてこない。電話も鳴ることはない。私はいないも同然の人になってしまったらしい。

ある意味では、だからといって気にはならなかった。そもそも一人ですごす時間は好きだし、一人の空間も大切なのだから。それでもなお、来る日も来る日もつまはじきにされているうち、拒絶の重みがしだいに肩にのしかかってくるのだった。それは多分に、なぜ自分が無視されなくてはならないのか、理由が解せなかったせいなのだろう。好きこのんで無所属でいるのと、排除され、しめ出されるのとは、まったく別の経験なのだ。これまでなら、ちょっとほほえみかけて何分か会話をするだけで、親しくなることができていたはずなのに、いったいいつの間に、そしてなぜ、この法則が崩れてしまったのだろう。私にはどうしてもわからなかった。

二学期が始まる頃には、私は完全に孤立していた。ほとんど孤独といってもいいほどの心持ちだった。自分が孤独を感じているだなんて、気づくと腹立たしくてならなかった。自分がみんなとちがう考え方をする人間だということくらい、とうの昔に知っている。これまでだって、そのせいで孤立してしまうこともあったし、変にさびしい気持ちになることはあった。でもこれまでは、そんなときはどうすればいいか、ちゃんと知っていた。次の日、学校へ行ったら、隣の席の子にちょっと声をかけ、話をすればいい。それだけで、すぐに気持ちが楽になる。これまではずっと、そうやって自分で解決してきたのだ。なのに大学では、それが通用しない。声をかけようにも、誰一人、そんな隙など与えてはくれない。人にこんな扱いを受けるなんて、いやでたまらなかった。そして、他人のふるまいに影響されて、自分の生活を乱されていると思うとたまらなかった。こんなのは私らしくない。これまでの私なら、人の態度なんかに踊らされはしなかったのに。

今になって思うのだが、もしかしたら、私のASはこの頃から薄らぎはじめたのだろうか？　変化の激しい外界に突然さらされたおかげで、さまざまな矛盾と真正面から向き合うことになり、ものの見方、考え方が変わったのだろうか？　子どもの頃からいっしょに育ってきた友人たちや、やさしい家族に目をかけ、気をつけてもらえなくなると、私はたちまち転んでしまい、地面に顔をしたたか打ちつけるしかなかった。あるいは私にとって、これこそ必要なことだったのかもしれない。ここで転んでいなかったら、私はあのままで終わっていたかもしれない。自分の中の、まだまだ成長が必要な部分を育てていくことを学ばなかったかもしれない。世の中は万華鏡のように複雑で、絶えず変化するものだとも知らず、そんな世界に生きられる自分は恵まれているのだということにも気づかなかったかもしれない。

いくら広い世間に出ても、ずっと、居場所は見つからないかもしれない、……　そんな気がし始めていた。でも、それはなぜなのか、ならばどうすればいいのか、そこまではいくら考えてもわからなかった。

考えたあげく、私は決心する。みんながやっていることを試してみよう。大学に入った学生たちが通過儀礼を経験する場所――社交目的の学生団体に参加してみることにしたのだ。折りよく、郷里の町で仲のよかった男子学生の一人が声をかけてくれた。所属する男子学生の友愛会《フラターニティ・クラブ》で、女子学生を招いて催し物が開かれるから、出てみないかと言ってくれたのだ。きっと、私が自分の目の前で溺れていくさまを見ていて、できるだけのことはしてやりたいと思ったのだろう。でも一方で、自分などの力では、そう大したことはできそうにないこともわかっていたのだろう。それでも、彼は精いっぱい親切にしてくれた。あれこれ気を配り、手はずを整えてくれて、あとはフラターニティ・ハウス（友愛会のクラブハウス兼学生寮）で待ち合わせるだけになった。そしてこの日が、仲間に入れてもらえるかどうかを試される、一次試験になるというわけだった。

私はおとなしくその話に乗った。でも本当は、考えただけで感覚がおかしくなりそうだった。まるで、陳列棚に売れ残ったおもちゃになったような気がする。毎晩、店が閉まるたび、早く誰かやさしいお客が現れないかな、哀れに思って助けてくれないかなと祈りながら眠りにつくおもちゃ。そんな気分だった。

その日のためにしたくを整えたときのことは今でも忘れない。あのときは、ワンピースを買おうと街に出たのだった。にぎやかな店に入ると決まってひどく混乱してしまう私だったが、それでもかまわずに歩き回った。何を着ても似合わない。何を着てもぴったり合わない。何を着ようと、一〇ポンドも増えたぜい肉は隠せない。結局、ワイン色のふちどりの着いた灰色のワンピースで手を打つことになったのだが、それを着た私は、大学生というよりは学校の教師みたいだった。でも、かまうもんですか。私は思った。ここはとにかく、何でもいいから着るものを見つければいいのよ。何でもいい。いつもの格好で出るわけにはいかないのだ。なぜならふだんの私は、男物のネルシャツとオーバーオールばかり着ていたのだから。

当日はくだんの友人がパーティー会場まで案内してくれて、少しでも私がみんなとなじめるように手を尽くしてくれた。とはいえ、彼だって会の中では新米だけに雑用も多く、私の相手ばかりにかかずらっていられる身分ではなかった。結局私は、最初から最後まで、ほとんど一人で突っ立っていることになった。あのときの感覚は今もまざまざとよみがえってくる。まるで、招かれもしないのにパーティーを荒らしに来た侵略者のような気分だった。こんな場所に来る資格などなかったのだという気がした。それでも、必死で自分と闘ったことも覚えている。ほら、とにかく握手をするのよ、会話を始めるのよ。だが、いくら自分に頼み込んでも、私にはどうしてもできなかった。ほかの少女たちを見ていると、若い男性の集団をたくみにあしらっている。それも、見たところ、何の苦もなく自然にできるらしい。さらに見ていると、彼女たちは握手もしていなければ、ろくに会話もしていない。ただくすくすと笑ったり、きゃあきゃあと笑ったり、髪をかき上げたり、男の子の腕に軽く手を置いたりしているばかり。どうやら、自分に注がれる注目のスポットライトにすっかり陶酔しているらしい。こうして、彼女たちの行動のパターンは読めた。でも私には、どうしても、そのとおりにまねることができなかった。

少しずつ、部屋は参加者をふるい分けていった。ある者は自分の一部として受け入れ、残りの者ははじき出していく。じっと見ていると、男子学生たちのうち数人は、目立たない片隅のソファーへと吸い寄せられていき、また別の数人は、自分の部屋へと通じる廊下へと消えていった。また、女の子のうちの数人がにっこり笑ってありがとうと言うと、外に通じるドアの方へと流れていくのも見た。そのあいだはずっと、科学者のような気分だったのを覚えている。誰が成功し、誰が失敗するか見届けたくて、好奇心でいっぱいだったのだ。ところが、友人が私のようすを見に戻ってきたとたん、私はわれに返った。気がついてみると、私はたった一人でぽつんと立っているではないか。それも、そこここで大小の人の輪ができ、みんなはおしゃべりしたり、笑い声を上げたりしているというのに、私は、どのグループからも六メートルは離れていた。ここにきてようやく私は自覚する。私も、はじき出された側の一人だったらしい。

それから一、二か月たったある日のこと、授業の一つで顔を見知っている女の子の数人とばったり出くわしたことがある。驚いたことに、彼女たちは私に会えたのを大喜びしているし、私と話をする気にもなったらしかった。あのときの気持ちは、今でも思い出せる。関心を払ってもらえていい気分だったし、相手にしてもらえて嬉しかった。その頃の私はそろそろ、さびしさが苦になり始めていたのだ。

彼女たちは私に、今度、いっしょにお買い物に行かない？ と誘ってくれた。買物なんて好きではなかったが、それでも私は喜んで応じた。彼女たちは待ち合わせの時間と場所を告げると、自分たちは学校に車を持って来ていないから、運転してもらえないだろうかと言う。私は快く承知した。どちらにせよ私にとっては、人に乗せてもらうより、自分で運転する方が楽なのだから、なおさらだった。

それからの一週間、私は必死でクロゼットを引っかき回し、おしゃれな大学生として通用しそうな服をさがした。結局、選んだのはブルージーンズとセーター。いつものオーバーオールと、例のパーティーに着て行ったワンピースのほかには、これしかなかったのだ。これならみんなと同じように、ふつうに見える。私はそう思った。服だけでも、ふつうの大学生に見える。これさえあれば、新しい友だちとの一日はうまく行くにちがいない。私はそう思い込んでいた。

とうとう大事な買物の日がやってきた。同級生たちは約束どおり、約束の場所で待っていた。車が見つかると、私は、どこでも行きたいところを言ってねと言った。あまり買物に行ったこともないから、特にどこがいいということもないのよ。彼女たちが指定したのは街のまん中の商店街だったから、方向音痴なのを白状せずにすんだ。車を停められる場所もすぐに見つかったし、何度かやり直しはしたものの、縦列駐車にも成功した。すべては順調だった――車を降りるまでは。

みんなが舗道にそろうか早いか、彼女たちは私に向かって「じゃあ、三時間後にこの場所でね。絶対遅れないでよ」とだけ言うと、すぐに互いに向き直って別の話を始め、歩み去っていく。私などからは少しでも遠ざかろうとして。そんな人たち、その場に放って帰ってきてしまったと言いたいところだが、もちろん私はそんなことはしなかった。

これが一度や二度のことだったら、今頃は覚えていなかっただろう。だが悲しいことに、この一年はずっと、同じようなできごとの連続だった。この日などまだ良い方で、もっと恥ずかしく、思い出すのもつらいエピソードがほとんどなのだ。

ここで問題になっていたのは、ＡＳの特徴の中でも特にわかりづらい、それだけになおさらやっかいな点、同年代の若者たちの会話が理解できないという点だったのだと思う。みんなの話していることばはわかる。誰かが文法をまちがえたら、指摘することもできる。自分に話しかけられたら、何を言われても返事はできる。それでも、みんなが本当は何のことを話しているのかは伝わってこなかった。みんなの使う俗語もわからなかった。行間を読む力がなかったとでも言えばいいだろうか。言外の意味も、あてこすりも、私には縁のない存在だった。窓の外を飛んでいく鳥と同じで、気づかぬうちに通り過ぎてしまうのだから。

みんなの考えていることがわからないのも面白くなかったが、もっと腹立たしかったのは、自分は何度失敗しても経験から学べないらしいと気づいたことだ。私は何度も何度も、同じ罠《わな》に引っかかり続けた。話を聞いた父に、それはみんなに利用されているだけなんじゃないのかと警告されても変わらなかったし、私の自転車を盗んだのは高校時代からの知人だったと知っても変わらなかった。同じ寮に住む女の子がボーイフレンドに私のことを「ダサいでぶ」と言っているのを偶然耳にしてからも変わらなかった。何を見ようと、何を聞こうと、私にはその意味するところが伝わらなかった。私が周囲になじめる望みなど、ありはしなかった。

夏休みになり、すっかりくじけた私は家に帰った。成績は落第すれすれだったし、感覚の機能不全のために足どりさえおぼつかない。そして何より、自分と似た人にはまだ一人も出会っていなかった。一人でもいい、一人でも自分に似た人が見つかっていれば、自分はまともだと思うことができただろうに。

家に帰っても、生活は楽にもならなければ、良くもならなかった。子どものときからいっしょに育ってきた仲間たちはみんな自分の道を見つけ、それぞれの目標、それぞれの未来に向かって歩み始めている。彼らにとってそれでよかったんだとは思ったものの、みんなはいったいどんな生活をしているのか不思議でならなかった。どうしてみんなはそんなにちゃんとやっていけるんだろう?　私は迷子になっているというのに、どうしてみんなは道がわかるんだろう？　みんなが持っているのに、私だけが持っていないものって何なんだろう？　どうしてみんなはあんなに楽しそうで、私はこんなに落ち込んでいるんだろう？　いくら分析したところで、答えは出なかった。

夏休みが終わり、私は大学に戻った。浮かぬ気分だったが、行くしかなかった。学問の世界が好きで、知識が好きで、研究が好きで、論文を書くのが好きだから。どんなにひどい目にあい、どんなに困惑することになろうと、私は勉強を続けたかったのだ。そして、それからの私は、たいていは何とかうまくやっていくことができた。ときおり以前のパターン――一年生のときと同じパターンに逆戻りしてしまったときは別だったが。前と同じパターンにはまってしまうときは、自覚などなかった。毎回、いつの間にやらはまっていて、はかない終わりを迎えてからそれと気づくばかりだった。

そんな私だが、強いときは強かった。それに、少しずつとはいえ、困難に対処するすべも見つけていくことができた。

まず、粘土細工の楽しさを知ったので、陶芸実習のクラスに参加することにした。正式の履修ではないので単位はもらえないのだが、堂々と粘土で遊ぶ口実がほしかったのだ。今でも覚えている。工芸実習室はまるでオアシスのようだった。特に、夜はたいていがらんとしていて、なおさらだった。夜の実習室は何ともすてきな場所だった。とにかく平穏で、神経にやさしく、落ち着いていて、混乱などみじんも感じられない。たまらない魅力だった。ほかの学生たちのざわめきがなければ、集中もできたし、ゆったりと粘土細工を楽しむこともできた。私は陶土をこねてはさまざまな形を作った。どれも奇妙な形で、どんな物にもまるで似ていなかった。細長い水差しになろうが、深いパイ皿になろうが、そんなことはどうでもいい。ただ、粘土で遊びたかったのだ。これほど混じり気なく、これほど魅力的な手ざわりを私はほかに知らない。

一番のお気に入りの場所は工芸実習室だったが、二番めは建築科の建物だった。製図教室の眺めにはすっかり心を奪われてしまう。傾いた製図台、直定規、半月形の分度器、鉄製のコンパス、万年筆やシャープペンシル。製図台に向かう学生たちの姿を、私は飽かず見つめるのだった。一人に一台ずつ、まばゆい電灯が肩ごしに図面を照らしていて、学生たちはそれぞれのデザインに集中している。身じろぎ一つせず、一心不乱に。私にはうらやましくてならなかった。彼らの使う道具が、彼らの落ち着きが、そして彼らの技術がうらやましかった。彼らの一員になれるなら、私は何だって差し出しただろう。でも私にはわかっていた。私にはあんなまっすぐな線は引けない。小さな図形を描くこともできない。それも、デザインを考えるには、数学や工学の知識に基づいて、あれこれ正しい決断をしなくてはならない。そんなことが私にできるはずもない。

今になって考えてみれば、勇気をふるって建築学入門のクラスでも受講してみればよかったのにと思う。彼らと同じ部屋を使わせてもらい、彼らと同じ道具を使わせてもらえば、目もくらむほどすてきな体験ができただろうに。工芸実習室を使うために陶芸を受講したのと同じように、単位を取るためでもなければ内容を学ぶためでもなく、純粋に楽しみのために受講する方法だってあったのに。

建築デザインという分野は、今でも私の大好きな楽しみのひとつだ。今では私も大人になったのだろうか、自分を存分に甘やかし、デザインの与えてくれる喜びにすなおにひたることを覚えた。つらいときや調子の悪いとき、建築デザインは格好の特効薬としてよろずに効いてくれる。わけがわからず混乱してしまったら、あるいは、気持ちがひどく張り詰めてしまったら、私は建築史の本や建築デザインの本に手をのばす。そして、私にも理解できる空間の形、私にもわかる競技場の形に目を向ける。互いに平行な線、まっすぐな線、水平な面ばかりで構成された建物たちは、揺らぐことのないバランスのある世界をかもし出してくれる。語用の失敗、コミュニケーションの失敗の連続に気分がくじけてしまうたび、私は自分のパソコンで自宅設計ソフトを立ち上げて、自分の感性にしっくりくる理想の家を設計する。建物をデザインするという作業には、どこか私の脳のスイッチを入れてくれる要素があるものらしい。

　こうして、自分の心身のシステムを安定させてくれる物が少しずつ見つかるにつれ、ほかの人々の行動原理が理解できないことは、さほど気にならなくなってきた。いや、あるいはただ、人づき合い《ソーシャル・》の技能《スキル》を学ぶのにうんざりしてしまっただけのことなのかもしれないが。私にとって、人とのつき合い方を学ぶのは、勉強と同じだった。外国語を学ぶのと同様、研究し、観察しなければならないのだから。これでは履修する科目が一つ増えるようなものではないか。単にそう気づいて、いやになっただけなのかもしれない。

　いずれにせよ私は、〈人間と認められるための条件〉には関心を失ってしまった。でも、〈人間たちに課せられた条件〉に関心を失うことはなかった。いつも一人でいる学生たちを見るたび、心配になった。一人で映画館に座っている学生、一人で壁を相手にテニスをしている学生、すれちがってもほほえむ相手が一人もいない学生のことは、心配でならなかった。その頃には私も少しは人間関係のことを学んでいたから、友情とはグループ単位のゲームであることに気づいていた。ゲームに参加しているのは、所属するグループのある男女、しきりにくすくす笑う男女だけであって、打ちしおれたはぐれ者たちは含まれていないらしい。さらに私は、自分はそのどちらでもなく、両者の中間あたりにいることも自覚していた。私だったら、一人で歩こうと、一人で座っていようと、一人で何かをしていようと、うなだれもしなければ肩を落としもしない。元気をなくしもしない。感覚の機能不全か何かのせいで気分のすぐれないことはあっても、耳にした音やことばがわからずに混乱することはあっても、一人だからというだけの理由でつらい思いをすることもなければ、居心地の悪そうなふるまいをすることもない。私の置かれている状況と、あの悲しげな人々の置かれている状況とでは、何か大きな差があるにちがいない。それはわかっていた。でも私はこうして、自分のさびしさを少しでもまぎらわす方法を見つけることになった。

私は、友だちという存在に対して、あまり多くを要求しない。これをしてもらわなくては、これをしてほしいということもない。友だちとはこうあるべきという思いもない。そんな私だから、友だちのいない人たちにはうってつけの相手だった。ただあいさつをする。さりげない、短い会話をする。そんな行為が、みんなの仲間に入れない人たちにはぴったりだったのだ。人づき合いの輪から外れている理由はそれぞれちがっても、孤立している者どうし、隣人であることに変わりはなかった。だから私は、機会さえあれば必ず、ささやかな友情の印を精いっぱい送ることにしていた。私が気にかけているのが向こうに伝わっていたかどうか、それは今でもよくわからない。私が親しみを示すことで、彼らが少しでも胸を張る助けになっていたのかどうか、それさえもわからない。でもこれだけはわかる。彼らは私を助けてくれた。誰かにほほえみかけて、ほほえみが返ってくるたび、自分が心地よく感じられたから。学生食堂で順番待ちの列に並んでいるとき、孤独な仲間が私に口をきいてくれると、その日は一日じゅう幸せな気持ちでいられたから。こちらから話しかけてみて、会話がちゃんとつながったら、わくわくすることができたから。当時の私がしていたことは、人と人とのつながりとしてはごく単純なものだった。そして、私にはそれで十分だったのだ。

　私は学部を終えると修士課程に進んだ。そのことが問題を深くしたとは思わない。たとえ進学せずに就職していたとしても、この混乱と苦しみは変わらなかっただろう。でも、ＡＳのことを知っていたら避けられた苦しみはたくさんあったはずだ。私だけではない、ＡＳをかかえて生きる人なら誰にでもいえることだろう。もしあのときの私にＡＳの知識があったなら、もしも「柔軟性を欠く思考」「語義＝語用障害」「社会性の障害」「反響言語」「協調運動の問題」「感覚統合の機能不全」「聴覚情報の弁別」といった用語を客観的に理解できていたなら、これらの用語こそが私という人間の本質を指し示すものだと気づいていたなら、進むべき道を少しは手直ししていただろう。もっと小さな学校を選んでいただろうし、もっと理解のある学校を見つけることもできたかもしれない。自分のニーズ、自分の問題点は大多数の学友たちとはちがうけれど、だからといって人間として価値がないとか、能力がないとかいうことにはならないのだと納得できただろう。そして何よりも、必要な援助を求めていただろう。私は切実に援助を必要としていたのだから。

　当時の私は、自分はＩＱも高いのだし、学校の成績も良かったのだから、何があろうと自力で解決できるはずだと思い込んでいた。でも実際には、ＩＱや成績など、私の目をくらませ、偽りの安心感を植えつける役にしか立たなかった。そんな根拠のない安心感など、ＡＳゆえの困難という現実にさらされたとたん、たちまち消え去ってしまった。残された私は、恐怖に凍りつくばかりだった。

　知能だけでは世の中は渡っていけない。それに気づいたのは大きな打撃だった。その上、私のような感じ方をしている人なんて誰一人いなかったではないかと思うと、すっかり動転してしまった。新しく友だちを作るには、自分にはとうてい不可能な努力が必要なのだとわかって、すっかり弱ってしまった。今になって思えば、大学時代の私に友だちができなかったのもむりのない話だった。私は、ほかの人々のことをあまり理解していなかった。そして、ほかの人々の方でも、私のことをあまり理解していなかっただろう。友だちがいないのでは――といっても、私の考える意味での「友だち」だが――頼る人などほとんどいなかった。どうすれば周囲に適応できるのか、どうすれば持っている力を最大限に発揮できるのか、同級生から学ぶこともできない。これでは、首尾一貫した一人の人間として、自分を保つことなどできなかった。私はばらばらになっていくしかなかった。

大学での六年間を終える頃には、私もさすがに疲れていた。失敗の連続にやる気をなくし、すっかり絶望していた。ほかの人たちがあんなに簡単そうにこなしていることなのに、どうして自分にはできないのか、まだわからなかったのだから。

それでも、すべてが終わりになったわけではない。こうしてじわじわと混乱の世界へとすべり落ち、くり返し不安発作に襲われるようになったおかげで、大学のカウンセラーのところへ相談に行くことができたのだ。このとき、このカウンセラーの教えてくれたことは、これまでにないほど役に立ってくれた。自分の長所と短所を確認してみなさい。自分は何をしたいのか考えて、そのためには何ができるか、計画してみなさい。むりのない成功、手の届く成功を目ざして、プランを立てなさい……。

そんな助言をしてくれただけではない。助言以前のこと、もっと基本的な、事情を知らない人にはただの常識じゃないかと思えるようなことまで、彼女はことばにしてくれた。もっと人と接する場所に出なさい、戸外の空気の中で運動をしなさい、仕事をさがすなら、友だちの見つかりそうな仕事にしなさい、自分にとって一番楽しめることをやりなさい、好きなこと、趣味を大切にしなさい。そして何より、自分に不完全なところや変わったところがあるからって、謝るのはおよしなさいと教えてくれたのだった。たった一度、それもたった数時間話しただけで、このカウンセラーは気づかせてくれた。私は有能な女性だということを。そして、日々の生活の困難を何とかコントロールし、うまく暮らしていける方法さえ見つけられたなら、これからたくさんの仕事を成し遂げられるはずだということを。ふつうの人にとってもすばらしい助言だろうが、ASをかかえる者にとっては、命を救うほどの教えだった。

その後の私は長年、自分の大学時代を美化しようとしてきた。大学時代とは本来すばらしい時期であるはずなのだから、そのとおりにしたかったのだ。だから、楽しかった日の記憶、楽しかったエピソードだけを拾い上げてはつなぎ合わせ、本当はたまにしかなかったのに、いつもそうだったかのような気分にひたろうとするのだった。以前の私なら、こんなのは自分をあざむくことだ、また芝居をするのかという気がしていた。でもここ数年、次第にものごとを客観的に見られるようになってくると、昔のことについても前よりよくわかるようになったらしい。つらいできごとを思い出せば苦い気分が残るのは同じだが、当時の記憶の中にも、以前はわからなかった人のやさしさ、温かさが現れているのに気づくようになった。あの人はきっと、私と友だちになろうとしていたのだ……。今頃になって、そう思える人が何人もいる。そんな一人、ある少年の記憶はまるで昨日のようによみがえる。彼と交わした会話もそっくり聞こえてくる。共通の趣味について語り合ったことばも聞こえてくる。そして何より、彼の顔も目に浮かぶ。ことばを交わしていたときの彼の表情も見えてくる。もしも今日、彼があの日と同じ表情で私を見たなら、私にだって、それが好意とやさしさの表情だとわかるだろう。でも私は、チャンスがあったときには、何もしなかった。少年は友だちになりたいと意思表示していたのに、私にはそれが読み取れなかったのだ。もしも今、同じ友情を差し出されたなら、私はのがしはしないだろう。今なら私にも、彼の表情の意味するところがわかるから。

もう一人、大学生活最後の年につき合っていた男の子のことも思い出す。彼とつき合っていたときの私は、足をとられることもなく青年期のAS最大の苦難をまたぎ越えることができた。大学で本当に親しくなったのは、彼一人だった。苦労をものともせず、私を理解しようと歩み寄ってくれたのは、彼一人だった。彼にとってはかなりの道のりだったことだろう。よほどの忍耐をもって歩まねばならなかったことだろう。私がどんな人間なのか何としても知りたいという決意があればこそ、できたことだったのだろう。この友人は、自ら道を拓いて私の世界に分け入り、私を迎えに来てくれた。私の方から自分の世界へ来るべきだなどと要求したりはしなかった。

人生とは皮肉なものだ。おそらく彼は、自分のしたことの大きさに気づいてさえいないだろう。彼にとって私は、楽しい遊び仲間であり、人生のほんの一時を共にする道連れでしかなかった。でも彼は、私が同じ年頃の人間の娘たちと共同生活をする代わり、犬二頭、猫五匹と暮らしているのを見ても、顔色を変えたりはしなかった。私にはおかしな癖があって、何でもしつこく知りたがっては人々を質問ぜめにしていたのに、何も言わなかった。私が過剰な感覚刺激を処理しきれなくてパニックを起こしていても、いつも辛抱づよく、ひたすらその場で待っていてくれた。こんな私をおかしいと言うこともなければ、批判することもなく、ただ私を私のままでいさせてくれた。仮に世界中の誰もが、彼と同じくらいゆったり構えてくれることができるなら、アスペルガー症候群などという名前は必要なくなるのではないだろうか。

4　社会に出て

もしも道が見つかったなら　行き先がわかるのだろうか?
見つかることで何かが変わるだろうか?　それともずっと同じだろうか?
今の自分がここにいようと　あそこにいようと　その間のどこにいようと
本当はそんなこと　大したことではない、
行き先さえわかっているならば。

二十代も半ばにさしかかった頃の私は、〈優秀な成績で学校を卒業したばかりの若者〉と、〈公園で鳩を相手にしゃべるどこか変な女性〉の中間あたりにいた。いや、中間というより、両方といった方が正確かもしれない。

その頃には、その場その場の状況に応じて、自分本来の姿はなるべく隠さなくてはならないことは理解していた。就職の面接の最中に独り言を言うことは許されないといったことも。道ゆく人にじろじろ見られたくなければ、それなりの服装をしなくてはならない。たくさんの犬と猫に囲まれ、動物園のような家で暮らしていることも、言っていい相手と言ってはいけない相手がいる。前よりは世の中を客観的に見られるようになってきたのだろう、自分にはルールの意義がわからなくても、それどころか、違反しても実害などなさそうに思えても、とりあえず精いっぱい従わなくてはならないことも学んだ。相手によっては、少々浮き上がろうとも大目に見てもらえることもあるが、たいていの場ではなるべく目立たないように合わせなくてはならないこともわかっていた。二十代になる頃には、こういった前提条件はおとなしく受け入れることを学んでいた。ただ問題は、いざ周りに合わせようと思っても、私にはそのための機能が十分に備わっていないことだった。

修士課程を終えて間もなく、私はテキサス州ヒューストンに移った。大学のある街ではまだ多少は安全に守られていたが、今度は、誰が見ても圧倒されるような大都会。しかも私は、何のあてもなしに引っ越したのだ。ただ単に、のちに夫となる人の近くで暮らそうと思っただけで、特に何をしに行くという考えもなかった。新しい街で新しい生活を始めるというのに、こんなことで心の準備ができるはずもない。たぶんあのときは、修士号をとったことが妙な自信になっていたのだろう。大学院を終えることができたのだから、やろうと思えば何だってできるはずだ。一人で暮らすことだって、慣れない土地で、しかも混沌とした街で生活することだってできるはずだ。そんな気になっていたのだろう。

仕事だって、学位があれば、どこへ行こうと丁重に迎えられるとばかり思っていた。そのくせ、自分はいったいどんな道に進みたいのか、少しもわかってはいなかった。専門はマルチメディアだったが、どんな職業にでも就けると思い込んでいた。世の中のことを何も知らなかったばかりではない。目先のことしか見えていなかったし、相変わらずASのおかげでまともな判断などできずにいたのだ。

とはいえ、その頃の私は、これまでになく逞《たくま》しくなっていたのも事実だ。だから、何一つうまくいく見込みがなかったわけではない。ヒューストンで職探しを始めた私は、最初に応募した職場ですぐに採用されることになる。当時の私は知らなかったが、その職というのは、フリーライターを除けば、私に向いた唯一の職業だっただろう。仕事はヒューストン大学の講師。街に着いてわずか二週間後のことだった。

なぜ大学の講師という職に魅力を感じたのかは自分でもわからない。自由な身分にひかれたのだろうか。それとも、学生の頃と生活があまり変わらないのがよかったのだろうか。どちらにせよ、教えるのは学ぶのと同じくらい、いや、それ以上に楽しかった。講義にはかっちりした枠組みがあるのも嬉しかったし、合間には空き時間もある。学ぶことも教えることも好きだったし、教科書をめくるたびに新しい知識が増えるのも喜びだった。何よりもすばらしかったのは、学生との関係だった。学生と教師というさりげない、しかも一時的なつき合いは、私のような者にとっては、友情の理想形ともいえた。

この仕事はある一点を除けば、ほとんど完璧だった。ただ一つの、そして致命的な欠点は、キャンパスの立地だった。職場は交通量の多い、ひどく混雑した市街地にあり、私は来る日も来る日も悪戦苦闘することになる。途中で迷わずに出勤できる日など一日もなかった。ある日は一方通行の道を逆走し、ある日は出口を通りすぎ、ある日は迂回路を間違える。その上、私の小型ワゴンはオートマチックでもなければ、エアコンもついていなかった。高温多湿のヒューストンで快適に乗れるような代物ではない。おかげで感覚統合不全は悪化し、知覚情報はみごとに混線してしまう。大学にたどり着く頃にはきまって汗みどろで、体もぎくしゃくとしか動かない。すっかりおびえているのに、それでいて頭はぼうっとかすみ、何もわからない状態だった。それでも、教えることが好きだし、大学という環境も好きだったおかげで、たいていはどうにか持ちこたえることができた。感覚システムさえ元に戻ってしまえば、これほどすてきな仕事はなかった。ところが、ある日を境に、すべては一変してしまう。

通勤ラッシュの時間に運転するのでは混乱しやすい上、騒音もひどい。朝とはいえもう蒸し暑くなっているし、遅刻しないかと気もあせる。これでは感覚に負担がかかりすぎると考えた私は、早朝に出勤することにした。おかげで、ASの特徴の中でも最も目立つ要素、最も身体の自由を奪ってしまう要素からは逃れられることになった。だがそれと引き換えに、私はASゆえの別の罠《わな》のまん中へとつっ込んでいくことになる。ASの登録商標ともいうべき障害。そう、社会性の障害だった。

朝の六時半にキャンパスに着くのは実にすてきなことだった。誰もいない大学のがらんとした静けさ。廊下はどれもまっすぐで、その直線は四角い教室へと続き、中には机と椅子が整然と並ぶ。その秩序を私は味わいつくした。学生たちがしゃべり声やら動き回る足やらを持ち込んで来ないときの校舎、過剰な模様や色で埋めつくされていないときの校舎には、凛とした秩序がある。私はそれが好きだった。一人でいられるのも好きだった。静まり返った大学で、私は運転で張りつめた神経をゆるめていくのだった。何に耳を傾ける必要もない。ただくつろげばいい。心強くて、自分をしっかり保つことができるという気がした。この静けさの中に身を置いてさえいれば、私の感覚システムはそのうち落ち着いてくる。それがわかっているだけに、安心できた。そう、このときの私は、感覚のシステムのことしか頭になかった。いくら感覚は鎮まろうと、私には生身の身体があり、襲われれば傷つくのだということまで考えてはいなかった。

ある日の朝、私はいつものとおり教室へ向かっていた。片手にコーヒー、もう片手には時間つぶし用のプリント、背中には重いリュックサック。必要な持ちものはすべてそろい、あるべきところにある。バランスもしっかりとれ、地に足が着いているという感じだった。いつもなら、学生たちが来るまでずっとこのままで——居心地よく、バランスのとれたままで——すごせるはずだった。

ところが、この日は来客があった。今でも目に浮かぶ。自分の席でプリントを読んでいると、これまで見たことのない男が一人、入ってきたのだ。まだ朝も早いのはわかっていた。でも、授業までずいぶん間があるのに、なぜこんな時間から学校に来ているのだろうとは思わなかった。それもそのはず、朝早く来ているのは私も同じなのだから。男が大多数の学生より年上であることもわかった。服装も大学生たちとは感じが違うと思ったのも覚えている。ジーンズをはいているわけでもなければ、女の子の目を意識しているような服装でもなかった。泥の色をしたぼろぼろのズボンに、ひどくすり切れたネルのシャツ。なめし革のような肌は死人のように蒼ざめていた。それでも私は、特に警戒することもなかった。ただ、男の外見を不快に思っただけだった。男が話しかけてきたときの声は今でも耳によみがえってくる。何の抑揚もない、一本調子の口調だった。そのリズムは、男が私の方へ一歩、また一歩と迫ってくるゆっくりした歩調とぴったり重なっていた。それでもまだ私は、男の存在を不安に思いはしなかった。それよりも好奇心の方が勝っていた。あれほど静かだった部屋の空気が、男の存在によって一変した不思議さに気をとられて、男が私の身の安全をおびやかす可能性にまで思い至らなかったのだ。男は私に、自分はこれまで刑務所に入っていた、釈放されたばかりなのだと言う。思考の奥で、小さな警告のベルがかすかに鳴ったが、私にはほとんど聞こえなかった。とにかく男の身なりの汚さにすっかり目を奪われて、相手の動機を考えてみるどころではなかった。

男は良くても場違いだったし、悪ければ危険な存在のはずだった。それを理解できなかったのもＡＳのせいだったが、大変だと気づくことができたのもやはりＡＳのおかげだった。男との距離が手を伸ばせば届くほどにまで縮まったとたん、かすかだったベルの音は耳をつんざく大音響に変わった。パーソナル・スペースに敏感な私は、時と相手を問わず、他人にある程度以上近づかれると決まって不愉快になる。でもこのときばかりは不愉快どころではない。怖いという以上に、吐き気がした。男がこれほどの悪臭を放っていなければ、もっと恐怖を感じていたに違いない。

私だって、ちゃんと理屈で考えていたなら、男がここの学生ではないことも、たまたま居合わせた善意の人でもないこともわかっていたと思う。歓迎すべき相手ではないこともわかったはずだ。でも、男の身体、男の悪臭にパーソナル・スペースを侵害されるまで、私はあまり理屈に頼るということをしなかったのだ。

男が私の空間を侵害したとたん、私はじりじりと後ずさりを始めた。とにかく相手のすべてから遠ざかりたかった。相手の身体の動きにも、身体そのものにも、吐き気を催すばかりだった。それでも男は動きを止めない。じりじりと、恐ろしくゆっくりと、まるで映画か何かで見る、一コマごとに静止する画像のようだった。叫び声を上げればいいなんて思いつきもしなかった。走って逃げるという発想も浮かばなかった。ただ、後ずさりを続けるばかりだった。こんな頼りない対応しかできなかった私だが、ショック状態にあったせいだとは思えない。自分がどこにいるかははっきり自覚していた。外は静かで、まだ暗いことも意識から消えていなかったし、私と男が二人きりだということもよくわかっていた。このときの恐怖と似た感覚を、私はそれ以来一度も経験したことがない。交通量の多い通りで子どもたちを見失いそうになろうと、もう少しで大事故になりそうな現場を目撃しようと、このときと似た感覚になどなりはしない。

おそらくこのときの私は、感情の情報と、感覚の負荷過剰状態とを切り分けることができずにいたのだろう。感覚も感情も混線していたのだ。

そのとき、幸運にも、そして奇跡的にも、一人の男子学生が部屋に入ってきた。それまでこんな早い時間に見たことなどなかった学生だった。彼は素早く、しかも堂々たる態度で近づいてきたかと思うと、私の傍らに立ち、男と私の間に割り込む格好になった。この学生だって私の空間を侵していたはずなのに、どういうわけか私は平気だった。でも、男は平気ではなかったらしい。またたく間にドアの向こうへと姿を消した。

今でも覚えている。男がいなくなると、学生がいろいろと質問してきた。大丈夫ですか？　何か入り用なものはありませんか？　けがはありませんか？　自分が相変わらず平然としていたことも覚えている。どうして彼がこんなに心配しているのか、ちょっと不思議な気さえしていたのだ。だが、そこで私は思い出す。そういえばあの男がひどく臭かったことを。男が私のパーソナル・スペースに割り込んできたことを。ようやく私は悟った。あれは怖がるべき状況だったのだ。自分はとんでもなく状況判断を誤っていたのだ。助かったのは、ただただ運に恵まれていたからにすぎないのだ。

私はこのとき経験したことを意識に刻み込んだ。学生たちが、習った知識を試験に備えて暗記するのと同じように、意識的に覚えた。この日の経験を教訓に、人間の行動について学ばなくてはと思った。意識的に学ばないかぎり、私は、自然に気づくことができないのだから。それ以来今日にいたるまで、私は一度として、人前で無防備な姿をさらしたことはない。一人で外出することはあるが、どこへ行こうと必ず最寄りの出口を確認しているし、必ず自分に言い聞かせるようにしている。誰かがある程度以上近づいたら大声を出すのよ、この世には他人に危害を加えようとする人間がいるのよと。何かを学ぶとは、ときとしてひどく苛酷な経験となる。手痛い代償を払わねばならないこともある。そして、私が人間について学ぼうと思えば、その対価はとかく法外なものになりがちなのだ。

私はこの日の経験から、自分がいかに人間の行動というものをわかっていないか思い知らされることになった。私には、他人の行動の背後にある動機をまともに判断する力がないのだ。おかげでほとんど我が身を危うくするほどだったではないか。そこまでは私にもわかった。でも、わかるのはそこまでだった。ある人は安全で、ある人は楽しい人。ある人はこれから関係を築いていくべき相手で、ある人は避けるべき相手。それを見分ける基準まではわからなかった。分類のしかたがわからなかった。友情についてもしかり。その頃には一応、友情にも何らかのルールがあることは知っていた。あるいくつかの条件が満たされれば、友だち付き合いが成り立ち、持続することもわかっていた。だが、そのルールとは何なのか、友情が成立するための諸条件とは何なのか、そこまではわからなかった。白状してしまえば、実は今でもわかっているとはいえない。

大学を辞めると、次は小学校の教師になった。子どもたちと過ごすのはいつでも楽しかったし、教えることも大好きだった。けれども、大人たちとはどう接していいかわからなかった。だから、数人のグループでいるときは自然と、演技の才能に頼ってしまうことになった。まさに演技以外の何物でもない。ほほえみを作り、気のきいたせりふをしゃべり、おもしろいエピソードを語る。手持ちのエピソードを使い果たし、種ぎれになると、ちょうど俳優が退場するようにその場を立ち去る。とにかく私は、できるかぎり愛想の良い、できるかぎり親切な同僚でありたくて必死だった。なのに、そのためにはどうすればいいかがさっぱりわからないのだ。実は、未だによくわかっているとはいえない。

たとえば。新しい人と知り合ってから、「これを見たら、あなたのことを思い出したものだから」という贈り物をしてもおかしくないと認められるまでには、どの程度の時間が経過していなくてはならないのだろうか？　出会ったその日に、その人がきっと喜ぶと思える物が見つかってしまったら、どうするのが正しいのだろう？　その日はとりあえず買っておいて、たとえば一月半なら一月半しまっておいて、それから渡せばいいのか？　それとも、その日の午後に渡してしまっても差し支えないのか？　あるいは、そもそも贈り物をするという発想自体が根本的に間違っているのか？　もしかしたら、あれはただ広告で騒がれているだけのもので、真に受けてはいけないのだろうか？

あるいは、電話で話をしていて、会話が退屈だ、時間の無駄だと感じた場合、やはり会話を続けるべきなのだろうか？　会話がとぎれ、間が空いた場合は、切るのが正しいのか？　ジョークを飛ばすのが正しいのか？　それとも、じっと座って待つべきなのだろうか？

大好きな人だけど、その人の態度や癖にたった一つだけがまんできないところがあるとしたら、どうしたらいいのだろう？　すぐに口に出した方がいいのか？　それともしばらく待つべきなのか？　待つべきなのだとしたら、どのくらい？　あるいは、口にしてはいけないのだとしたら、その人のいやなところばかり見てしまわないためには、どうすればいいのだろう？　わからないことはあげればきりがなく、不安はつのる一方だ。人間とかかわり合うと、すぐにいっぱいいっぱいになってしまう理由はそこにある。とにかく疲れ果ててしまう。考えはばらけて、まとまらなくなる。たった今口にしたこと、耳にしたことがすぐさま心配の種となる。あれとこれとはどうつながるんだろう？　いや、そもそもつながるものなんだろうか？　次は何を言われるんだろう？　そのときは何と答えたらいいのだろう？　私は今、恩義を受けている側なんだろうか？　それとも、今は向こうが私に感謝する番なのだろうか？　第一、この種のルールが相手によっていちいち変わってしまうのは、なぜなんだろう？　こうして気をもんでいると、心は千々に乱れ、不安でしかたがない。

この当時、持てる時間とエネルギーをすべて子どもたちのために注ぐことができていたなら、今でもまだ教師を続けていたかもしれない。でも、そんなことはもちろん不可能だった。どんな無理をしてでも、理事たちやカウンセラー、保護者や他の先生方とも交流しないわけにはいかなかった。教授法を磨くために校長の指導を受けるのもいやだったし、職員室で同僚たちと休憩するのもいやだった。保護者との会話も、話題が子どものこと以外に及ぶのはいやだった。職員会議に出席するには、自分に鞭打たなくてはならなかった。チームの一員として働かなくてはならないなんて、考えたくもなかった。同僚たちと一緒に雑用だってきちんとこなしたが、それは単に、義務だとわかっていたからにすぎない。放課後、保護者に引き留められて、長々とその日のできごとだの、今後の目標だのを聞かされると、無理にでも笑顔を作らなくてはならなかった。

幸い私は、その気になりさえすれば、ちゃんと外見を取り繕うことができた。相手の話に関心があるかのように、興味をひかれているかのように、聞きたがっているかのように見せることができた。ただ、自分を二つに切り離すだけでいいのだから。私の片方がうなずき、相槌をうち、勝手に考えて意味のあることをしゃべってくれる。もう片方には私の内面の思考しか聞こえていない。感じるものといえば、この状況に対する苛立《いら》ちだけ。理解しているのは、自分はここから逃げ出す必要があるということだけ。そしてどちらの私も、会話の全体を聞きとる力には恵まれていないらしかった。そろいもそろって、人のせりふの前半だけ、ときには単語の前半だけを聞きとるのが得意で、後半を聞きのがしてしまう名人だった。

私がいらいらしたり、うんざりしたりする主な原因は、相手の発言や行動ではなかった。本当の問題はもっと広い、もっと全体的な状況にあった。ほかの人々、とりわけ、視界に入っていない人たち、意識を向けていなかった人たち（真正面に座っていれば別だが）の存在は、私の心身のまとまりを崩してしまうのだ。内面の平衡が破られ、ふたが外れたかと思うと、あまりにもたくさんの思考、あまりにもたくさんの画像、あまりにもたくさんの疑問がとび出してくる。あらゆる人の発するあらゆることばを意味と結びつけようとあがくうち、私の精神は溶けてしまう。さまざまな雑音、光、人々の声、左右非対称の図形、匂い、画像の渦の中に見失われてしまう。だから私は、こうした集まりに意義が見出せないときには——もちろん、めったにないことだと信じてほしいのだが——あきらめて、お気に入りの強迫的儀式のどれかに頼ることにするのだった。あるときはくり返しくり返し一〇まで数える。またあるときは、さまざまな規則を守りながら頭の中で文をいくつもタイプしていく。最初の二文字は左手で打ち、次の二文字を右手で、また左手で、次は右手でというように、文を打ち終わるまで左右対称の規則を守らなくてはならない。そしてあるときは、頭の中で鳴っているリズムに合わせて、奥歯をすり合わせる音を立てることもあった。

ほかの人たちだって、その場の話題に興味があるかのように装いたいときは、いろいろな儀式でごまかしているはずだ。だからその点だけから言えば、私だってさほど標準から外れていないといえるのではなかろうか。違いがはっきり表れるのは、儀式をやめるときだと思う。ほかの人たちの場合、儀式をやめたいと思ったら、あるいはやめなくてはと思ったら、すぐやめられるようなのだ。でも私はそうはいかない。

左右対称のパターンが完成するまで、あるいは、リズムが鳴りやむまで続けてしまう。強迫的儀式は私の思考をしっかりつかんでしまい、簡単にふり払うことなどできそうになかったし、今でもそうやすやすとできるとは思わない。

私は、何としてでも意識をつなぎ留めようと、懸命に努力している。とりわけ、今日は指名されて意見を求められるだろう、発言しなくてはならないだろうとわかっているときはなおさらだ。できるかぎり手元の仕事から意識をそらさないこと、できるかぎりみんなと協力し合うことが大切なのもわかっている。そして今の私はたいてい、少なくとも短い課題であれば、最後まで意識をそらさずに終わらせることができる。でも学校で教えていた当時は、必死で闘わなくては自分をつなぎ留めておくことができなかった。だからたとえば、なるべく人々の顔面から目を動かさないようにして、ジェスチャーが目に入らないようにするのだった。ジェスチャーは、うっかり見えてしまうと、それ自体が独立した会話を始めてしまう。これでは、音声の会話についていくのがなおさら難しくなるからだ。あるいは、メモをとってみることもあった。その場で語られたことを残らず書き留めておけば、後でパズルか何かのように復元できるかもしれないと思ってのことだった。そうでなければ、会議の場を自分の独演会にしてしまう方法もあった。そんなときは、まるで私こそ専門家でございとでもいうように、自分の意見やアイディアをとうとうとしゃべりまくるのだった。

でも、これらの方法がどれも失敗すると、「みんなになじむため」のお決まりの手段に頼るしかなかった。手段といっても何のことはない、エコラリア（反響言語）の発展したものにすぎない。まるでプロのパントマイム俳優のように、ほかの誰かのパーソナリティをそっくり拝借してしまうのだ。風邪をひいている人と接すると風邪が伝染するように、相手のパーソナリティが簡単に伝染してしまう。

まず、まわりのグループをよく見渡す。そして、自分が一番なじみやすい人に目星をつけて、自分をその人に重ねていくのだ。相手をじっくり観察して、気づいた特徴を念入りに採り入れていく。上達すると、スイッチ一つで電燈を点けるのと同じくらい簡単に、自分の内部でその人のパーソナリティを起動できるようになる。しぐさなどの癖も変わってしまうし、声も、考え方もすっかり変わり、ついには自分でもそっくりだと自信を持てるほどになる。もちろん、自分が何をしているかははっきりわかっていた。こんなこと恥ずかしいと思ってもいた。でも、こうしていればまとまりを保つことができるのだし、場合によっては、まとまりさえ保てるなら、なりふりかまってなどいられなかった。どうせ私にとっては、試行錯誤して自分なりの行動パターンをあみ出すよりも、ほかの人の行動パターンをそのまま取り入れる方がうまくいくのだから。

長年の習慣というのはなかなか断ち切れないものらしい。今の私は自宅で仕事をしていて、周囲になじまなければというプレッシャーを感じる機会などめったにない。それなのに、未だに、気がついてみると他人のまねをしていることがあるほどだ。

おもしろいことに、ほかの人たちは、私が他人のまねをしていることには気づいていないらしい。私にまねされている当人さえ例外ではない。見破ったことがあるのは、よほど私のことをよく知っている人々だけだ。友人たちの中でもとりわけ観察力に優れた数人が、それぞれ一度か二度ずつ気づいたことがあるにすぎない。

でも、誰よりも目ざとく、しかも容赦なく見破るのは、自身もＡＳである娘だ。私が少しでも他人をなぞって声やしぐさを加工しようものなら、娘はたちまち感づき、取り乱す。そして、断乎たる口調で、人のまねなどやめろ、そんな歩き方はやめろ、自分以外のものになったようなふりをするのはやめろと迫ってくる。娘にはまだ、自分のことばがどれほどの重みを持つものか完全には理解できないだろう。でも、娘の観察が正しいことは疑いない。芝居をしているのは私なのに、同じアスピィ（アスペ族）である娘の方が、当の私よりも先に気づくとは何とも面白いではないか。

今では私はこう思うようになった。たしかに、こんな演技はやめなくてはならない。でも、私が自分以外の誰かになったふりをするのは、とにかくその方が簡単だし、気楽だからにすぎない。それに、たいていの場合、表面的にはその方がうまくいくからにすぎない。誰かのまねをするのは、ちょうど自動操縦機能に頼るようなものだ。自動操縦になっている間は、自分が周囲になじんでいるかどうかなんて気にする必要もなく、自由に動き回ることができる。たぶん私は、ほんのひととき、ほかの人になりきっているのだろう。誰かに見破られてしまうまでのつかの間、ただ乗りができるというわけだ。でも私は、もうこんなただ乗りは止めなくてはと心に決めた。そして、娘の助けがあり、一握りの親しい友人の助けがあれば、やめることはできると思う。私にもわけのわかる人たち、無条件で信じられる人たちといっしょなら、墜落する心配はないとわかっているからだ。

これまで、私が何を言おうと、どんな考え方をしようと、どんな行動をしようと、ずっと変わらず味方でいてくれた人たち、そんなみんなが、私に贈り物をくれたのだ。それがどれほどすばらしい贈り物だったか、当の贈り主たちには決してわかりはしないだろう。私に与えられたのは、自由という名の贈り物。自分なりに試行錯誤する自由、持って生まれた性質、自分に向いたしぐさを磨き、高めながら、ゆっくり成長していく自由という贈り物なのだ。私が対人関係のルールに違反したからといって、いやな顔をしない友人たち。私の発言や行動が気に障っても、すぐに許してくれる人たち。私が壊れかけているときは、頼まれなくても救いの手をさしのべてくれる同僚たち。そんな人たちの存在は、もちろん誰にとっても大切な宝物だろう。でもASの人々にとっては、単なる宝物にとどまらない。彼らは、私たちが自分を知るための指標でもあり、鏡でもある。彼らのしぐさを見れば、自分の行動がおかしくないかわかるし、彼らの目を見れば、自分は何者なのかを確かめることができるのだから。

私の場合、友人たちの中でもとりわけ親しい二人、モーリーンとマーゴがそんな存在だ。モーリーンは本当に幼い頃から私のことをよく知ってくれている。マーゴとは、私がまだASらしさを隠すことを覚えていなかった時代の終わり頃に知り合った。二人に助けられて、私は、どんなふるまいなら許容されるのか確かめることができる。それはただ単に、二人がいろいろ教えてくれるからというだけではない。確かに二人は、ここでどう動くべきか、この状況はどう解釈したらいいか、いつでも面倒がらずに教えてくれる。でもそれ以上に、二人は心の底から本気で、あなたはありのままのあなたでいていいのよと断言してくれるのだ。

彼女たちの目を通して見れば、私はこのままで大丈夫なんだとわかる。私が少々変わったことをしようと、彼女たちは動じない。にっこり笑って手を一振りするだけ。「大丈夫、胸を張って。リアンならできるわよ」とでも言うように。二人は私の自信の源でもあり、どんな秘密も打ち明けられる味方でもある。そして応援団でもあり、助言者でもある。私が突っ走りすぎたら引き戻してくれる。あまりにも恥ずかしい失敗をしそうになったら、止めてくれる。私の中に、これまで気づかなかったすてきな部分が見つかったら、大喜びで喝采を送ってくれる。

でも、何よりも強調しておきたいのは、そして、何よりもありがたく思っているのは、二人は知ってか知らずか、私をほかの人たちから守ってくれることだ。世の中には、私のような者に対して、彼女たちのようには辛抱づよくなれない人たちもいるのだから。私の発言や行動がおかしかったからというので、誰かが私のことを批判しようとしたら、彼女たちはすぐさま助けに入ってくれる。ちょっと一言口をはさむだけで、あるいは表情一つでかばってくれる。

それでいて二人とも、恩に着せたり、保護者ぶったりしたことは一度もない。彼女たちはただ、私の良い点、ASのおかげでなおさら強められている美点に気づかせてくれるのだ。私の率直さ。思ったことは曲げない自己主張。工夫の才。ねばり強さ。忠実さ。どれもASのおかげで際立っているではないかと思い出させてくれる。二人は私のことを、まず第一に、いろいろな長所を持つ一人の人間として見てくれる。そして、普通と違っていることは、あくまでも二の次と考えてくれている。おかげで私も、二人にならうことで、自分のことを同様に見られるようになるのだ。

そして、理由はうまく説明できないのだが、二人が信じてくれていることで、私が自分を信じる力も強められている。自分に自信が持てれば、不安が薄らぐから、間接的に能力の方も高まるようだ。もしかしたら、これは単なる思い込みなのかもしれない。あるいは、彼女たちにほめられるうち、「人にいいところを見せたくてがんばる」ということを覚えたのかもしれない。理由は何であれ、モーリーンとマーゴの与えてくれる影響は、私の自尊心をしっかり支えてくれている。目には見えないが、なくてはならない力なのだ。だから、いかにもAS丸出しの行動パターンが思いがけずぶり返し、足がすくんでしまうようなことがあっても、私には二人がいてくれると思い出せば、立ち直ることができる。どんなことがあろうと、どこにいようと、手を伸ばせば友だちがいてくれる——そう思うだけで安心して、すぐにバランスをとり戻すことができるのだ。

こうして親しい友人たちと一緒にいると、友だちがもっとたくさんいたらどんな感じがするものか、想像できるような気がする。そしてときには、かつて振り切ったはずのコンプレックスや不安がぶり返すこともある。それが昂じると、人並みに派手なおつき合いのまねごとをやろうとしてみることもある。昼食会を開いて人を招いてみたり、社交の場へ出かけて行ったり、さらには、人を誘って買物に行ったりすることさえある。でも、相手がよほど正直で、よほど無遠慮な人でもないかぎり、私はまたぞろ舞台に上がって演技を始めてしまうことになる。使い古しのせりふを暗誦し、使い古しのジョークを再演するうち、胃の中にはしこりができ、ああ、やはり私にはこんなこと無理だったと思い知らされることになるのだ。

自分には、人付き合いをそつなくこなす能力がない。そう思うと、気が重くなることもある。自分のためというより、子どもたちに与える影響が心配だから。それに、私がつれなくしてしまう相手の気持ちを思うからだ。子どもたちには、母親に社交性がないからといって、寂しくてもがまんしなくてはなんて思わせたくない。それに、母親がよその親と違っていることで、恥をかかせたくない。私がよそのお母さんたちのように、みんなでコーヒーを飲んだり、夜のお出かけを楽しんだりせず、家にこもっているからというので恥ずかしい思いをさせたくない。それに、新しく知り合った人がせっかく誘ってくれるのを断って、いやな思いをさせるのはいやだし、私がちっとも人を招待しないせいで、気を悪くされるのも悲しい。私はただ、たいていの人とは、ほんのひととき一緒にすごすだけで欲求がすっかり満たされてしまうだけなのだ。このことがみんなにわかってもらえたら、どんなにいいだろう。私がわずか数分であっさり歩み去ってしまうのは、「ああ、自分はたった今、友だちと呼べる人と共に時間をすごしたんだ」と納得して、満ち足りてしまうからにすぎない。もったいをつけているわけでもないし、冷たく当たっているのでもない。ただ、すぐ満腹するたちなのだ。

私は今の友人たちのことが好きだし、日に数分やりとりするだけの関係、昼食を共にするだけの関係に満足している。でも一方で、どんなにがんばっても、誰とも親しくなれずにいるASの人々がたくさんいることも忘れてはいけないと思っている。いくら自分中心の見方を脱し、非言語的メッセージが読みとれるようになり、自分の要求や欲求も、許されるときに許される言い方で伝えることを学んでも、いくら「人の秘密は守る」「むやみに近づいたり、触ったりしない」といったエチケットを覚えても、やはり親しい友だちが一人もできないASの人はたくさんいるのだ。

私がはっきりさせておきたいのは、本当に親しい友人なんて、そう簡単に見つかるものではないということだ。それは、ASであろうとなかろうと関係ない。もし私がASの人に相談を持ちかけられたなら、そのことを包み隠さず、客観的な事実として伝えるだろう。どんなに努力しようと、また、どんなにすばらしい人であろうと、何らかの事情で友情が成り立たないことはあるのだということを、詳しい例をあげて、精一杯説明するだろう。たとえば、人は遠くへ引っ越したり、忙しい毎日に追われるようになったり、生活の場やリズムが変わったりすることがある。お互いに関心の対象が違っていたり、好きな遊びが違っていたり、それぞれの困難、それぞれの義務をかかえていたりということもある。そんな例を、物語仕立てにして、詳しく話して聞かせるだろう。時間や距離、さまざまな事情などに妨げられて、本当の友だちができないことだってあるんだ。そうわかってもらおうと努めるだろう。ソーシャル・スキル・カウンセリングなどの場で、こういった可能性まで正直に話しておかなかったら、とんだ失望の種をまくことになりはしないだろうか？　何でもとかく字義どおりに理解してしまいがちなＡＳの人々のことだ、「おとなしくする＋おもちゃをひとりじめしない＋秘密をしゃべらない＝友だちができて、パーティーに招いてもらえる」などという非現実的な等式を信じ込んでしまわないともかぎらない。もしもこの等式どおりにことが運ばなかったら、どうなるだろう？

私だったらまず、「必ずしもたくさんの友だちがいなくても、すばらしい人生を送ることは可能なのだ」ということを、はっきり伝えようとするだろう。そればかりでなく、「一口に友情といっても、いろいろな形があるのだ」とわかってもらえるよう、力を尽くすだろう。さりげないつき合い、短いつき合いもあれば、強い結びつきが育ち、長続きすることもあるけれども、どちらも友情には違いないのだから。

その上で、その人が好きになれそうなメンバーの集まっているグループを見つけられるよう、探すのを手伝うだろう。趣味や意見、主義や信条、暮らしぶりを同じくする人たちの集まっている場所を一緒に探そうとするだろう。その人の特に熱中している趣味のサークルに入るよう、勧めるだろう。そのほか、近所に住む人々、職場や学校のような毎日の生活圏内で出会う人たちとの間に、すれ違うたび、ほんの短い交流を持つように勧めるだろう。あるいは、四本足の友だちを見つけてはどうかと言うかもしれない。アニマル・セラピーという治療法があることでも知られるとおり、動物とつき合うことはそれ自体も心を満たしてくれるものだが、そればかりではない。動物を連れていると、どういうわけか、出会う人々がみんなやさしくなるのだ。ときには、動物がとりもつ縁で、知らなかった人と親しくなれることもある。

私は信じている。良質で、かつ欺瞞のないソーシャル・スキル・カウンセリングが行われるなら、そして、スキルを覚えさせるだけで終わるのではなく、その人に向いたグループを探し当てるところまできちんとフォローがなされるなら、ASの人々にだって、友だちを作る能力がないはずはない。私はそう思っている。でも私には答えられない。みんなが友だちを得ることができる日は、本当に来るのだろうか?

この世には、ただASだというだけの理由で、どんなに努力しても友だちのできない人々がいる。何と恐ろしいことだろう。その恐ろしさに、私は心の底から泣き叫びたくなる。彼らのことを思うと、胸が張り裂けそうになる。私は彼らと同じ現実を知っているから。つまずき、よろめき、たった一人で転びながら進むうち、人は次第に傷ついて、なおさら周囲となじめなくなっていくものだと知っているから。

この世には、そこらじゅうに「人並み」と「それ以外」を隔てる線が引かれている。そのせいで、罪もない人々が成長する機会を奪われ、幸せを奪われている。それなのに、この境界線が存在することにさえ気づいていない人のいかに多いことか。私は願う。社会の側がもっと歩み寄って、こんな壁を少しずつ打ち壊していってくれることを。こんな隔たりはいつか失われ、遠い過去のものとなり、忘れ去られてしまうことを。そんな日が来たなら、すべての人々が暖かく受け入れられるような世界がようやく実現するのかもしれない。

5　理解者を得て

私の歴史は　点で記憶されている
保存された静止画像　夜明けに見つけた朝顔のように
小さく簡素だが、精緻でリアル。
この瞬間の積み重ねが私、過去の点がそろって初めて私。
私は時を次々と再生して観る　集まれば私という人となる時たちを。
画像はどれも　橋へと向かう私の姿
縄と割れ板の危うい橋もあれば、
くろがねのアーチに覆われた確かな橋、昔から大勢が行き交ってきた橋もある
橋を渡れば　旅が始まる　実りのない旅など　一つもない
どんな岸へだろうと　かまわず渡る覚悟があるならば、
そして　友が手をつないでくれるならば。

今の私は、ASゆえの特徴も、そのほとんどが次第に薄れてきていて、とりわけ頑固なものだけが、そここに残ったような格好になっている。私の中のASは、ときおりあぶくのようにどこからかふつふつと湧いてきては、たぎり、はじけ、風に舞う。それも、飛び出すのはたいてい、もっとも都合の悪いときと決まっているらしい。そのたびに、私だって人並みになれるかもなどという甘い考えは吹き飛んでしまうのだった。いくら抑え込もうとしても、AS的な性質が消えてなくなることはないし、隠しおおせることさえ珍しい。

でも、こうして表に出てしまうのがもっと別の部分だったら、私だってこれほど悩みはしないだろう。スペル（つづり）を間違えることも、聴覚情報の弁別がうまくできないことも、私は少しも恥ずかしいと思わない。失敗しても説明すればすぐわかってもらえるし、そう大きなトラブルになることもない。だが、感覚統合の機能不全をひき起こすような場所、相手の考えていることがわからずとまどう場面に不用意に身を置いてしまったと気づいたときばかりは、そうはいかない。足元の地面が崩れたかと思うと、目眩い、震え、吐き気に襲われ、体が熱く火照りだす。あまりの熱さに、顔に手を触れるだけでも痛むし、目の焦点を合わせるのも辛くなる。こうなってしまうと、もう自分ではどうすることもできない。必死である人の姿を探し求めるしかない。この状態から私を救い出せる唯一の人、夫の姿を。

ASのある人々にとって、強力な支援体制がいかに重要か、いくら強調してもし過ぎることはない。サポートを担うチームのメンバーとしては、友人たちや家族も確かに大切ではある。でも、誰よりも大きな影響を与えるのは、何といっても、人生を共に歩むパートナーだろう。もっともそれは、誰かと共に暮らすことを選んだ場合の話だが。同じアスペルガーの仲間たちの中には、パートナーの助けなしに成功している人もいる。そんな仲間たちに接するたび、私は感嘆せずにはいられない。私だったら、夫がそばにいてくれなければ、ここまで来ることはできなかったとわかっているからだ。

だからといって、私たち夫婦の生活が常に順調だったというわけではない。普通の夫婦と同じように、私たちだって私たちなりに問題をかかえて暮らしてきた。特に、不仲の原因として最多と言われる例の問題——そう、コミュニケーションの問題に関しては、なおさらだった。

夫に出会った頃の私は、自分には、ほかの誰かとの間に長続きする関係を結ぶなんて無理だろうと、とうにあきらめていた。だって私には、誰のことも理解できそうにないのだから。それまでずっと、誰とデートしてみても、いつも何か、言葉では表せない隔たりを感じていたから。みんな優しい人ばかりだったし、いくつか共通の趣味を介してつながっていたのだが、どの人との間も、目には見えない何かで隔てられていた。ちょうど、あのカーテンのせいで、オズの国の人々の目には、魔法使いの正体が見えなかったように。

カーテンの陰になって見えないものについては、あまり気にしないことにしていた。考え始めると、落ち着かなくなってしまうから。その頃の私には、直接この目で見られるものしかわからなかった。手でさぐってみるとか、直観であたりをつけるとかいうことは、まだ無理だった。今の私なら見分けのつくものも——今思えば、あれは辛抱づよさを、やさしさを、柔軟性を、公平さを支える土台であったとわかるものも、当時の私には理解できなかった。自分はこんな人間なんだと納得して受け入れる前の私にとっては、これらの感情は、わかりそうでわからない存在だった。もう少しで視界に入りそうなのに見えない、もう少しで手が届きそうなのに届かない、そんな存在だった。私が自分の方からこれらの感情に近づいていけるようになったのは、夫と共に歩むようになって何年もたってからのことだった。そして、それらをこの手で捕まえ、心の中にしっかりしまうことができたのは、ほんの数年前のことなのだ。それまではずっと、どんな人と出会い、どんな人と付き合おうとも、ASゆえのふるまいが――感覚統合の不調や字義どおり解釈、しつこさ、柔軟性に乏しい発想パターンなどが――毒矢のようにつきまとっていて、ありとあらゆる関係を今にも刺し貫こうと待ちかまえているのだった。

トムとは出会ってすぐ、共通点の多さに気がついた。まず、私の好きな趣味や遊びはほとんど一つ残らず、トムの趣味でもあった。それまで誰一人同好の士に出会ったことのなかった珍しい趣味まで、共通だった。

さらに彼は、私に負けず劣らず、大学という場所が好きだった。立ち並ぶ校舎、附属博物館や美術館の古風な建物、庭園や体育館、図書館に書店。そんな風景が大好きだった。彼が後に、将来は大学の教授になりたいと言い出したときも、少しも意外には思えなかった。トムの個性にとっても、私の個性にとっても、大学という環境は絶好の背景だった。

二人に共通の趣味はいくつもあったが、そのほとんどが人々から離れてひっそり楽しむものだった。私と同様、トムも人ごみを嫌い、パーティーなどをいやがる。激しい感情のうず巻く場、混沌とした場を好まないし、自分が外界になじんでいようがいまいが意に介さない。そう、トムも私と同じで、一匹狼なのだ。静かさと落ち着きがかすがいとなり、私たちを結びつけた。確かに、こんな説明はあまりにも単純に聞こえるだろう。あまりにも説得力がないと思う人もいるかもしれない。でも私たちの場合は、孤立を愛する心が固い絆の元となってくれた。それは今に至っても変わらない。二人の仲が最悪の状態になったときも、何とか離れずにいられるのは、そのおかげなのだ。

私たち夫婦の間でも、コミュニケーションの行き違いは多い。まず何よりも、トムの論理展開について行くのは、私にとってひどく難しいことなのだ。夫は口数が少ない。なのに私は、細かい解説を長々と聞きたいタイプときている。詳しい実例と、巧みに計算された比喩によって、鮮やかな視覚的イメージがたち現れない限り、私は言語を理解することができない。

たとえば。夫に「お昼は君と一緒に食べられると思ってたのに。とんだ当て外れだったよ」と言われたとしよう。すると私は、夫の言わんとしていることが掴めず、たちまち迷ってしまう。彼は「つまらなかった」と言いたいのだろうか？ だとしたら、単に残念に思っただけだろう。それとも、「気を悪くした」のだろうか？ これは、「頭にきた」と「つまらなかった」の中間くらいのはずだ。あるいは、「がっかりした」という意味だろうか？ もしそうなら、相手とその件について言い争いたいはずだ。あるいは、「腹が立った」のだろうか？ これは、寂しさの混じった「つまらない」だろう。もしかしたら「頭にきた」のかもしれない。それだったら、相手とは口もききたくないだろう。それとも、「むかついた」のだろうか？ そうであれば、唾を吐きかけてやりたくなるに違いない。それとも、そのどれとも違うのだろうか？

私にとっては、ほかの人の言わんとする内容を本当に把握しようと思ったら、単語を数個、規則にのっとって並べられただけではとてもではないが足りないのだ。話し言葉にしても書き言葉にしても、簡潔な文体では全く通じない。言葉というものは、単独ではあまりにも掴みどころがなさすぎる。多彩な表現がいくつも並べられ、さらに、こまごました解説が添えられて初めて、言葉は生命をふき込まれる。こうしてようやく頭の中に画像が描かれ、まとまりのある思考が可能になる。これだって、いつもうまく行くとは限らない。どんなに巧みな表現、どんなに詳しい説明を与えられようと、やはり何のことだかさっぱりわからないときもある。

トムは結婚して何年もたつまで、自分の説明が妻にはわからないなんて思ってもみなかったという。だって彼にしてみたら、意見ならはっきり言ったつもりだったのだから。私に話が通じないと、ああ、彼女は聞きもらしたんだなと思っていたらしい。一方私はというと、彼ったら私をこんなに混乱させておいて、何とも思わないのかしらと思っていたのだった。

友人たちの話を聞いていると、みんなもやはり、配偶者との会話で互いの話の意味がうまく通じなくていら立つことはあるらしい。特に、理屈で説明しなくてはならない抽象的な話題のとき、道徳や倫理、信仰、想像の世界に属すること、自分たちの価値観にまつわることを話し合っているときに多いようだ。でも私たちの場合、話の行き違いは「ときどき」などというものではなかった。観てきた映画のこと、読んだ本のこと、さらには、あの用事をやらなくてはとか、あそこに行こうとか、そんな身近なこと、決まりきった日常の話さえ通じない。ちょっと意見を交換したかっただけなのに、ちょっと二人の時間を楽しみたくて雑談したかっただけなのに、どういうわけか話がもつれてしまい、大混乱になってしまうのだった。

当時の私たちの会話は、もつれ始めるととことんもつれてしまうのだった。そのややこしさときたら、どんなに言葉を尽くしたところで、とても表現できるものではない。本当は、二人のコミュニケーションのスタイルが違っているために、伝えたい内容が伝わらなくなっていたのだが、私たちはまだ、そのことを知らなかった。私たちは何時間も議論し続けた。しかもその間ずっと、二人が二人とも、「向こうの言ってることはさっぱり意味が通じないじゃないか」と思いながら。私の場合は、夫がにわかに外国語をしゃべりだしたかのように聞こえたものだ。夫の口から何やら言葉が出てくるのはわかるものの、聞こえた単語が意味と結びつかないのだ。まるで、辞書か何かから無作為に選んだ単語を文の中にはめ込んだような、解き方のわからない言語パズルをつきつけられたような感じだった。

今でもありありと思い出せる。私の思考は、流れる潮の中、うずのように回り続けるばかりだった。見ている私は、何でもいいから見慣れたもの、安心感を与えてくれるものに掴まろうと必死だった。そんなことが何度となく繰り返された。

私は長年、誰もがこんな経験をしているものかと思っていた。だってそうではないか？ 大衆文化でもマスコミでも、似たような話を聞くではないか？ 男と女が意思を通じ合うなんてどだい無理なのだ、そもそもの設計からして差が大きすぎて、わかり合えるはずがない――そう言うではないか？ だから私は、トムと話が通じなくても、これが標準なんだと思うようになった。夫の口から出てくる言葉は、一つ残らず逆さ言葉のように聞こえるものなんだ、ドアの下のわずかなすき間から巧みに逃げ出し、見つけられなるものかとどこかにもぐり込んでしまうのが当たり前なんだ、どの女性もみんな同じ思いをしているんだ。そう思い込んでいた。さらに、世界中の妻たちは一人残らず、耳や頭が混乱したら、私と同じ反応をしているものだと信じて疑わなかった。夫のある女性は全員、声を思いどおりに出すため、意識を保つため、自分の呼吸と闘っているのだと信じていた。

でも、ほかの女の人に私の経験を話して思い当たるかどうかたずねてみるたび、「思い当たるとかいう以前に、あなたの言っているのがどんな状態のことなのかさえわからない」という答えが返ってくるのだった。「そりゃ私たちだってけんかはするけど、そんなんじゃないわ」。みんなそう言うのだった。みんなは現実の世界を見失いそうな感じを味わうこともなければ、夫が不可解な無意味語を語りだしたように聞こえることもないらしい。ではどうなるのかときいてみると、彼女たちはただ、何らかの点をめぐって夫と意見が分かれ、お互いに相手の意見には反対である旨を伝え、議論をして、最後は決裂するか和解するかどちらかで終わるのだという。ほどなく私は悟った。ここでも私は標準を外れているらしい。そう、私はまたしても、アスペルガーゆえの特徴と顔を突き合わせることになったのだった。

今の私は、自分の反応がASのせいなのか、それとも全く無関係の要素によるものなのかを見究めようと、かなりの努力を払っている。たとえば、自分がトムと言い争っていることに気がついたとする。そんなときは、話すのをいったんやめて、それまでの会話を頭の中で再生してみる。ASに影響を与える条件はいくつも知っているから、そのどれかが登場していなかったか、コンピュータよろしく検索して、より分けようというのだ。

まず、頭の中に二山《ふたやま》の索引カードを思い浮かべる。一方は、ストレス、睡眠不足、ホルモンなどといった一般的な条件が記されたカードだ。もう一方のカードには、柔軟性に欠ける思考、字義どおり解釈など、ASの特徴が記されている。

カードが準備できたら、それまでの会話を数センテンスずつ順に分析し、どの条件が影響していたか、念入りに調べていく。たとえば、「このせりふを聞いたときの私の解釈は、柔軟性に欠ける思考パターンの影響を受けているだろうか?」「今はひどいストレスにさらされているために、言葉の内容に関係なく、正しく理解するのが難しいだけなのだろうか?」「私は、彼のせりふをあまりにも字義どおりに受けとりすぎたのだろうか？」「言葉の裏に込められた言外の意味を誤解したのだろうか？」というふうに、次々と自問してみるのだ。

こうして、影響していた条件はこれだなと思ったら、その条件が関わっていそうなくだりを抜いて、やりとりをもう一度再現してみる。ここまでの準備ができてようやく、当初の対話に戻り、話がどこからおかしくなったかを知ることができる。

場合によっては、トムに頼んで、誤解の元になったとおぼしき単語を改めて定義してもらったり、どこか特定の箇所をもっと詳しく解説してもらったりすることで、事態を収拾できることもある。またあるときは、これは少々ややこしすぎるなと考えて、せりふの一部を聞かなかったことにして流すこともある。また、ときには、夫の言葉が失礼だったのだ、夫の意見が間違っているだけだ、夫が誤解しているのだという結論に達することもある。

混乱してトムの話の筋を見失ったのは、どうも他のことではなくASのせいらしいと気づいた場合は、はっきりそう言うことにしている。「私、ASのせいで混乱してしまったんだと思うの。悪いけど、最初に戻って、もう一度説明してもらえないかしら」。こうして正直に事情を話したときは、これまで一度の例外もなく、私たちはたちどころに言い争いを止めることができた。そして、トムは自説を一から解説してくれる。ただし今度は、前よりもずっとていねいに、しかも厳密に言葉を選んでくれる。

一方、原因はASと無関係のことだったとわかったら、私はたいてい、友人たちと同じことをする。つまり、自分の意見を主張し、あくまで意志を曲げない。もっとも、原因はASだと気づく場合がほとんどなのだが。

たいていは、トムに説明をやり直してもらえば、私もどうにか暗号の解読に成功し、彼の言おうとしている内容を理解することができる。でも、ときには、夫がいくらがんばっても、私の頭の固さをどうにもできないこともある。たとえば、夫に「あと何分かしたら職場を出るよ。銀行に寄ってから買物をして、その後で図書館まで迎えに行くから」と言われたとしよう。すると私は、夫は正確にこのとおりのことを、このとおりの順番で実行するものだと思い、すっかりそのつもりになってしまう。ちょっと気が変わって職場を出るのが予定より一時間遅れたからといって、銀行に寄っただけで迎えに来て、買物には一緒に行こうと言われたのでは全然だめなのだ。こんな一見無害なことでも、私は毎回大騒ぎしてしまう。夫が予告した通りの時間に職場を出なかったから、夫の行動が予告した通りの順番ではなかったから、ひどく動揺してしまう。図書館での時間が楽しく、迎えが遅れて長居できたのがかえってありがたかったとしても、その上、もともと自分も買物に行きたくてたまらなかったとしても、何の救いにもなりはしない。時間と順序の決まりを破られたことに変わりがない以上、違反は違反でしかない。私はすっかり動揺して、反復思考が始まってしまう。どんなにがんばってもそのことが頭から離れず、他のことに意識を切り替えられなくなるのだ。まるで頭の中が鏡張りの部屋になったように、聞いていた説明、見せられた現実ばかりが、どこまでもどこまでも無限に映しだされる。ひとたびこの状態にまで進んでしまうと、もう夫の手ではどうすることもできない。トムもとうとうあきらめてくれたようだ。こんなときは、ただその場をやり過ごしながら、私が何かこの件とは無関係なことに気持ちを移せるときが来るのを待つしかない。

このとおり融通のきかない私だが、パニックがおさまった段階でそれっきり忘れてしまうことさえできたなら、さらに話がこじれることにはならないだろうにと思う。でも現実には、この種の事件はほとんど例外なく記憶に残ってしまう。いつもの手順が守られなかった。言葉を間違って使っていた。順序を勝手に変えられた。こうして混乱し、腹を立てることがあるたび、違反の記録がファイルに綴じ込まれてしまう。しかもこのファイルはすぐ手の届くところに置かれている。同じような事件が起きるたび、いちいちこのファイルがめくられてしまうのだ。反復思考の引き金になったのは目の前のたった一つの事件にすぎないというのに、私ときたら、ファイルの中から似たようなできごと、似た状況で起きたできごとをいくつも引き出しては、片っぱしから蒸し返す。十年前のこと、ときにはもっと古いできごとまで思い出してはまくしたてる。ありがたいことに、トムは私のしつこさ、融通のきかなさに対してはかなり寛容だ。おそらく彼も、苦労の末に、妻はこういう人なんだなと納得してくれたのだろう。私の性格には困った点もあるけれど、それも目が青いのと同様、私という人間の一部なのだと思ってくれるようになったのだろう。

こういうと変に聞こえるかもしれないが、これまで夫がかけてくれた言葉の中でもとりわけ優しく響いたのは、「君って本当に変なやつだよ」というものだった。愛情表現としては珍しい部類に属する言葉だろうが、私には嬉しくてならなかった。この一言を聞くだけで、自分には無限の自由があるとわかったから。トムは私がみんなと違っていることくらい百も承知で、それでもなお私と一緒に歩む気なのだ。そうわかる一言だったから。この言葉をかけられてからというもの、感覚過敏のことだって正直に打ち明けられるようになった。私さえ言う気があるならば、こんな刺激でいらいらしてしまう、過剰に反応してしまう、混乱してしまうと言ってもいいのだとわかったから。

手をつなぐのに、二人の指を交互にからませてこられると、今にも指を引き裂かれるように感じられること。軽くふんわり触れられると、肌の下を虫が這うような感じがすること。トムがある特定のオーデコロンをつけていると、口には唾がわき、鼻は焼けつき、胃はむかむかすること。あまり近くに立たれると思わず払いのけたくなり、それを抑えるには全身の力をふりしぼっていること。それをもう隠さなくていいのだと思うと、本当に心が軽くなった。

私が一つ、また一つと事情を話すたび、トムは取り乱すでもなく淡々と受け止めてくれた。この感覚に襲われたときは、こんな感じがするの。私がそう説明する間、トムはただうなずくのだった。そして、野球を観戦しているまっ最中に、絶えずざわめき、動く観客に頭がくらくらしてしまった私が、今すぐ帰るとわめきだしても、文句一つ言わなかった。一緒に座るときに私がぴったりくっつかないからといって、抱きしめる回数が少ないからといって、ほかの夫婦がしているような愛情表現のしぐさをしないからといって、腹立ちや不満を口にすることもない。対人関係の機微のわからない私が社交の場でへまをしても、恥ずかしがったり、いやがったりすることもない。

とはいえ、私だって完全に安心しきっているわけではない。私がこんな人間であるばっかりに、夫に何か物足りない思いをさせているのではないかという心配はなくならない。私に足りないもの。それは何かある種の心遣いのこまやかさかもしれないし、ぎくしゃくしない人当たりの良さかもしれない。寛大さかもしれないし、素直さかもしれない。でもそれは、夫自身にしかわからないことだ。私が考えたところで探り当てられるはずもないし、ましてひとりでに実現できるはずもない。自分は愛情が薄いのではないか。頑固すぎるのではないか。それが怖いから、いわば保険のようなつもりで、なるべく夫にたずねてみることにしている。もっとこうして欲しいと思うことはない？　あるとしたらどんなとき？　ときいてみるのだ。

でも、夫は私に負担をかけまいとして、私の至らない点は言おうとしないかもしれない。だから私は、少しでも自力で何とかするのが私の責任だと思い、いろいろと努力してきた。どれも小さなことばかりではあるけれども、今のところは何とか役に立っているようだ。

たとえば、普通の人たちだって、牛乳を買うのを忘れないよう、郵便を受けとるのを忘れないよう、用事のリストを作るだろう。それと同じように、私は行動のリストを作ることにしている。〈毎日、トムの手を五分間にぎる〉〈人が多すぎて圧倒されそうな場所では、目を細めてぼやかす〉〈「何なのこれ、すぐ帰る!」ではなく、「ちょっと失礼します」と言う〉〈返事をする前に五つ数える〉〈今日は、トムを三回抱きしめる〉。このリストを見直せば、自分がどうふるまうべきか思い出すことができる。

何とも単純な方法だが、私にはずいぶん役に立っている。外からの刺激なしには思いつかない、思い出せないルールも、スキルも、計画も、リストがあると記憶から抜け落ちずにすむようなのだ。

それにしても、こんな人為的な方法に頼らないといけないとは、自分でもどうも不思議でならない。他のほとんどの分野に関するかぎり、私はとても記憶力がいい方なのだ。それだけに、「これをやろう」と思ったときの私は、つい、メモなんかしなくたってできるはずだと思ってしまいそうになる。

思うに、物によって記憶力の落差が激しいのは、記憶する対象の性質が微妙に違うせいではないだろうか。私がやすやすと思い出せるのは、大好きなテーマにまつわる情報か、過去に実際に経験したできごとか、どちらかに属するものばかり。ところがどういうわけか、「前はこうやった」という記憶なら思い出せても、「こうしよう」というアイディアになるとなかなか思い出せない。過去をふり返ると、まるでアルバムでもめくるように鮮明な画像でいっぱいなのに、未来を思い浮かべようとすると、まともな画像など一枚も浮かんでこない。画像を頼りに先へ進もうにも、これでは何とも心もとない。

しかたがないから、私は大変な時間を費やして先の展開を予測する。起こりうるシナリオを片っぱしからイメージして、それぞれを何度も繰り返しリハーサルしてみる。自分のせりふの台本を書き、頭の中で人々を動かす。それに合わせて自分の反応も演出していく。こうして、考えられる可能性は全部出つくしたぞと思えたら、今度は、現実の世界ではどの可能性が一番起こりやすいだろうかとひたすら思い悩む。ここまでしても、リハーサルしていたとおりの展開になることなどめったにない。こんな調子だから、どうふるまえばいいか確実にわかるようになる日など、きっと来ることはないのだろう。人間たちの織り成す物語は、私にとってはあまりにも不確かで予測がつかない。

不確かで、あてにならなくて、不安のもとになるのは、人と接する状況ばかりではない。私の視覚認知もしじゅういたずらをしかけてきて、おかげでごく普通の用事さえなかなかこなせなくなってしまう。目的の物と背景とを見分ける、よく似た物と物を区別する、物と自分の距離を測る、そういった作業が私には難しい。

自分の視覚認知はあてにしない方がいい。それくらい、一般論としてはわかっている。でも現実の場面では、そういつもほかの人に頼れるときばかりとは限らない。方角がわからなくなった。混雑した駐車場で自分の車が見分けられなくなった。ショッピングセンターの出口が見つからない。ビルの廊下で迷ってしまった。家の近所でさえ、自宅へ帰れなくなる……。こういったことを人に打ち明けるのは気遅れするものだ。ことに、相手が知らない人となるとなおさらどぎまぎしてしまう。

だから、これから苦手な作業、苦手な場面に一人で立ち向かわなくてはならないことがあらかじめわかっているときは、できる限りの準備をしておくことにしている。起こりうる問題を思いつく限り予測して、そのすべてに対策を考えておくのだ。

たとえば、一人で出かけなければならないときは、夫に頼んで、詳しい地図を描いてもらう。それを見れば道順がわかるように、文字と絵と両方のヒントをかき込んでもらう。地図ができたら、それを一緒に見ながら、言葉を使って何度も道順を予習する。私の受け答えを見て、トムが「もう大丈夫だろう」と納得するまで、練習はくり返される。いよいよ出発する段になると、トムは私に携帯電話を持たせ、道を間違えたと気がついたら、すぐに電話するようにと固く言い聞かせる。どんなに準備したところで、道を間違えることは避けられないのだから。

一方、無事に目的地へ着けた場合の準備も怠るわけにはいかない。車を停めるのは、なるべく大きくて目立つ目印の近くにする。これなら、いざ車に戻るというときに、どこに停めたかを思い出しやすいからだ。また、行き先を選ぶ段階からして、広大なショッピングセンターは避け、一軒の店ですべての品物が揃うような店を選ぶように心がけている。そして、建物の中でも、道でも、いつも独り言を言いながら歩く。自分に「落ち着きなさい」と言い聞かせるためでもあるし、目についた目印を記憶に刻み込むためでもある。道に迷ったら電話すればいいのだということを忘れず、心強さを保つためでもある。

困ったときに家に電話するのが恥ずかしいことだとは思わないし、いやだとも思わない。そんな気持ちが少しでもあるなら、電話なんてできないだろう。自分には心配してくれる家族がいるのだ、家族は有能な人たちで、自分はその指示をあてにできるのだ——それがわかっているおかげで、私は安心していられる。みんなが後ろでカバーしてくれるとわかっているおかげで、不安も薄らぐ。

家族のありがたさが格別身にしみるのは、完全に迷子になったことに気づいて恐怖に襲われたときだろう。迷子になるのは本当に辛いものだ。世界が奇妙に歪み、現実が悪い夢と化し、そこらじゅうが隠し扉だらけ、行き止まりだらけ、落とし穴だらけに見えるのは本当に辛いものだ。私は思わず過剰に反応して、パニックを起こしてしまう。蒼ざめた顔に汗が吹き出し、首筋も指の腹もじっとり湿って感覚がなくなる。脈は速くなり、血液が静脈をかけめぐる。肩はこわばり、口には唾が湧き、酸っぱいものが喉の奥に上がってくる。もちろん、人は恐怖に襲われれば誰でも同じ反応を示すのだろう。不安を感じれば、このような反応を示すのは自然の摂理なのだろう。でも私にとっては、これはただの恐怖、ただの不安ではない。私のパニックの発作は、現実に身の危険が迫っているという本物の警告、本物の内なる声であることが多い。内なる声が私の五感にむかって、**「気をつけろ! よく周りを見て、状況をつかむんだ! 大変なことになっているんだぞ!」**と叫んでいるのだ。

今でも忘れられないできごとがある。トムの出張についてサンフランシスコへ行ったときのことだった。トムはずっと仕事で忙しかったが、私には何の予定もなかった。最初の一日は、ホテルの部屋で留守番をしていた。二日め、私はふと思い立つ。二人で借りているレンタカーで、テディーベア工房へ行ってみよう。娘たちのために、手作りの熊をデザインしてあげるのもいいかもしれない。

私は、トムが仕事をしている部屋へ入っていくと、仕事中なのにもかまわず、しかも何の挨拶も前置きもなしに「車のキーがいるの」と言った。そのときのトムの顔は今でも覚えている。まるで、両目をいきなり強い光で照らされたような表情だった。私のふるまいにも、私の要求の内容にもただただ驚き、不安になったのだろう。虚を衝かれたトムはおとなしく鍵を出し、口もきけずにただ座っているだけだった。

鍵を受けとったとたん、私は、部屋中の視線が自分に注がれているのに気づいた。さすがの私もたちまち悟る。自分はまたしてもこの社会の道徳に違反してしまったらしい。あまりの恥ずかしさに、大急ぎで部屋を出るしかなかった。

私は鍵を掴んで駐車場に向かい、かなり苦労した揚げ句にようやく目ざす車を見つけ、ホテルでもらった市内案内地図だけを頼りに、テディーベア工房へと出発した。

五分もたたないうちに、どうやら自分は大変な失敗をしたらしいと気づく。窓から見える標識に書いてある地名を地図で探したが、どこにも見つからない。幸い、ホテルの住所なら地図に書いてある。どこかにガソリンスタンドがあったら、道をきいてホテルまで戻ろう。最初に目についたガソリンスタンドは通りの反対側にあった。私は何とか車の切れ間を縫って通りを横ぎると、道を聞こうと車を降りた。

私が車から出るか早いか、ホームレスの男がかけ寄ってきて行く手をさえぎり、金をくれと言ってきた。私は同時に二種類の恐怖に襲われた。男の置かれている境遇は恐ろしいものだと思ったし、その男の存在も恐ろしかった。心は相手の苦境のために痛み、体は私の苦境のために震えだした。ふと気がつくと、男は一人ではない。いつの間にか私は大勢にとり囲まれていたではないか。みんなは私に何をするつもりなのだろう？　私にどうしてほしいのだろう？　私にはよくわからなかった。それでも何とか、丁重に、かつ正直に、現金は少しも持っていないのだと答えることはできた。

混乱はますますひどくなっていく。ふり向いてガソリンスタンドの方を見ると、従業員たちは全員、鉄の柵で安全に守られている。さらに周囲を見回してみたところ、私が迷い込んだのは、お世辞にも安全とはよべない地域だとわかった。私は身動きもできず立ち尽くすばかりだった。迷子になるたびに決まって感じるあの恐怖に包まれて、毎回、わが身が危ないと教えてくれる恐怖に包まれて、ただ固まっているしかなかった。

どこへ行けばいいのかわからないまま、とにかく人だかりから離れたくて後ずさりしながら、私はぎこちなく車のキーをまさぐった。手が思うように動かず、もたつけばもたつくほど、混乱は深まっていく。混乱のあまり、すぐ近くに恐ろしく大柄な男が立っているのにも気づかないほどだった。どこから現れたのだろう？　こんなそばまで寄って来られて、なぜ気がつかなかったのだろう？　さっぱりわからなかったが、相手の姿を見たとたん、悪意がないらしいことはすぐわかった。彼も私と同様、この界隈では場違いに見えた。着ている服は上等だし、車も高価なものだった。声は聞きとりやすく、聞いていると気分がしずまるような気がした。発音も明瞭で、よく聞きとれた。その人はまずはにっこり笑って見せてから、穏やかな口調で、何かお手伝いすることがありますかとたずねてくれた。

その人と私の距離は、私のパーソナル・スペースを侵害するほど近くはなかったが、じりじりと私に近づきつつあった人々のスペースを侵害するには充分近かったらしい。彼がそこに立っているだけで、自分たちは立ち去った方がいい、この女から離れた方がいいというメッセージが間違いなく伝わったようだった。あたかも波が引くように、脈拍が正常に戻るのが自分でもわかる。

私は堰を切ったようにしゃべり出した。道に迷ってしまったこと、どうしたらいいかわからないこと、ここの人たちがこんなひどい暮らしに耐えなくてはならないなんてあんまりだと思うこと、などなどなどなど、とりとめもなくしゃべり続けた。自分が別々の話題をごちゃ混ぜにしていることはわかったし、これでは一番大事な問題から話がそれてしまうこともわかったが、私はなおも止めなかった。その間じゅうずっと、男の人は真摯に耳を傾けてくれた。私がようやく口を閉じる気になり、目下の問題に集中できる状態になるまで、じっと待ってくれた。そう、私は迷子になって、ホテルに帰る道がわからないのだった。男の人はとても穏やかな調子で道順を説明してくれた。途中で見える目印、横ぎる道路の名前も一つずつ具体的に教えてくれた。そして、私が車に戻るまでつき添ってくれ、ドアも閉めてくれて、無事に車を出すところまで見届けてくれた。

もちろん、この人にはそれっきり会ったことはない。再会できるのは夢の中でだけ。このときのことは今でも夢に見る。そしてこの夢を見るたび、自分の認知の障害の根深さを改めて思い知らされる。この障害を侮るわけにはいかないのだ、へたをすると取り返しのつかない目にも遭いかねないのだと思い知らされる。

ホテルまでの道を見つけるには、それからさらに一時間以上も費やさなくてはならなかったが、それでも何とか無事に帰ることはできた。部屋に戻ってみると、心配のあまりすっかり取り乱し、逆上したトムが待っていた。何があろうと、二度とこんなまねはするな。夫はくり返し念を押す。私は約束した。不案内な土地で、トムのつき添いなしには決して遠くへ行かない。本当に心から誓った。今もこの誓いを破るつもりはない。

じりじりと、ほとんどかたつむりのようなのろさではあるけれども、私は自分の行動を事前に疑ってみることを学びつつある。とはいっても、この先、判断を誤ることがなくなるだろうという意味ではない。愚かな判断は続くだろう。わが身を危うくしかねないほどの過ちも犯し続けるだろう。私が学びつつあるのは、「自分はせっかく信頼できる人に恵まれているのだから、彼を信じる気持ちを保険として利用した方が自分のためなんだ」という発想だ。不確かなことがあれば、まずトムにきいてみること。よく知らない公園でジョギングしてみたいと思ったら、安全かどうか、先に相談すること。どこであろうと一人で自転車に乗りたいと思ったら、先に相談すること。車で近隣の街まで行きたいと思ったら、知っている街だろうと初めての街だろうとかまわず、先に相談すること。常日頃の行いから少しでも離れたことを思いたったら、それが安全かどうか、賢い選択かどうか、必ずトムに聞けばいい。そうわかったのだ。トムの役割は盲導犬に似ている。こちらから訊ねさえすれば必ず、安全な方向へと案内してくれる。

子どものうちは、両親が後ろから背中を押してくれた。そして、両親が押せるところまで押し切ったちょうどそのときに現れたのがトムだった。今度はトムが、前から引っぱってくれた。ときには声を荒げ、ときには蹴とばしながら、私が本当に心地よく落ち着ける場所まで引きずって来てくれた。私はトムの助けを得て、自閉症のスペクトル上を歩んで来れた。幼い頃の、あれが自分だとはとても信じられないような状態から出発して、比較的普通に見える今の状態まで進んでくることができた。

トムがこうして私を助けてくれるのは、私に対する善意、親切からのことだ。その証拠に彼は、私のやり方がこの調子でいいかどうか教えてくれるのに、軽くうなずくか、ほほえんで合図するだけ。それ以上に出すぎることは決してない。トムは私の安全を守ってくれる。私が行き過ぎたら、ブレーキをかけてくれる。発想が横道に逸れ過ぎていたら、教えてくれる。人との対話なのに私が自分ばかり長々としゃべり過ぎていたら、気づかせてくれる。だから、会話の運び方がおかしくないかと気になったら、聞いている人たちにどうとられているかと気になったら、夫の方を見るだけでいい。夫の表情で知ることができるから。

そんなとき、夫が主人風を吹かせているように感じたことは一度もない。自分のエゴのためだろうと感じたこともない。私のふるまいに不快になったからではないか、腹を立てたからではないかと思えたこともない。私だって何も、自分がこうして夫に影響されていることをそういつも意識しているわけではない。それでも私は、「あの人のことだもの、私を教えよう、道案内しようとしているはずだ」と断言できる。私はかねてからよく知っている。トムは本物の自信にあふれた人だ。自分が誰にどう思われようとも意に介さない。そんな彼だから、妻が他人にどう見られようと、自分にも、自分たち夫婦にも、関わりのないこととしか思わないはずではないか。

トムは、私が普通の人と違うことを知っても全くうろたえなどしなかった。そして、私が先に切り出さない限り、この話題を口にすることは決してない。私が一人でくどくどしゃべるのをいくら聞かされようとも、そのことを持ち出したりはしない。私が人と違っていることを武器に、私の思いを、彼との関係を大切にしたいという思いを殺してしまうこともない。私がこんな人間であることを、私を攻撃するために利用したりはしない。そんな人だからこそ、私も信頼する気になったのだ。

信頼。何とも掴みどころのない概念だ。具体的な経験を積み重ねて、ものごとから一般法則を抽出する力、人間の営みの機微を読み取る力がなくては、理解することさえおぼつかない。ASの人々にはなかなか見つけることができないのも、無理のない話だろう。でも、ひとたび見つかりさえすれば、そのありがたさは命を救うほどにもなる。何かの目的に至るための手段として大切なのではない。信頼は目ざめのきっかけとなってくれるのだ。

何も考えなくとも無条件に信じられる人。そんな人が傍らにいてくれる。それを知っているからこそ私には言える。私はこれからも成長し、進歩を続けることができるだろう。探索と発見を続けることができるだろう。

ときには、ただ夫の顔に目をやるだけで、度を失いそうな自分を押しとどめ、持ちこたえられることもある。トムの顔を見ると、何かに打たれでもしたように、思わずはっとなるのだ。何も美男子だからというのではない。彼の顔の部品には、視覚的に私を惹きつける要素が豊富なのだ。直線、左右相称性、平行や直角。トムの顔はかっちりして安定感があり、曖昧さがない。輪郭も凹凸もはっきりしている。私の視覚につかの間の休息を与えてくれる。トムの目鼻を見ていると、奇妙なほどに心がしずまる。おかげで、トムがいてくれると思うだけでくつろいでしまえるほどだ。ほかの人たちがのどかな小川の風景に安らぎを見出すのと同じように。赤ん坊が子守り歌であやされるのと同じように。

よくこんなことを考える。トムと出会ったのがティーンエイジャーのときだったなら、あの、身もだえしながら試行錯誤していた頃だったなら、私の人生はどうなっていただろう？　やはりトムは助けてくれたのではないか？　私はあんな思いをしなくてすんだのではないか？　そんな願望にとらわれる。でもこれはただの願望。確信にまで至ることはない。

おそらく、私たちの出会いは遅くて良かったのだろう。なぜなら私は、あの後何年もかけて自分を掘り下げてみるまで、自分がこんな人間であると知ることはなかったから。自分がどんな原理で動いているのかも知ることはなかったし、どこを直さなければならないかもわからなかったから。倒れるたびにトムに受け止められていたなら、いや、トムでなくても同じこと、倒れるたびに誰かに守られていたなら、自分は何につまずきやすいのかを知ることもできなかっただろう。私は転ぶ必要があったのだ。転び、膝をすりむき、胸をしめつけられる思いを味わい、限界まで努力することが必要だったのだ。そうでなければ、自分は単に「ちょっと違っている」どころではすまないのだと心の底から思い知ることはできなかっただろう。今はトムに支えられている私だが、自分はこうして他者に支えてもらわねばやっていけないのだと認めるためには、まずは自分のかかえる問題を一つ残らずつきつけられる必要があったのだ。

今では、ASゆえの困難も次第に薄れつつある。だから私は自分を戒める。自分のニーズのせいで、トムに過剰な責任を負わせないように。私が失敗することで、トムにまで迷惑をかけないように。そして、トムに頼るのは最小限に抑えるように、どうしても同じパターンから抜けられないと知っている状況、どんな不自然な遠回りをしてでも避けたい状況だけに限るように気をつけている。そのため、助けが必要なのはどんなときか、助けてもらうならどんな方法がいいか、少しずつでも具体的に特定していこうとしている。その一方、私の方から夫に与えられるものがあれば、精いっぱいお返しをしようと真剣に努力している。誠実であること。正直であること。信頼を裏切らないこと。共通の趣味を一緒に楽しむこと。これなら、私にも与えることができるから。

二人の間にはさまざまなできごとが持ち上がる。その勢いで引き離され、倒れそうになることもある。でも私たちは学んできた。一対のブックエンドが間に立てられた本をはさみ、支えるように、二人で力を出し合い、支え合うことを学ぶことができたのだ。

6　わが子を育てながら

どうしましょう！
——実話に基づく戯曲。一幕、一場——

舞　台　病院の超音波検査室。

登場人物　超音波検査技師、看護人、アスペルガーの妊婦、心配そうな夫。

あらすじ　妊娠は正常で、経過もこれまで順調だったはずなのに、どうもようすがおかしくなってきた。かかりつけの産科医は胎児の状態を心配して、超音波で調べてみることにした。そして今、検査が始まろうとしている……。

検査技師　さーて、始めますよ。ちょっとひやっとしますからね（妊婦の腹部に潤滑ゼリーを塗り、機具を当てる）。ようし、見えてきたぞ。これが、一つめの頭、と……。（間を置き、大きく息を吸って）そしてこっちが、二つめの頭と。

妊　婦　二つ？　頭が二つ？　赤ちゃんは頭が二つもあるんですか？
（妊婦は恐怖のまなざしで息をのみ、夫の方を向く。夫はゆっくりすべるように床に崩れ落ちる）

検査技師　お父さん？　お父さん、大丈夫ですか？　またこれだよ。（隣の部屋にむかって大声で）おーい、ちょっと手を貸してくれ。またお父さんが倒れたよ。

看護人登場。気の弱い夫の介抱を始める。上体を抱え起こして床に座らせ、休ませる、などなど。

妊　婦　どうしましょう、信じられない！　私の赤ちゃんに頭が二つもあるなんて。（激しく震えだす）

検査技師　二ついてる？　まさか。聞いてないんですか？　双子ですよって。

妊　婦　双子？　どうしましょう！

――幕――

事実は小説より奇なりという言葉がある。私の経験が何かの参考になるならではあるけれど、確かに当を得た言葉だと言わずにはいられない。この芝居そのままのシーンが現実にくり広げられたとき、私は本気で自分は双頭の赤ちゃんをさずかったのだと思っていた。これがAS特有の字義どおり解釈のせいなのかどうかは自分でもよくわからない。でも、いかにもASの親らしいできごとではあったと思う。

私にとってこの一〜二年は、まるで逆さまの世界で生きているような感じだった。意識はいつも、「本当ならこうでなくては」と「でも現実は……」の間で戸惑うばかりだった。たとえば、わが家では、私が子どもたちのお手本になるのと同じくらいに、子どもたちが私にお手本を示してくれている。私は大人だから、何もすべての道徳的規範、倫理的規範が等価というわけではないことを知っていて、その軽重、優先順位を教えることができる。一方、子どもたちは私に、人前ではどうふるまうべきかを教えてくれる。それどころか、公共の場では、子どもたちが私を手引きしてくれることもしょっちゅうだ。自分たちが助けてあげなかったら、お母さんは文字どおりの意味でも比喩的な意味でも迷子になってしまうんだとわかっているのだろう。

子どもたちのおかげで——子どもたちがいてくれる、ただそれだけで——私は否応なく現実の世界に直面させられることとなった。親になってみるまでは、外の世界のことなどほとんど意に介したこともなかった。でも今はそうはいかない。わが子には何としてでも行き届いた世話を受けさせたいから。よい教育を受け、いきいきと何かに夢中になり、あらゆる面で満ち足りた子ども時代を過ごしてほしいから。そのためには、親は首尾一貫した行動をしなくてはならないし、考え方だってころころ変わっていては困るだろう。だから私は、自分のふるまいや思考をモニターしようと、精いっぱいの努力をするようになった。

何とかして、ごく普通のお母さんになりたいから。

子育てという経験をすることで、私の中にも、これまでになく普通らしい面が育つことになった。でもその一方、普通ではない点はどれもやたらと目立つことにもなった。単に普通ではないだけではすまず、ひどく辛い思いをしなくてはならないこともあった。

子育てに限ったことではないのだが、私のつらさは、具体的に「これとこれができないのが困る」という性質のものではない。一つや二つ、大きなへまをして「ああっ！　私なんか母親失格だ！」と泣き叫んでいるわけではないのだ。一つ二つの失敗でへこたれるような私ではない。そうではなく、子どもと接している間じゅう、休みなくまごついてばかりいることが辛いのだ。一つ一つは小さなことでも、それが全部積み重なると、「しまった。またやってしまったのね」とひそかに呟くことになる。

子どもを育てるのは、いつも新しい課題の連続だった。娘たちが一歩成長するたび、私はこれまで考えてもみなかった問題、しかも、わけのわからない問題にぶつかることになった。やっとこれができるようになったと思っていたら、もう次の課題をつきつけられて足元をすくわれる。そんなくり返しだった。

もちろん、こんな思いをしてきたのは私に限ったことではない。私の知る限り、ほかの親たちだって、皆一様に愚痴をこぼし、迷ったこと、失敗したことを打ち明け合っている。ただ不思議なのは、ほかのみんなの場合、こうして語り合いながら、互いの話を身近に感じているらしい点だ。子育てをしている知人たちを見ていると、どうもみんなの語る体験はだいたい似通っているように思われる。ところが、私が悩みや失敗談を語っても、そんなことで困る人がいるなんて思ってもみなかったと言われてしまう。みんなにとっては、私の心配ごとは聞き慣れない話だし、みんなの悩みも私にはなじみのない話ばかりなのだ。

以前の私は、このことをひどく苦にしていたものだ。こんなことでは、並のお母さんにはなれそうにないと思ってしまうからだった。でも、今ではASについての知識も増えて、あまり自分を責めなくなった。こうして肩の力が抜けた今、改めてほかの親たちと話をしてみて、ようやく見えてきたことがある。みんなとあまり似ているとはいえない私だが、少なくとも一つは共通点がある。みんなも私も、よく知っている。「子育てにつきものの経験を何から何まで愛していないからといって、わが子を愛していないことにはならない」ということを。

ほかの親たちだって、初めて赤ちゃんを連れて退院したときは、お腹がひっくり返る思いも味わったし、耳も痛くなったと聞いたときは嬉しかった。赤ちゃんの世話ぐらいでオーバーロードを起こしてしまう自分が、ほんの少し、普通に近づいたような気分が味わえるから。でも、それも気休め程度でしかなかった。新しく親になったばかりの人々と話をしてみてすぐわかったことだが、みんなも私と同様、感覚のシステムを乱してくる刺激にひどい不快感を覚えてはいるものの、不快感が持続するのは、刺激に直接さらされている間だけに限られているらしい。みんなだって、ふだんより悪臭のひどかった日について、ふだんより泣き声のうるさかった夜について語ることはある。でも、その口ぶりには、私のように強烈な感情はこもっていない。「ぐちゃぐちゃのおむつほどいやなものってないわよねえ」とか「一晩じゅう泣きやまないんだもの、おかしくなりそうだったわ」とか言うだけ。それっきりなのだ。もっと詳しい説明をききたくて、「あなたの方はどんなふうになっちゃうの?」とたずねてみると、「そりゃ、一晩じゅううんざりだったわ。本当にいらいらしちゃった」と言う。私はじっと続きを待つ。もっと身近な話が続くのかと思って、「うんざり」とか「いらいら」の続きがあるのかと思って待つ。でも、話はきまってそこで終わってしまうのだった。そうするうちに私は気づいた。ということは、私が打ち明け話を語ったら、通常の脳を持った親たちの耳には「なんて大げさな」と聞こえてしまうのかもしれない……。

新しく子育てを始めたばかりのときは、何をするにも油断するわけにはいかなかった。どんな用事が引き金で感覚システムがひっくり返されてしまうかわかったものではないのだから。ごくやさしい用事、それどころか優雅なイベントでさえ、いざ手をつけてみたら猛々しい敵となり、私の平衡を乱そうと襲ってこないとも限らないのだから。

たとえば、一番上の子どもを迎えるときの話だが、私は一時期、子ども部屋の準備に凝ってみたことがある。理想の部屋を整えたいという気になったのだ。ところが困ったことに、ベビー用品業界と私との間では、〔子ども部屋とはかくあるべき〕という見解が全く一致しなかった。そもそも、なぜパステルカラーがあんなに多いのだろう?　子ども部屋用のアイテムといえばなぜあんなに、細かいチョークの粉でもまぶされたような色合いの物ばかりなのだろう?　私には、パステルカラーを眼にするのは苦痛なのだ。それでも、一度はがんばってみたこともある。家じゅうを淡い色のペンキで塗ってみたのだ。でも二週間しかもたなかった。私はすぐに、くっきりした、深みのある色で全てを塗り直してしまった。気の抜けたような淡い色のあふれる部屋に足を踏み入れると、口には唾がわき、頭が痛みだす。むかむかして、不安になってしまう。バランスを乱され、でこぼこになってしまう。パステルカラーも、量が少なければ何とかがまんできる。箱の中のクレヨンとか、濃い色が主の布地に少し使われているとか、その程度なら何とかなる。でも、全身をパステルでうずめられるのは困る。溺れてしまうのだ。

苦労の末、ようやくある店の一角に、まともな色の家具や布団の揃ったコーナーを見つけることができたものの、戦いはここで終わりはしなかった。次から次へと鬱陶しい問題が待ち受けていた。

私は左右対称にこだわりがある。どこへ行こうと、対称形の物を目にしていたい。対称形は信頼できる。標準の目安になってくれる。ところが、ベビー用品には丸みを帯びた形が多い。とがった角で小さな手や体を傷つけないようにという配慮なのだろう。頭ではわかるし、いいことだとも思う。でも感覚は納得してくれない。デザインの陰にどんな大事な目的があろうと、感覚はそんなことなど意に介さない。私の眼は、四角や三角で構成された、頼りがいのある形を求めてしまう。白黒の抽象柄など見たがらない。トラクターに轢かれてぺちゃんこになったような家畜など見たがらない。パステルカラーの衣装をまとったピエロなど見たがらない。私から生まれる子がそんなものの下に寝るのを喜ぶなんて、実感がわかない。こんなものは恐ろしいだけで、楽しくなんかない。ひずんだ形であって、可愛いなんてものじゃない。

布団のカバー類やカーテン、壁にかける飾り物などをさがすのも大変だった。またしてもパステルカラーとの戦い、無気味に歪んだ模様との戦いだが、今度は手ざわりの問題まで解決しなくてはならない。私にはいくつも苦手な質感があって、触れるとありとあらゆる感覚に襲われるのだ。

未塗装の白木は、においは好きだが触りたくない。かといって、あまりにつやつやに塗られた木に触れるのも辛い。家具にしても床にしても、薄いニスの層一枚を隔ててサンドペーパーの仕上げが感じられるのがいい。家具は風雨を物ともしないのがいい。腰をかければ壊れるかと思えるほど華奢なのはいけない。

布で好きなのは、目のつんだ木綿、でこぼこの多いシュニール織り、肌理の荒いビロード。サテンやポリエステル、ナイロン、未晒しの麻、けば立った毛糸に触れると、思わず手が引っ込んでしまう。「空気のように軽い」とかいうふれ込みの掛け布団も使えない。かといって、蹴ってもはねのけられないくらい重いのも困る。重さは中くらいで、カバーの布は節玉のある糸で織られている布団なら、ゆったりくつろげる。それ以外の物だと、鳥肌が立ってしまう。

もちろん、私の子どもだからといって、こういった好みまで一致するとは限らない。でも、子どもたちの肌に触れる品なら、どのみち私が手で持ち、取り扱うことになるのだ。それを考えれば、必要な品は何でも、私の感覚に合う物でそろえるしかないだろう。

結局、どうにか暖かくて居心地の良い部屋を整えることはできた。布団カバーのたぐいは見つからなかったが、母に頼んで白い木綿で縫ってもらうことになった。とにかくこれで、子ども部屋に入るというだけのために余分なエネルギーを消耗せずにすむことにはなった。でも、感覚の問題が全部片づいたわけではない。残った問題はどれも、一筋縄ではいかないものばかりだった。

私は動く物に弱い。メリーゴーラウンドが回るのを見るだけでも胃がひっくり返り、中身がこぼれそうになる。車を運転していても、丘を越えるとき、角を曲がるときにはスピードを落とさなくてはならない。そんな私だったが、初めての赤ちゃんが生まれてすぐ、自分の前庭感覚の問題は思いのほか重かったと思い知ることになる。遊園地で困るとか、車の運転に不便だとかいう程度ではない。私には、赤ちゃんを揺すってやることができなかったのだ。

それでも、ゆっくりと滑らせるように揺するくらいなら何とかなった。これさえも、ロッキング・チェアの助けを借りなくてはならなかったけれども。私は泣く子を抱いて、ロッキング・チェアの上で前かがみになったり、後ろへもたれたり、体を左右に揺すったりをくり返しながら、やさしくなでてやるのだった。これでも吐き気がしてくるときは、立ったままでそろりそろりと揺すってみた。このやり方だと、ほんの十センチずつしか揺すってやることができなかった。これさえも無理なときは、部屋の中を歩き回りながら、娘を放り上げるようにして上下に揺さぶってやるのだった。でも、いくらがんばっても、子どもたちにはめったに気に入ってもらえなかった。みんな、父親に荒っぽく振り回してもらう方がはるかに嬉しいらしい。ただ残念なことに、この理由だけでは説得力が足りなかったらしく、夜中に子どもをあやすという責任を、夫が完全に引き受けてくれるには至らなかった。

赤ちゃんのために何かしようと思うと、決まって感覚のオーバーロードの危険を冒さないわけにはいかなかった。ことに、においのかかわる場面となると、必ずだった。私にとって、におい以上に辛いものはない。夜中の泣き声で近所の人を起こしてしまったことも、おむつが足りなくなって終夜営業の店へ走ったことも、眠るひまもなくミルクを飲ませたことも、赤ちゃんのよだれ、いたみかけたミルク、頭にできた吹き出物のかさぶた、汚れたおむつなどの比ではなかった。もちろん、いくら模範的な親でも、いやなにおいが好きな人などいないだろう。それでも私の苦しみ方は、普通と比べてかなりひどい方だったと思う。においがあまりに激しいと、私は真っ青になり、嘔吐したあげく、横になって休まなくてはならなかった。

意外だったのは、子どものうるささにはかなり耐えられたことだ。泣き声も、固いおもちゃのぶつかり合う音も、嫌いではあったが何とかがまんできた。これはもしかしたら、子どもが泣いているときは、音声そのものよりも、泣く理由の方に気をとられるからかもしれない。父がよく言うのだが、気になることがあるとき、不安なときは、何かほかに集中できることを見つけて、そちらに意識を移せばいいのだそうだ。父は本当に私のことをよくわかっていると思う。この子が泣いているのは、何か大変な病気のせいかもしれない……。そう考えたとたん、ほかの思い、ほかの心配ごとなど、魔法のように消えてしまう。においに耐えられずに子ども部屋を逃げ出してしまったり、子どもを揺するのを夫に任せてしまったり。そんなことがあった日は、母親がこんなだから子どもたちをがっかりさせたんじゃないかと案じながら眠りにつく夜もあった。でも朝になると、今日も精いっぱいがんばって、子どもたちには一番いい顔で接してやろうと心に誓わない日はなかった。

もうずいぶん早いうちから、そう、アスペルガー症候群なんて言葉を耳にするよりはるか前から、私は思い知らされた。外界に対する私の反応は、普通ではないんだ。でも、だからといって、自分がやさしい、良い母になれないなんて思ったことはない。ほかのお母さんたちと組み立ては違っていても、娘たちの母親であることに変わりはないのだ。私には、娘たちの必要とするケアは、必ず与えてみせるという決意があった。そして、育児書を読んでいても、どうやらこの著者は、ただ一種類の母親像、ただ一種類の愛し方だけを振りかざしているようだと気づいたら、その本はもうあてにしないようになった。

娘たちが大きくなり、その分、子どもたちの世界が広がってくるにつれ、親である私のアスペルガー的な特徴が、一つ残らずくっきりと照らし出されることになった。さまざまな特徴の中でも、感覚統合不全から来る問題はまだ何とかなった。解決できるものもあったし、解決は無理でも、ごまかすことくらいはできた。でも、それ以外にもやっかいな問題がいくつもあって、何をしようと、どこまでもつきまとってくるのだった。

それでも、自宅にいる間はいろいろと対処のしようもあるから、かなり目立つ問題でもやわらげることができた。自宅なら、自分の裁量で環境を整えられる。気になる物はとり除いてしまうこともできるし、まだ対応法の見つかっていない問題であれば、無視してしまう手もある。とり除くことにも無視することにも失敗したとしても、夫に頼んでその場を救ってもらうという手が残っている。でも、夫がいつも一緒にいてくれるわけではない。問題は一人で外出しているときだ。あまりにも多くのイメージ、あまりにも多くの状況に頭をかき乱されて集中を失ってしまうと、自分を抑えることができなくなり、ＡＳ全開の状態に突入してしまいかねない。言葉づかいはやたらと厳密で大仰になり、表情は誇張され、思考は柔軟性を失い、短気のあまり礼儀を忘れ、語用の間違いが頻発することになる。

私の場合、最大のストレスになるのは——その結果、失敗のリスクも最大になるのは——子どもたちがからんだ状況だろう。私の考え方では、私たち一家は一つの独立した単位なのだ。外部の人が入ってくるのは、こちらが招待したときだけ。自分たちに無理のないときだけ、無理のない条件で招待するもの。そう思っているから、私は、子どもたちと夫のまわりに、保護バリアのようなものを張りめぐらせてしまう。それをわかってくれない人がいると、私はすぐ腹を立ててしまう。私はよその家族の営みに干渉したりなどしないではないか。知らずにやっていたら別だが、少なくとも、自分ではやっていないつもりだ。だから、こちらのプライバシーだって守ってもらえてしかるべきではないか？　これが不当な期待だとはとても思えない。でも、私の期待どおりになることはめったになく、これにはうんざりしてしまう。

子どもがいなかった頃は、私たち夫婦の環境は、私たち夫婦の裁量で選ぶことができた。お客をもてなす気になれないときは、人が来ても居留守を使った。レストランに行っても、混んでいれば帰った。電話をくれる人が多すぎ、時間をとられすぎるとなれば、電話に出ないこともあった。外の世界があまりに図々しく割り込んでくるときは、スイッチを切ればよかった。何も、非礼なふるまいをするつもりだったわけではない。ただ、正直であろうとしていたにすぎない。

子どもが生まれると、夫婦のプライバシーなど消えてしまった。これまでは閉ざされたドアだったものが、開けっぱなしの窓となった。これまでは静かに散歩していたのに、ちょっと外に出れば、近所じゅうの子どもたちがぞろぞろついてくるようになった。電話を無視しようにも、誰かが出るまで鳴りやまなくなった。ドアはしょっちゅうノックされるし、窓からは人がのぞき込んでは手を振る。そんなときは、近づいて挨拶をしなくてはならなかった。ほかにどうしていいかわからないから、私はやたらとほほえむことになった。おしゃべりもしてみたし、笑い声もあげてみた。レモネードを注ぎ、クッキーを焼き、子どもとその友人たちのために凝ったパーティーも開いた。

こうして少しずつ要領を学んでいくことができたのは、近所の人々の営みを、まるでハウツー本でも読むように解読していったからだった。ただ一つ困ったことに、この本は完全ではなかった。「何をしたらいいか」はたっぷり書いてあるくせに、「何をしてはならないか」はほとんど書かれていないのだ。声や物音に耐えられそうにないときに、子どもが友だちを連れてこないようにするには、どうしたらいいのだろう？　何も話す話題がないとき、近所の人と立ち話しなくてすむためには、どうすればいいのだろう？　落ち込んでいるとき、陽気にふるまわずにすむには、どうすればいいのだろう？　いくら調べてもわからなかった。おかげで私の中では、複数の感情が混同され、自分を理解する眼はかすんでしまった。

自分が気持ちよく暮らすには何が必要なのかまではわかっていた。ただ、私のニーズと家族のニーズを両立させる方法まではわからなかった。元のようにドアに鍵をかけてしまうことならできるが、子どもたちは友だちを連れて来たがる。よその人を無視してしまう方法もあるが、家族がばつの悪い思いをするだろう。友だち付き合いなんかやめてしまうこともできるが、みんなに寂しい思いをさせることになる。私は、角を立てずに暇乞いをするテクニックを知らなかった。自分のニーズを遠回しにほのめかすテクニックを知らなかった。その場をしめくくり、区切りをつけるテクニックを知らなかった。そして、親子の関係は壊さないまま、娘たちのニーズと自分のニーズとを区別することができなかった。

子どもたちが健康に育ち、学び、毎日を楽しくすごし、人々に好かれるためには、複数の大人が一丸となって協力し合わなくてはならない。考えただけでも不安でたまらなかったが、現実は現実。自明の道理だと思っていたから、何とか慣れなくてはと自分に言い聞かせた。

複数の大人といっても、わかりやすい相手とそうでない相手がいる。たとえば、子どもを病院に連れていくのはそう難しいことではなかった。身体の問題は、記録し、測定し、分析し、解決することが可能だから。医師は雑談などしない。直ちに本題に入り、さっさと片づけて次の患者を診てくれるから。

でも、そう簡単にいかない分野もある。とりわけ難しいのは学校がらみの用事だった。一見、何でもなさそうな用事であっても、私はすっかりうろたえてしまうのだった。たとえば、「クラスのお楽しみ会を開く」とは、具体的に何をすることを意味するのだろうか？　厳密なマニュアルもなく、用語の定義もないのでは、答えは一つも出ないばかりか、疑問ばかり次々と湧いてくる。余興は何でも良いのだろうか？それとも、移動動物園を呼んでこなくてはならないのだろうか？　食べさせる物は、普通のおやつでいいのだろうか？　それとも、栄養に気を配ったフルコースの食事を用意することになっているのだろうか？保護者全員にアンケートをとって、意見を聞かなくてはまずいのだろうか？　そもそも保護者も招待するんだろうか？　工作の時間を設けるなら、子どもたちに使わせてもいい材料には何か制限があるのだろうか？　何から手をつけていいかわからない。いや、もっと困るのは、どこまでやれば充分なのかがわからないことだった。何とも恐ろしい経験だった。パーティーを開いたことのある人たちに、前はどんなことをしたのかきいてみようと思っても、そんなことをして自分の間抜けぶりがばれるのが怖くて、言いだすのがつらくてつらくてたまらなかった。ほかの人たちを観察してみたところ、全員が――それも、母親になったばかりの人たちまでが――何をしたらいいか自然にわかるらしかった。私が無知ぶりをさらけ出したら、あるいは、思ったことをうっかり口に出したら、子どもたちに恥をかかせてしまう。無知蒙昧なママの娘なんて、誰にとってもいやな立場だろう。

中でも忘れられないのが、一番上の娘の小学校のハロウィーン・パーティーだ。パーティーには保護者も招待されていたので、夫と私はそろって出席した。着いてみると、よその親はまだ誰も来ていなかった。私たちは上機嫌で教室の後ろに腰を落ち着け、見学させてもらうことにした。

私は安心してすっかりくつろいでいた。教室という場所では、いつもそうなのだ。幼い子どもや老人はつき合いやすい。私が少々変わっていても、かまわず優しくしてくれる。欠点だらけの私でも、大目に見てくれる。トムと私は、子どもたちが近寄ってくれば話しかけ、先生には、ちゃんと楽しんでいますという合図にほほえんで見せた。パーティーは本当に楽しかった――ほかの親たちが揃うまでは。

よそのお母さんたち、お父さんたちが現れたとたん、私ははっきりと悟った。自分はまたしても、暗黙のルールを見のがしてしまったのだ。ほかの保護者は全員、ハロウィーンの衣装に身を包んでいるではないか。仮装していないのは私たち夫婦だけ。みんな、いつの間に秘密の情報を流してもらったのだろう？　私たちは何も知らなかったというのに。私は最悪の事態を想像した。もしかしたら、何か秘密結社のようなものでもあるんだろうか？ 秘伝のクッキーのレシピを暗誦できた者だけが入会できるとか？ これから毎年、ハロウィーンが来るたびに、私たちは「普段着で来たあの夫婦」として話の種にされ続けるのだろうか？ すっかり心配にとり憑かれてしまった私は、来る日も来る日も気をもみ続けた。夫が数日がかりで説得してくれたおかげで、ようやく、あれはただの失敗にすぎず、誰かに非礼をはたらいたわけでも何でもないと納得することはできた。でも、かけ寄ってきた娘に「どうしてママとパパだけお化けのかっこうしてないの？」ときかれたときのあの気持ちは一生忘れないだろう。

「今のあれはいったい何だったんだろう？」「本当はどうすればよかったんだろう？」――アスペルガー症候群の特質をかかえながら親となった者たちは、しじゅうそんな考えに襲われている。でも、いくら考えたところで、人生は変わらず進んでいく。先のことなどわからない。何一つ、勝手に決めてかかるわけにはいかない。子どもは自分の主観に絶対の自信を持っている。親がいくら客観的なことを言おうと、理屈では納得しない。そして、どんなに祈ろうと、どんなに願おうと、避けられない運命は避けられない。そう、私たちは必ず、何度となく失敗をすると決まっている。

私が自らに課している課題は単純明快。自分が何をすべきか、どうふるまうべきか知りたかったら、子育てという市場で、賢い消費者になるよう心がけるべし。こうして私は、少しずつではあるけれども、親切な友人たちを見つけて頼るようになった。わからないことがあればアドバイスし、導いてくれる人たち。面倒見が良くて、私を笑い物にしたりしない人たち。嘘を教えてだましたりなど絶対にしない人たち。そんな人たちを見つけることができた。

子育てをしていて困るのは、一つには、さまざまな情報から一般法則を導き出して、個々の場面に応用する力が弱いせいもある。私だって、問題を解決する力が全くないわけではない。ただ、その条件がひどく限られているのだ。私がすぐれた問題解決能力を発揮できる場面はわずか二つ。一つは、架空の物語を創作するときのように、そもそも正答も誤答もない場面。もう一つは、学術的な研究を計画し、実行するときのように、正解がはっきりしている場面だ。ところが、人の感情だの、社会的な慣習だの、秘密の思惑だの、個人的な偏見だのといった変動する項目が一つでも入り込んでくると、何が何だかわからなくなってしまう。子どもたちが関わる場面となると、そのほとんどに、私にはわからない条件が含まれているようなのだ。

困るのは、これでは、親として首尾一貫した態度を保ちにくくなることだ。私の目には、次々と持ち上がる問題が、どれも初めてのできごとのように見えてしまう。だから、子どもたちの行動を目にしても、すぐに対応できない。分析し、考え込むのに時間がかかりすぎるのだ。私だってルールはしっかり持っている。ただ、娘たちときたら、たえずあの手この手で私の決めたルールを曲げようとする。そのたびに私は、どう対応すべきか答えを出そうと、ルールの原則に立ち返って一から考え始める。こうしてもたもたしている間、子どもたちには、宙ぶらりんのまま落ち着かない思いをさせることになってしまう。もっと困るのは、そのせいで、しつけにマイナスになることだ。娘たちは、何をしたら母親が機嫌を損ねるかはよく知っている。ただ、母の機嫌を損ねたら何が起きるかがわからないのだ。

恥ずかしい思い出はあげたらきりがないほどだが、その中でもきわだって奇天烈なできごとがあった。ふだんは私のアスペルガーっぽい面を気にせず受け入れてくれる友人たちでさえも、このときばかりはさすがに奇異に思ったらしい。

ある日の午後のこと。どういうわけかその日は、思いのほか時間の経つのが速かった。ふと気がついてみたら、保育園《プリスクール》に双子を迎えに行く時間をとうに過ぎているではないか。私はただちにやりかけのことを途中で止めて、その場を離れると、法律に違反しない範囲でなるべく速く車を飛ばして保育園へと急いだ。学校に着き、建物に入ると、保育の教室目ざして走る。すれ違う人にじろじろ見られようと、驚いた顔をされようと、かまわずに走った。私だって学校の廊下を走ってはいけないことくらい知っている。でも今はそれどころではない。自分は子どもたちとの約束を破ってしまったのだから。何とか埋め合わせをしなくてはならないのだから。

走りに走った末、ようやく双子の姿が見えた。ありがたいことに、二人とも、特に動揺している風もなく先生方とおしゃべりしている。安心した私は走るのをやめ、普通の歩調にまでペースを落とした。私があそこまで歩いていくくらいの時間があれば、会話をまとめ、しめくくる余裕もあるだろう。

そう思っていたら、にわかに先生方の声がとぎれた。私の姿を見るなり、いきなり話をやめてしまったのだ。口が開き、目が見開かれたかと思うと、先生方は揃って大笑いになった。背中を向けていた娘たちは、先生方は何を笑っているんだろうかとこちらを振り向いた。ところが、二人は私に気づいたはずなのににこりともしてくれない。小さな二つの顔は、まるで知らない人でも見るような目で私を見ている。私には、目の前の顔の意味するところが解せなかった。先生方はなぜ笑っているのだろう? 娘たちはなぜ凍りついているのだろう?

私は困って、先生の一人にわけをたずねてみた。きかれた先生は、なおさら大笑いになり、「そんな格好で来られるなんて、ウィリーさんくらいなものですよ」と言うだけだった。わけのわからないまま双子の一人の方を見ると、「ママったら、いったいどうしちゃったのよ！」と怒鳴られてしまった。もう一人を見ると、言葉に詰まって黙っている。

ここに至ってようやく私は気づいた。自分はまたしても判断を誤ったらしい。美容院の椅子から飛び降りたときの私は、今は部分染めをしてもらっている最中だということくらい、百も承知だった。今の格好は最高に美しいといえないことも承知だった。ただ、この姿を見た人がこんなに驚くなんて、思ってもみなかったのだ。これがそんなにひどい格好だなんて思ってもみなかった。こっちこそ、周囲の反応にいたく驚いてしまった。

私の論理に従えば、自分は遅刻したのだから、解決法はただ一つ。なるべく早く娘たちを迎えに行くこと。それだけ。自分が真っ赤なヘアカラーにまみれていようと、そんなことはどうでもよかった。でも、娘たちにはどうでもよくなかったらしい。一人は家に着くまでずっと泣きどおしだった。もう一人は、自分がどれほど母親に腹を立てているか、次から次へと新しい言い回しを工夫しては教えてくれた。いつものとおり、こんなときの私にできることといったら一つしかない。そう。ひたすら謝り、わざとやったわけじゃないの、わかってちょうだいと言うしかできなかった。

自分は娘たちの自尊心と幸福感にどんな影響を及ぼしているのだろう？　それを考えると心配でならない。不安だらけ、恥だらけの毎日なんて送らせたくない。わが子のことを思うと、何としてでも普通らしくなりたいと思う。そのためなら、全身が青あざだらけになろうとかまいはしない。

娘たちには本当に申しわけないことをしていると思う。お友だちをたくさん連れておいでと言ってやれないから。算数の宿題を教えてやれないから。スペルを教えようと思ったら、カンニングしなくてはならないから。お友だちの親たちと雑談がちゃんとこなせないことも残念に思う。この場ではどうふるまうべきなのかわからないときは、恥ずかしくなってしまう。それに、娘たちはただ上機嫌でその日のできごとを報告しようとしているだけなのに、「静かに！　やめて！　もっとゆっくり。ママにはついて行けないわ、みんなで一度にしゃべらないで」と言ってしまう自分なんて、好きになれない。そして、娘たちに教えることよりも、娘たちから教わることの方が多い自分に気づくたび、ほとほといやになってしまう。

私にはわかる。アスピィの母親と一緒に生活するというのは、子どもたちにとってひどく骨の折れる経験にもなりうる。わが家の場合でいえば、私は子どもたちの生活にやたらと割り込むし、一つのことにいつまでも囚われてしまう。無遠慮な口をきくし、騒がしい。子どもたちはしょっちゅう静かな時間を乱され、じっくり考えごとをすることもできない。私は言ってはいけないことを言ってしまうし、それも最悪のタイミングで口走る。実例を引用しすぎ、比喩を多用しすぎ、声は大きすぎ、スピードは速すぎる。普通なら考えられないようなことを要求し、あまりにもとっぴな意見を言う。ものごとを字義どおりに受けとり、他人の発言や行動にいつまでもこだわる。そのくせ、一人だけ話がわかっていないのも私だったりする。私だってこんな自分を改めようと努力はしているけれども、そう一朝一夕に実るはずもない。今のところは、自分にできることで手を打つよりしかたがない。まずは謝ること。それから、お母さんはこんな人間に生まれついているのだと子どもたちにもわかる言葉で説明すること。今の私は少しずつ、子どもたちに自分のことを説明するすべを学んでいるところだ。

幸い私たちには、アスピィとして生まれつくのと引き換えに、正直さと率直さが与えられている。思ったとおりのことを、思った瞬間に口にせずにはいられないのだ。確かに、この性質のせいで相手にばつの悪い思いをさせることは多い。でも、この正直さはすばらしい宝物にもなりうる。たとえば、私の子どもたちは、お母さんは本心ではどう思っているんだろうと気をもむことなんてない。私の思考は、途中経過までいちいち声に出てしまうから、娘たちはすべてを知ることができる。それどころか、聞きたくないことまで聞かされるはめになるのもしょっちゅうだ。とはいえ、私たちの関係はまだまだ発展途上。たえず変化しているし、休むことなく育っている。

こんな私も、かつては、子どもたちにいつもいつもいい顔ばかりを見せられるようになりたいと思っていた。子どもたちのお手本になろうと思っていた。頼りにされたいと思っていた。そこは危ないからこっちの道を行きなさいと教えてやりたかった。こんなふうに子どもに助けてもらうことになるなんて、こんなはずではなかったのに。でもわが家では、ものごとはとかく歪んでいたり、ひっくり返っていたり。気がついてみたら、母親が子どもたちに頼っている。子どもに判断をあおぎ、子どもに指導されている。

子どもたちは私の味方でもあり、この上ない友でもある。ショッピングセンターから出られなくなったら、子どもに通路を教えてもらう。混んだ道で、人の波を縫って歩くことができなければ、子どもに頼んで手引きしてもらう。不安が高まってきたら、手をつないでもらう。人にいやがられるようなせりふを口にしていたら、注意してもらう。こんな母親だというのに、子どもたちは絶対に私を見下したり、恥をかかせたりしない。私の頼みなど、事もなげにさばいてくれる。靴を片づけなさいとか、皿を洗ってちょうだいとか言われたのと全く同じように、さりげなく助けてくれる。

どうやら娘たちは私のことを、未完成の作品のようなものと考えているらしい。私もそう見られることに異存はない。なぜなら、これは娘たち自身にとっても、ためになる発想だから。親である私が、人間は失敗したってかまわないのよ、完璧にならなくたって幸せにはなれるのよと身をもって示すことができたなら、わが子に自己受容を教えることにつながるのだから。あるいは、どんなに混乱して自信を失おうとも決してあきらめない母の姿、勇気を失わない母の姿を見せることができるなら、わが子にも、目標を達成する不屈の意志を教えることになるのだから。そして、人の個性とは、表現する自由とは、闘ってでも勝ちとる値打ちのある宝物なのだと示すことができたなら、娘たちにも、自分自身の姿を探ってみるチャンスを与えることになるだろうから。さらに娘たちは、私と肩を並べて成長した経験を通して、他者をありのままに受け入れ、親身になることの大切さを学ぶことになるだろうから。そうなれば、私はわが子に、寛容さという価値を伝えられたことになるから。こうして手渡された価値が、いつか娘たちの人となりを形づくる一部となったなら、私だって結果的には良いお手本になれたと言えるだろう。娘たちが、出会う人すべてにどこか良い点を見つけられるよう、そして、自分自身を責めさいなむのもやめられるよう、手を貸したことになるのだから。

最近では、私たち家族もすっかり安定した軌道に乗っている。この軌道をはずれず進んでいれば、お互いに敬意を失うこともなく、心から相手を思って助け合うことができる。もちろん、衝突もあれば騒動も起きる。思わず心ないことを口走っては、後悔することもある。でも、それがおかしな具合にこじれてしまうことはない。私たちとアスペルガー症候群とのつき合い方は、こんなものでちょうど良いのだろう。

わが家では、ASは私や末娘をある程度まで特徴づけるものとは考えられているけれども、それ以外の遺伝子以上にことさら重視されているわけではない。五人のうち四人が眼鏡をかけていることや、一人を除いて黒髪であることと同じように、当然のことと受けとめられている。お母さんが未だにASのかけらゆえに苦労していることも、わが家では当然のこと、動かしようのない自然の条件の一つなのだ。

私たちはみんな、よくわかっている。私たちはお互いについて、知らないことがまだまだ山ほどある。そして、お互いから学ぶことも、まだまだ山ほどある。だから今は、未完成の者同士として、自分が自分であることを謝らないこと、自分以外の存在になりたがらないことを学んでいるところだ。私たちは今、最高にたのもしく助け合える家族になるためのコツを学びつつある。このコツさえ学んでしまえば、あとは何とかやっていけるのではないだろうか？　そんな気がするのだ。

7 ASと知って

いつだってその気になりさえすれば　みんなと変わらない姿にもなれる。
でも　私は思い出す　そんなことしなくてもよかったのだと。
ようやく折り合いをつけたのだから、
自分が違っていることを　隠さなければと思わなくなったのだから。
心にあふれる活力があれば、ほしい物、入り用の物は
行く先々でどこででも　調達できると知ったから、
居合わせた人にもらえばいいと知ったから。
今はそれが容易にできるし、
これが自然なやり方で、悪いことでもないとわかるから。
魂に喜びがあれば　価値あるものでも　置いてきてよかったと思えるから。

この子は特別な子になるはずだ。双子の下の子は、まだ生まれもしないうちからはっきりそうわかる子だった。とにかくよく動く。すぐ怒る。二人の姉たちのように簡単に機嫌を直してくれないし、なかなか落ち着いてくれない。

案の定、お産も大変だった。こちらがいくらがんばっても、この子はいっこうに出てこようとしないのだ。双子の一人めは苦もなく生まれたのに、妹は譲らなかった。超音波で調べてみたところ、お腹の中で上下が逆になっていて、出られなくなっていることがわかった。すぐに処置が始まり、先生方は娘の向きを変えさせようと、あれこれと手をかけてくれた。こうして操作することほぼ二〇分、娘はようやく正常の向きになり、帝王切開をせずに生むことができた。

早くこの子と対面したくて、私は待ちきれなかった。生まれてなるものかとあんなにたくましく闘ったのは、どんな子なんだろう。先生が赤ちゃんを持ち上げて見せてくれた――ほんの一瞬だけ。「女の子ですよ」。説明もその一言。ぐんにゃりと生気のない赤ちゃんの姿が、ちらっと目に入っただけ。たちまちのうちに、看護人たちが赤ちゃんを取り上げ、私の目の届かない部屋へと連れ去ってしまった。

その場に残った人たちは、おびえる私を安心させ、質問を封じようと、ひたすら元気な方の赤ちゃんを見せてくれるのだった。生まれたばかりの双子の姉はピンク色で、身をくねらせながら大声で泣き、握りしめた小さな拳、傷一つない拳をしゃぶっている。双子の一人が無事に生まれ、こんなに元気なのは確かに嬉しい。嬉しすぎるくらい嬉しい。でも、恐怖を隠すことはできなかった。もう一人の子には何があったんですかと何度もきかずにはいられなかった。妹の方とは、まだ対面さえすませていないではないか。看護人たちは、ちょっぴり活を入れて、勢いをつけてあげるだけですよ、少しばかり酸素をあげて、あとは優しくお世話するだけですよと言ってなぐさめてくれた。

私の半生で、時の過ぎるのがこれほど遅く思えたことはなかった。どれくらい経った頃だろうか、ようやく下の娘が連れてこられた。双子の姉とはくらべものにならないほど元気のない色だった。動きはのろく、声もかぼそかった。体重は二人ともほとんど同じだというのに、妹の方がずっと小さく、弱々しく見える。私の特別な子は、人生の第一歩をこんなに特別な形で歩み出そうとしている。私にできることといったら、ただきつく抱きしめて、愛しているわと語りかけることくらいしかなかった。

先生方からは、この子には何らかの神経学的な問題があるかもしれないなんて話は少しもなかった。発達が遅れるかもしれないという話もなかった。どこか少しでも標準とは違う発達をするかもしれないとも言われなかった。自閉症スペクトル障害なんて言葉も、一度として聞かされなかった。ただ、お嬢さんはもう大丈夫ですよと言われただけだった。

そんなわけだったから、夫も私も、何の心配もせずにこの子を育て始めた。双子の姉を扱うのと全く同じように、一番上の姉娘にしてあげたのと全く同じように扱った。でも、胸の奥でささやく声は消えはしなかった。この子はどこか違う。何かが違う。何かが……。

六年たつ頃には、ささやきだった声は叫び声となっていた。私たちの世界はすっかり変わってしまい、それっきり元に戻ることはなかった。

双子の姉妹を比べてみても、発達の違いは、私にしかわからない程度の微妙なものだった。ただ、気質の違いは誰が見ても明らかだった。双子の姉はおとなしくて人懐こく、はにかむ姿も愛くるしい人気者だった。他方、妹の魅力はといえば、そのエネルギー、ほしい物は絶対に手にしようとする気迫、何があっても譲らないがんこさだった。おかげでわが家はいつも大忙しだった。これほど個性の違う娘が三人もいるというのに、その持ち味を一人残らず、しかも一瞬もむだにせず堪能しようというのだから、その上に二人とも仕事を続け、家政を切り盛りし、できる限り規則的な生活を保ち、平穏で静かな時間も確保しようというのだから。

それにしてもこの双子ときたら、わけのわからないこと続きだった。夫も私も、しじゅう首をひねりどおしだった。とはいえ、どこの親だってわが子のことはわからず、首をひねるものなのだろう。そう思って私たちは、ありとあらゆる発達段階を、ありとあらゆる迷いを、つとめて平静に受け止めようとがんばり続けた。末の娘はどこか普通と違う。ずっとそう思いながらも、私は長い間、誰にも打ち明けはしなかった。ようやく、聞いてくれる人がいれば相談してみるようになったのは、双子が保育園《プリスクール》に入学してからのことだった。

最初のうち私は、自分にこう言い聞かせようとした。この子はきっと難聴なんだろう。乳幼児期に何度も耳の感染症を経験してきたから、その後遺症に違いない。そう思おうとしていた。でも、同意してくれたのはたった一人、地元の育児相談員のシャロンだけだった。ほかのみんなは口をそろえて、その子は我が強いだけよ、やりたいことしかやらない、自分の聞きたいことしか聞こえない子なのよと言うばかりだった。お嬢さんががんこなのは父親ゆずりではないか。融通がきかないのだって、母親そっくりではないか。向こうは善意で言ってくれているのだろうが、内容には少しも現実味が感じられなかった。シャロンも私も、やはり何かおかしいという疑いを捨てることができなかった。

結局、夫と私はシャロンの勧めに従って、末の娘をスピーチとヒアリング専門のクリニックに連れて行った。にらんでいたとおり、やはり娘にはいくつかの点ではっきりした発達の遅れがあることがわかった。検査の結果によると、軽度の難聴に加え、聴覚情報の弁別にも困難があるという。これら二つの問題が重なっているため、別々の音が同時に入ってくると、互いに混ざり合って聞こえ、区別が難しくなっているとのことだった。

専門家たちは、それなりの対処は必要ですが、悲観するほどのことではありませんよと請け合ってくれた。娘は構音の教室に通わせるように、聴力については、一年後にもう一度検査を受けさせるようにとのことだった。こうして冒険の旅は始まった。これまでは宙づりの立場でやみくもに気をもむしかなかったが、これからは理解と希望が待っているはずではないか。

このときから私は、娘の困難を心配する気持ちを堂々と口にするようになった。だがやはり、誰一人本気で聞いてなどくれない。みんなは相変わらず、そんなものは単なる妄想だ、悲観主義だと片づけるばかりだった。娘が就学して最初の二年はこうして過ぎていった。末の娘には確かにどこか違うところがあるのに、何か目には見えない問題に邪魔されて、この子の思考も判断も歪められているというのに、その差異はあまりに微妙すぎて私にしかわからないらしいのだ。でも私は引き下がらなかった。いくら見た目が普通だろうと、いくら学力には問題がなかろうと、発達の遅れていない面がいくら沢山あろうと、この子はどこか違う。少しでも早く手を打たなくては、手遅れにならないうちに何とかしなくてはと訴え続けた。

私にはわかった。直観でもわかったし、理屈でもわかった。この子は全身の力をふりしぼっている。ぎりぎりのところで踏みとどまっている。ある一線を越えまいとして、取り返しのつかない混乱の世界へ落ちまいとして、必死でしがみついている。そこまでわかっていながら、どうしてやればいいのかがわからなかった。娘が深い淵に落ちずにすむためには、何をしてやればいいのかがわからなかった。私が小さいときに父にしてもらったとおりのことをすればいいのだなんて、思いつきもしなかった。

父が私にしてくれたのは、今の世なら教育関係の人々が勧めている介入法、療育法と同じようなものだった。父はそれを、専門の治療家に相談するでもなく、自分の勘と思いつきだけを頼りに、私に施してくれたのだ。

悲しいかな、私には父と違って集中力がない。父のような計画性も整理能力もない。父のように辛抱づよくもなければ、自分を律する力もない。私の力では、父にしてもらったことを娘にしてやることができない。誰かの助けを借りないことには、私一人の力では、娘が自分なりの「普通」を見つけるのを手伝ってやれない。でも私は、誰かの助けを借りようにも、どこへ行けばいいのか知らなかった。ありがたいことに、友人の一人が道を知っていた。

ある晩のこと、私は最高に聞き上手な友人、セアラと話をしていた。その日はついていない日で、ずっと末の娘に手を焼きどおしだったせいもあって、思わず知らず、一方的に愚痴をこぼす格好になってしまった。私はとりとめもなくしゃべり続けた。娘が味わっている困難のあれこれ、娘を助けてやれない自分のふがいなさ、何をしてやればいいのかをはっきり特定できない戸惑い……。

私は説明した。娘はしょっちゅう、ささいなことに動揺してしまうこと。いったん興奮してしまうと、なかなか落ち着きをとり戻せないこと。混んだお店、ごちゃごちゃした教室、うるさい食堂など、苦手な場所がいくつかあること。そんな場所では自分を押さえるのが難しいらしいこと。

私は語り続けた。私の指示も、どうもちゃんと意味が通じている感じがしないこと。どうしても着たがらない服があること。髪の毛を洗うのをいやがること。歯を磨こうとしないこと。私はこぼした。頭はとても良さそうなのに、理屈に基づいた行動をしないし、理由をあげて説得してもきかないこと。

私は不安を訴えた。娘にはほとんど友だちがいないこと。人とつき合う上で必要なノウハウを、見るも無惨なまでに取りこぼしてきていること。

セアラは耳を傾けてくれた。ただ頷《うなず》くだけで、口をはさむでもなく、気がすむまで言わせてくれた。セアラに聞いてもらったところで娘がどうなるわけでもないとはわかっていた。でも、気にかかっていたことをすっかり吐き出してしまえるだけで、大きな救いだった。いやがらずに聞いてくれる相手がいる。私なんかに言われても困るわよと言われるでもなく、くだらない話と片づけられるでもなく、きちんと聞いてもらえる——それだけで本当に楽になった。

こうして洗いざらい話し終えた私にセアラが投げかけた一言は、これまで誰の口からも聞いたことのないものだった。セアラは私に訊ねた。「アスペルガー症候群って、聞いたことある?」と。

私はまたたく間に、ASに関する情報なら目につく限り吸収した。酸欠になっていた人が酸素を吸うような勢いだった。嵐は去った。浜辺に散らばった大切な宝石たちが、波に洗われながらも流されずに姿をあらわしたように、末娘と私の正体を説明してくれる答えの数々が、そこにも、ここにも、そこらじゅうに見つかったのだ。とうとう私は手にしたのだ。理由を。説明を。それも、こんなに生き生きとした、納得のいく、手をのばせば触れそうなほどに現実味のある説明を。最初は娘を幸せに育てるために調べ始めたことだったが、調べるにつれて、私自身の行動様式が、組み立てが、少しずつ浮き彫りにされてきた。

こうして自分の正体を知った私は、しだいに、周囲の人々にもぽつりぽつりとこの話をもらすようになった。こんなに自信を持てたのは、生まれて初めての経験だったから。これまで言えなかったことを、ようやく、公然と口に出せるようになったのだから。ほかの人たちが互いに伝え合っていることを解読するのが、いかに難しいか。別々の音がくっつき合ってしまって、より分けるのがどれほどの重労働か。さまざまな感覚情報に、いかに簡単に圧倒されてしまうか。そして何より、娘も私も、かんしゃくを起こすとどれほど攻撃的になってしまうか。衝動的な思考や行動を抑え込むのが、どれほど難しいことか。

でも、ほとんどの人は、今はストレスが多すぎるからだよと言うか、さもなければ、最新流行の心理学の宣伝に引っかかっただけと言うばかりだった。まるで、ＡＳなど「今月のおすすめメニュー」みたいなものだ、現れては消えていくに決まっているさとでも言わんばかりなのだ。気を楽に持ちなさい。愚痴を言いたいなら、もっと現実的な話を選びなさい。お嬢さんもあなたも、そこらへんの普通の人とちっとも変わらないんだから、すなおに現実を受け入れなさい……。

そんなことを言われるたび、私は激しく反発した。それでは、娘も私も、人にかまってもらいたくて目立ちたがっていると言われていることになるから。自分たちの態度の悪さや力不足に、口実を与えようとしていると言われていることになるから。私たちの味わっている苦しみを、たった一言、二言で、そんなものは大したことじゃない、やる気を出しさえすれば、糸くずか何かのようにつまんで捨てられるはずだと片づけられているのだから。なぜ？　なぜみんな、私の言うことを作りごとではなく、事実だとして受け止めようとしないのだろう？　なぜ私はこんなにも反対にあうのだろう？　私が観察したこと、報告したことは、なぜ「重要ではない」「当てにならない」として、割り引いて聞かれることになるのだろう？

なぜ？

私はセアラの助けを得て、カンザス大学の児童発達部門にたどり着いた。そしてここで、私の祈りが聞き届けられることになる。私はアスペルガー症候群の専門家たちに話を聞いてもらうことになった。とうとう夢が現実になった。とうとう、私の言葉をまじめに聞いてくれる人々、私の不安を本気にしてくれる人々に出会うことができたのだ。

さっそく娘の検査の予定が組まれた。これで、娘が本当に神経学的な意味で典型とは違う存在なのか、それとも「そこらへんの普通の人とちっとも変わらない」のかがはっきりするのだ。何とも言えず救われた思いだった。やっとのことで答えを手にできるめどがついたのだから。

診断は二日間かけて行なわれるとの説明だった。その日が来るまで、時の流れは止まってしまった。だが、いったん検査が始まってしまうと、今度は時間が飛ぶように過ぎていった。娘がテストを受けているさまを見せてもらっている間じゅう、私の心臓はゴール寸前の競走馬のように高鳴り続けた。娘の答えの一つ一つが、細い絵筆のように――細いけれども原色の絵の具をたっぷり含んだ絵筆のようにきわだっていた。今まさに、私の目の前で、一枚の水彩画が描かれようとしているのだ。娘が、そして私が、何者であるかを教えてくれる水彩画が。

夫は声をあげて泣いていた。娘が間違った思い込みに基づいて答え、不完全な答えを返し、つまずきが一つ、また一つとあぶり出されていくたびに泣くのだった。ぼくの娘。不可解な、謎だらけの娘。夫の胸は、娘のことを思うと張り裂けんばかりだった。

私も涙を流していた。でも私の胸は張り裂けなどしなかった。自己受容に満たされ、これからの可能性に満たされ、ふくらむばかりだった。このとき私は知った。この絵は、誰もが美しいと思う絵ではないのだろう。いや、美しいどころか、誰もががまんできる絵でさえないのだろう。でもこれこそ私たちの絵であり、私たちにとっては完璧なのだ。

あんなに遠い昔から引きずってきた不安。不甲斐なさ。それが全部、消えていこうとしている。やはり私の作りごとではなかったのだ。私がまわりと違っているというのは、本当だったのだ。そして、私の幼い娘も。私たちは人と違っている。重荷を背負わされていると言ってもいい。でも、私たちは悪い人間ではない。無力でもない。私たちの見方が間違っているわけでもない。

夫が泣く気持ちは理解できる。娘の将来を不安に思うのもわかる。でも、頭ではわかっても、気持ちではわからなかった。ASの世界とはどんなものか、私は教えられなくても知っている。この知識があれば、娘が自分の道を拓いていくのに助けになるだろう。二人がかりでがんばれば、必要な答えはきっと一つ残らず見つけられるだろう。

こうして私はようやく、「標準《ノーマル》」を目ざすレースに終止符を打つことができた。そして、この終止符こそまさに、私が何よりも必要としているものだった。演技をやめること――どこへもたどり着けはしないというのに、それまで生きてきた時間の大半を空費してきた、あの演技を終わりにすること。これまでにないほどの確信を持って、私は気づくことになった。娘も私も、それぞれに与えられた道をなるべく外れずに歩むべきなのだ。本来進むはずの道を、その通りに進むべきなのだ。こうして私は納得した。自分に向いたやり方は、自分でデザインするしかない。自分の長所を少しでも活かし、弱点から少しでも身を守れるようなやり方を、自分であみ出すしかない。ちょっとよそにはいないような奥さんだろうと、個性の強い友だろうと、あくの強い娘だろうと、全く何の問題もない。私は奇抜な母親のままでいてもいい。ただ、私に合ったやり方、物ごとがスムーズに回っていくやり方を見つけさえすればいいのだ。

近頃の私は、自分で自分にこう言い聞かせている。娘たちの個性は三人三様だけれども、私は私でしかないのだし、柔軟性にもそれなりの限界があるんだからと。そして、その前提はしっかり頭に置いた上で、どの子にもその子に必要なものを与える努力をする。ただし、三人の必要を満たそうと思えば、私一人の手には余る場合が多いのだということは忘れない。つまりこういうこと。私はしじゅう失敗をするだろう。でも、自分がどういう人間なのかを娘たちに包み隠さず話しておけば、失敗も少しはやわらげられるだろう。そう考えるようになったのだ。

私にとっては、いろいろな意味で、ASの子が一番育てやすい。この子となら、どうすれば気持ちが通じるかがわかる。どうすれば道を示してやれるかもわかる。私は今、末の娘にも、私が普通の世の中で迷子にならずにやっていくのに役立ったやり方を試してみるよう、教えようとしている。人中に出るときには耳栓をするよう、まばゆい光の中ではサングラスをかけるよう、教えようとしている。少しでも失礼なこと、人を傷つけることを口走ってしまいそうだと思ったら、文字どおり、唇をかみなさいと教えようとしている。

考えてみれば意外でも何でもないのだが、わずか七歳の娘よりは、私の方が、いろいろな対応策に頼るのに抵抗が薄いものらしい。たとえば、私は人前で耳栓をするくらい少しも気にならないし、室内で、あるいは夜間にサングラスをかけるのも平気だ。自分の言葉づかいが妙に堅苦しく大げさになっているのに気づいても、この頃では変に思わなくなった。独り言を言うのは楽しいと認めてはばからないし、がまんしようとも思わない。もちろん、人には喜ばれない行為であることは承知の上だが、それでもかまわない。不快なことがあれば、人前でもはっきり言うことが多い。照明がまぶしすぎる。甲高い音がつき刺さる。香りが目立ちすぎて邪魔になる。誰かが気にさわるふるまいをしている……。そんなときは大声で騒ぎたてる。具象的な画像に変換しようのない概念を記憶しようとか、理解しようなんて努力は、とうの昔に放棄してしまった。ジョークのオチがわからなくて笑いそこねても、謝るのはやめてしまった。誰かの複雑怪奇な論理展開に途中でついて行けなくなっても、もう謝ったりはしない。こんな自分にすっかり慣れてしまったのだ。でも、それができるのは、私がもう中年だからこそだろう。娘はこれから、自分でちょうどよいと思えるバランス点を自分で見つけて行かなくてはならない。それには相応の適応スキルが、それも、娘専用のスキルが必要になる。娘がそのスキルを学ぶのを、私が手伝ってやれると信じたい。私は役に立てると信じられるようになりたい。

この頃になって、私はこう思うようになった。娘の出す答えは、私の答えとはかなり違ったものになるだろう。なぜなら、今の娘は、私が娘と同じ年だったときとは比べ物にならないくらい、自分の状態を意識しているからだ。私が娘くらいの頃は、自分だけの世界に住んで、のんきに走り回っていた。きょうだいがいなかったから、比較の対象もなかった。周囲の枠組みだって、そう大したものではなかった。何をしようと、どんな格好をしようと、どうふるまおうと、私の思うままだった。自分が人と違っていることを気にするようになったのは、まだ何年も先のことだった。なのにこの子はすでに、何年も年を重ねた後の私と同じ思いを味わっている。彼女が彼女であることは奇蹟以外の何物でもないというのに、彼女はしじゅうそれを恥ずかしがり、うろたえている。自分の外見や行動が人と違うことに気づくたび、気遅れしている。今の娘は、自分を他人と比較する力だけが育っていて、自分がみんなと違うことにしょっちゅう気づいてしまうのに、行動や発言を抑えることまではなかなかできない。発想を抑えるなんて、なおさらできない。

そんな娘に何かを教えようとするたび、私はどうしても慎重にならずにはいられない。人前でのふるまい方を教えるにも、抽象的な言葉の解釈のしかたを教えるにも、あけすけに物を言うのをがまんする方法を教えるにも、綱渡りをしているような気持ちになってしまう。私が味わったのと同じ自由を、娘にも味わわせてやりたい。でも、私が自分のことを知るまでの間に嘗めた苦しみは味わわせたくない。そう思うから難しいのだ。

あそこまで徹底して正直でいられるのは、天賦の才だと思う。その天賦の才をもたらしてくれる特質を、自分で恥だなんて思わせたくない。堂々と、胸を張っていてほしい。聞く耳を持つ者には誰彼かまわず主張してほしい。「私はあなたと同じにならなくてもいいはずよ！　あなたのやってることがくだらないと思えば、にこにこして見せる必要なんてないはずでしょ！　がまんできないくらい辛いときに、平気なふりなんてすることないはずよ。自分には無理だってわかったら、すぐにその場を離れたっていいでしょう。あなた方にも、私の決めたことは尊重してもらうわ！」と言い切れるようになってほしい。

でもその一方で、私にはわかっている。娘が自分という人間をすっかり受け入れて納得するためには、その上さらにこの社会で、標準から逸脱した人間をなかなか受け入れようとはしないこの社会で成功するチャンスを手にするには、私は自分の学んだことを一つ残らず教えるしかない。いや、それでもまだ足りはしない。

アスペルガーの娘と一緒に暮らすのは、大変なことなのかもしれない。でも私にとっては、見慣れているがゆえにわかりやすい。この子は考え方も感じ方も私とよく似ているし、自分でも、自分はこの子を精一杯うまく育てているという気がしている。私と娘の間は、二人だけに通じる信号のようなもので結びついている。私には、この場所は娘には刺激過多になるはずだというのが、本人よりも先にわかる。この人の態度や物腰は娘の気に障るだろうなというのもわかる。この言い方では混乱するだろうというのもわかる。そして、娘が何を思っているかに気づくと、私はすぐ娘に目を向ける。すると案の定、娘も、ママにもわかるでしょうと言いたげな目でこちらを見る。

末の娘がこの信号をやりとりする相手は、どうやら私だけらしい。父親とも、二人の姉とも通じないらしい。それを思うと、ひどく気の毒な気持ちになってしまうこともある。夫も上の二人の娘も、この子のこの子らしさを理解しようと必死で努力しているというのに。でも私には、三人が何をしたところで、末娘のことを「自然に勘でわかるようになる」ことには大して結びつかない気がしてならない。「自然に」「勘で」なんて、まず無理なのではなかろうか。三人とも、こんなにも標準の枠内に位置する人々なのだから。

それでも、特に夫は、わからないなりに必死で、娘が問題にぶつかりそうな場面を予知し、先回りしようとがんばっている。この子が人つき合いの場面で恥をかくのを防ぐには、状況判断を誤ってへまをするのを避けるには、そして何よりも、感覚情報の渦に溺れ、崩れてしまうのを防いでやるには、たいていは親が先手を打ってやるよりほかにはないのだから。私たちの場合、娘が文脈の解釈を誤っても、人との接し方で失敗しても、親がその場にいて状況を見ていさえすれば、たいていは何とか助けてやることができている。見かけた人のことで気になる点があっても、本人に聞こえるような声で口に出してはだめよと前もって言い聞かせておくこともできる。どこかへ連れていくときには、あらかじめ心の準備をさせておくこともできる。そこへ行けば何が見えるか、どんな手ざわりの物があるか、どんなにおいがするか、何が聞こえるか、どんな味の物を味わうか、何をするのか、頭の中で予行演習をさせてやることもできる。それだけではない。混乱やいらいらがひどすぎて、一人ではおさめられないと思ったら、誰かに助けてって言うんだよと教えておくこともできる。お姉ちゃんか、パパやママに言うんだよ、誰もいなかったら、信用できる大人の人の所に行くんだよ、どんな人なら大丈夫なのかは、パパとママが教えてあげるからねと教えておくこともできる。耳栓をしてみたらどうかと勧めることもできる。娘は視覚刺激に敏感で、行く先々で苦手なパターンに出くわすことになるから、負担がひどくなってきたら目をつぶるようにと声をかけることもできる。弾力性のあるボールを渡しておいて、エネルギーを放出する必要に迫られたら握りしめなさいと言い聞かせることもできる。さらには、人との会話で困らないように無難な話題を教えておくことも、人をほめたりなぐさめたりする決まり文句を教え込むことも、ジョークを教えておくこともできる。

こうして親が教えることができるスキルは、どれも大切なものには違いない。だがどれ一つとして、親にはどうすることもできないただ一つのスキルの大切さにはかなわない。ただ一つのスキル――彼女が自分なりのスタイルを見つけ、自分なりのアイデンティティを見つけるためのスキル。これぱかりは、娘が自分で手にするしかないのだ。でも、この子ならいつかはやりとげると私は信じて疑わない。

近頃では、娘も少しずつ、状況に対応するのに新しいテクニックを編み出そうとしているようだ。何とも喜ばしいことではないか。自分を落ち着かせようとして、あるいは誰かと仲よくなろうとして、娘がこれまでにないテクニックを試している……。そんなエピソードの一つ一つが、まるで勲章のように思える。勲章をとってきたのは娘でも、一家全員の名誉に思える。

ついこの間も、一家総出で買物をしていたときに、こんなことがあった。その店は感覚面でかなり刺激の激しい場所で、末の娘は私に、ショッピングカートの底に入りたいんだけどと言ってきた。棚から取った品物を次々と体の上に乗せてもらい、埋もれてみたいのだという。私は誇らしさに顔を輝かせ、言うとおりにしてやった。どんな結果になるかしらと興味をそそられただけで、娘の頼みに困惑したりはしなかった。父親も姉たちも私の態度にならってか、末娘のために融通をきかせることにして、あわてず騒がず買物を続けた。何もかもが順調だった。しかも、娘の計画は当たったらしく、彼女は五感の機能不全に陥ることなく持ちこたえることができた――あのレジの係員と遭遇するまでは。

レジにいた係員は、娘が満杯のカートの底にもぐり込んでいるのに気づいたとたん、声を荒げた。「何ですかこの子！　今すぐどかせてくれないと困りますっ！」

娘はあわててしばしのお友だちから身を引き離した。袋入りのリンゴたちから、牛乳の紙パックたちから、洋服たちから、シリアルの箱たちから、ドッグフードから、その他もろもろのわけのわからない物たちから。私にはわかった。この子の頭にはどんな思いが駆け巡っているか、顔など見ずともわかった。私はまっすぐレジ係の方に向き直ると、思いの丈をぶちまけよう、吹き荒れる怒りをぶつけようと口を開きかけた。

だが、レジ係はよほど運が良かったらしい。私が何と言えばいいか思いつく前に、夫が静かに口をはさんだのだ。私が今にも口汚く罵ろうとしたちょうどそのとき、夫は私たちみんなに、先に外に出てなさいと言った。夫の目。肩に置かれた手。そして抑えた声——ほとんどささやき声に近い声。夫の言わんとするところは伝わった。騒ぎを起こさずにこの場をおさめておくから。その方が、この子だってこれ以上恥をかかずにすむだろう？

夫がいなかったら、私は絶対に、かんしゃくを大爆発させていたに違いない。私にとっては、かんしゃくはアスペルガーのせいで困っている最大の問題の一つなのだ。

さて、無事に店の外には出たものの、被害はすでに起きてしまった。ASの娘はすっかり打ちひしがれている。目に涙をためて私を見上げたかと思うと、しっかりしがみついてくる。上の娘たちも、妹から目を離さない。ぴったりと妹のそばに寄り添って、お母さんがこの子を守るために闘うなら、いつでも加勢するわと言わんばかりのようすだった。

こうして家族の結束をひしひしと感じるのは、何とも言えず誇らしいことだったし、嬉しいことでもあった。でも、当の娘に目を移せば、すっかりおびえて、混乱している。ここで言うべきことを言っておかなかったら、あなたは間違ってないのよとしっかり請け合ってやらなかったら、この子はこれっきり、自分を守るために自分なりのやり方を工夫することをやめてしまうかもしれない。私は娘と同じ目の高さにまでかがみ込むと、その肩を力の限り抱きしめた——体に深い圧迫感を与えて安心させるために、そして、ママはどこまでもあなたの味方よと伝えるために。私は言い聞かせた。「ママは誇りに思うわ。オーバーロードにならないように、新しい方法を見つけたんだもの、偉いわ。落っこちて溺れないように、自分で何とかしようとがんばったんだから、少しも恥ずかしいことじゃないのよ。物に埋もれて下敷きになりたくなったら、いつでも入れてあげるからね」

わかった？　とたずねてみたところ、娘は完全に納得していたばかりではなかった。さっきの店員さんに、母親そっくりのアスペルガー的特質を――強力きわまりないかんしゃくの嵐を――今にもぶつけに行きたそうにしている。私だって、できることなら許してやりたかった。どこかの片隅に目立たずにすむ場所を見つけなさいと教えるのではなく、自らのために立ち上がらせてやりたかった。自分は自分の責任で必要なことをやらせていただきますと宣言させてやりたかった。たとえ、そのためには娘の怒る姿を（もちろん、暴力に訴えない範囲でだが）目にしなくてはならないとしても、私はかまいはしない。娘の怒りを目にすれば、少なくとも、彼女がまだ自分自身を見捨てていないことがわかるから。自分自身を見捨てずにしがみつくというのは、決して簡単なことではないのだから。

ＡＳの人々の場合、あれもだめ、これもだめと意欲をくじかれる経験の連続で、自分を大切にする意識もぼろぼろになってしまい、すっかり迷子になってしまうことがあまりにも多い。そんな世界で自分を見失ってしまっては、幸せに至る道などほとんど残ってはいないだろう。だから私は、少しでも機会があれば決して逃さず、娘にも、私自身にも、何度でも繰り返す。私たちだって、強固な意志さえあれば、自分たちに向いた幸せを築く方法は見つかるはずよ、どんな方法だって、使えればいいのよと、身をもって示そうとする。

そのために、私はいつも娘に言い聞かせる。自分には何が必要なのかを見きわめて、それを手に入れようとするのは悪いことじゃないのよ、そのことを忘れたらいけないから、自分に言い聞かせなきゃだめよと。娘には間違いなく伝えておきたいのだ。逆さまにぶら下がることが必要だと自分で思うなら、足の裏が地面から浮いていないことを確認するためには、どすんどすんと歩くのがいいと思うなら、小麦粉を詰めた風船をもまずにはいられないなら、私の所へ走って来て、小声で「あの人、変」とささやきたいなら、人間の友だちよりも犬と一緒にいたいのなら、サンドバッグをぶん殴りたいなら、さらには、あの深い淵に、自閉症スペクトル障害の人々のこれほど多くが知っているあの深い淵に引きずり込まれずに持ちこたえるためには、大声を上げるしかないのだとしたら、パパもママも決して止めたりはしないとわかっていてほしいのだ。

私たちは心から娘のことを思っている。その私たちが親として娘に望むことはただ一つ。自分も他人も傷つけないこと。それだけだ。心身ともに、安全を守ること。この線さえ守ってくれれば、あとはいくらでも好きな道を探検してくれればいい。どこをどう探検しようと、それぞれの道に特有の成果が得られるはずだから。そして、持ち帰った成果は、あらゆる状況で応用がきくはずだから。

同じ経験をしてきた私にはわかる。娘はこれからも、何度となく苦労をするだろう。でも私は大いに楽観している。娘は自分なりの道を見つけられるはずだ。私だって見つけられたのだから。

私が両親に教わったのは、生きていくのに必要な基本原則だけではなかった。日常生活の手順だけではなかった。本当の私——結局のところ、肝腎なのはこれだったのだ——は、両親の教えてくれた教訓の数々によって育まれ、形作られたものだった。両親の子育て方針は、いたってシンプルなものだった。娘である私が自分の個性に誇りを持てるように、風変わりな点までひっくるめた丸ごとの自分に誇りを持てるように——両親はひたすらそれだけを考えて私を育ててくれたのだった。

私は今も、こうして教わったことを大切に守っている。とりたてて何ということもない教えだが、そこから生まれてくるのは、自信と自負心、それに、あくまで最善を尽くすぞという不屈の決意。どれも大いに役に立つものばかりで、子どもたちが幸せに、かつ健康に成長するためにはぜひ身につけさせたいものだ。これはどんな子にも共通する目標ではあるけれども、ASの家族と共に暮らすこつを学びながら成長しなくてはならない子どもたちの場合、自信、自負心、不屈の決意の大切さは普通以上に大きいのではないだろうか。

私も、子どもたち全員にこの教訓を身につけさせなくてはと思っている。私のような母と生活を共にしながらも負けずに成長し、活躍しようと思ったら、この三つなしには無理からだ。なぜかって？　アスペルガー症候群というのは、予備知識のない人が見ただけでは、何が困難なのかわかりづらい。特に、私のように、表に現れる症状がここまで微妙になってしまっていてはなおさらだろう。これがもし、見た目でそれとわかる身体障害か何かなら、黙って指差すだけで「母はこういうわけなので、大目に見てやってください」と伝わるだろう。だが、目に見えない障害ではそうはいかない。黙っていたら、他人は母親のことをわかってはくれないのだ。娘たちは、世間に母親のことをとやかく言われても、うまく受け流す方法を覚えなくてはならない。一方、こんな母親のことを誇りに思えるようになりたければ、何とか理由を見つけるため、普通以上に工夫をこらさなくてはならない。

でも、娘たちなら大丈夫だろう。彼女たちはしっかりした自尊心を持っているし、一人一人が自分なりの充足感を見いだし、それぞれに目標を持っている。こういった防壁に守られているせいだろうか、今の娘たちは、人前での私のようすを見ても、それほどひどく辛いとか、恥ずかしいとか思わなくなってきたようだ。もちろん、娘たちには今でも注意される。外では独り言を言わないように、人のいる所では大声で話さないように、誰彼かまわず愛犬の話を始めないように、会話を独占して自分ばかり長々としゃべらないように、公園で耳をふさいで「こんなうるさいのが平気な人って、いったいどういう神経してるのよっ」とわめかないように、鼻をつまんで「何なのこのにおい！」と叫ばないように。でも私は、娘たちに叱られるくらい何とも思わない。なぜなら娘たちは、ただ叱るばかりではないから。私がどんなに偏屈だろうと、どんなに変わっていようと、やっぱり大好きよと必ず、必ず忘れずに言ってくれるから。

家族のみんなは私を愛してくれるし、本当にやさしくしてくれる。この愛が、やさしさが、途中で燃え尽きてしまわないように、私はことあるごとにくり返すようにしている。私のふるまいにむっとすることがあろうと、私の反応ぶりを恥ずかしく思うことがあろうと、さらには、私の会話を聞いて呆れてしまおうと、何の問題もないのよ、いっこうにかまわないのよと。幸い、みんなはどうやら本気で聞いてくれているらしく、私は嬉しく思っている。だって、「うちのお母さんもよそのお母さんみたいな人だったらいいのにな」と空想したくらいで後ろめたい思いをさせるなんて、絶対に避けたいではないか。だから私は娘たちに言い聞かせるのだ。パパやママをこんなふうに作り変えられたらいいなあと思うのも、おとぎ話に出てくるような夢のお母さんがほしいと思うのも、ごく自然なことだとわかってほしいから。だって、理想の親を夢見ない子どもなんて、どこにいるだろうか？

でもその一方で、少しずつでもいいから娘たちに教えていきたいこともある。かなりレベルの高い道徳律だ。礼儀や親切などに比べたら、はるかに失われやすい徳かもしれない。私の娘たちには、この先どこでどんな人に出会おうとも、すべての人に何かしらすてきな点を見つけられるようになってほしいのだ。そのためには、ときにはかなり知恵を絞らなくてはならないこともあるだろう。でも娘たちには、心の奥底からわかってほしい。自分たちの母親だけでなく、あらゆる人に値打ちがあることを。誰もが可能性を秘めた存在であり、特別な存在なのだと。誰でも人に貢献することはできるし、人々に分かち与えるべきこともたくさん持っているのだと。

私がこういう人間だということについては、家族のみんなさえわかっていてくれればそれでいい。それ以外の人々には、どう思われようと、本当のことを言ってしまうとあまり気にならないのだ。とはいえ、この人には私のことをよく知っておいてもらわなくてはと思ったときは、きちんと説明するように心がけている。私にはただ、みんなとは別の音楽が聞こえているだけなのだ、単に自分だけの音楽に合わせて動いているにすぎないのだとわかってほしいから。どの程度熱心に説明するかは相手が誰であるかにもよるし、向こうがどの程度聞く耳を持っているかにもよる。たとえば、いくら説明しても、ASなんて一時の流行だと言ってきかない人や、私はこんなときにはこう思うのだ、こう感じるのだと言っているのに、どうしても信じようとしない人がいたら、そんな人たちからはなるべく距離をおくことにしている。この頃になってようやく、こう思えるようになった。本当に私の友だちならば、私の言うことをくだらないといって片づけたりしないはずだし、私の話を疑ったりしないはずではないか？　本当の友だちなら、私とちょうど公平に折り合えるよう、私のことなら何でも知っておきたいと思うはずではないか？

そんな私だが、誰かがASについての情報を必要としていると気づいた場合は話が別だ。故郷に帰ってきた旅人が楽しかった旅の土産話でも語り聞かせるように、活き活きと輝きだす。心も頭もすっかり開け放し、自閉症スペクトル障害に関して知っている限りのことを休みなく語り続ける。良いことも悪いことも、大変なこともおもしろいことも、残らず語ろうとする。持ち前の正直さに導かれ、自らの体験を語り、ほかの人たちの研究の成果を語る。この説明でわかりやすいだろうかなんて考えたりはしない。私はただ、そこに扉があることを示しさえすればよいのだ。あとはその人しだい。心の準備ができたなら、その人が自分で開けるだろうから。

三〇年前の自分、二〇年前の自分、一〇年前、いや、五年前のことをふり返ってみても、今の私は何と変わったことかと思う。私はずっと、世間で普通にいうところの「標準《ノーマル》」にむかってと近づいてきた。それを思うと、胸が踊り、明るい気持ちになれることもある。私の半生は格好の例だという気がするから。これまで歩んできた道をふり返ってみると、しっかりしたサポート態勢があり、友人たちにも恵まれ、しかも、幼いうちに適切な技法で介入が行われていたなら、無数の可能性が広がるのだとわかるから。もちろん、私だってわかってはいる。これまで私は、AS的な特質が原因で、普通のコースから閉め出されそうになったことなど、一度としてなかった。IQも高く、工夫する才もあり、家族も友人たちも協力を惜しまない人たちだったから、それ以外の可能性があるなんて気づいたことさえなかった。

今の私は、ある意味では満足していると言うべきだろう。自分なりの居場所を見つけたから。私は今、通常の脳を持った人々とASとの中間の、ある一点でバランスをとっている。この地点は、おおむね居心地が良いと言えるから。

でも別の意味では、今の自分を見ると、いく分かの寂しさも感じてしまう。この場所に来るために、私は自分の中のどんな部分を切り捨ててこなくてはならなかったのだろう？　そんなことをよく考えてしまうから。私が世界を見るときの偏頗な見方を、そのまま紙の上に書き表していたら、今などよりすぐれた文章を物することができたのではないか？　私の変わった個性の下には、本当は、見事なまでにひねくれたシュールレアリズム文学が隠されていたのではないか？　それが今では、以前の習慣や思考パターンをこれほどまでに抑え込めるようになったのと引き換えに、もはや掘り起こすことがかなわなくなってしまったのではないだろうか？　こんなふうに愛想よく人とつき合うように教えられ、奨励されなかったら、今とは違う暮らし方、もっと自分に向いた暮らし方を見つけて満足していただろうか？　標準《ノーマル》のふりをしようとここまでがんばらなかったら、過敏性大腸症候群にもならず、パニック発作も起こさずにすんだのだろうか？

もちろんこれは、いくら考えたところで答えの出るような問題ではない。それでも、こういった疑問は手放さずにいたいと思う。なぜなら、折りに触れこうして考え続けることで、大切なことを忘れずにいられるから。どんな人にも、自分にとっての「標準《ノーマル》」を自分で探り当てる権利が認められるべきだということを。さらに、もしもこれから、必死になって人と違う面を抑え込んだら、自分を変えようとがんばったら、世間一般の感覚をまねようとしてがんばったら、その後の生活はどんな感じになるのかをあらかじめ知り、調べ、味わってみる機会も保証されるべきだろう。そして、自分の出発点を知り、選択肢も検討し終えた上でなら、あとは何者を目指そうと、どんな人間を目指そうと、かなりの部分まで当人の裁量に任されるべきだし、その決定は尊重されるべきだろう。

自閉症スペクトル障害の壁の内側で生きることは、心地良い、暖かい経験でもありうるし、間違ったことでもない。とりわけＡＳの場合だと、壁といってもかなり柔軟性があるのだからなおさらだ。どうしても一人で暮らしたいと思おうが、風変わりな性質を矯めようともせずに認めてしまおうが、さらには、口のきき方がぶっきらぼうだろうが、それ自体は間違ったことでもなければ、悪いことでもない。大嫌いな感覚がいろいろあろうと、逆に、特定の感覚に激しく心を惹かれようと、それは恐ろしいことでも何でもない。それに、「標準《ノーマル》」という言葉の意味が、まるで方言か何かのように、いたって相対的なものであってはいけない理由などありはしない。

私などよりもASらしさを堂々と打ち出している人々に会うと、少しばかりうらやましくなってしまう。人とは違うすばらしい面を隠さずに見せられる力に、感嘆してしまう。彼らが本来の自分を受け入れているのが見てとれて、拍手を送りたくなる。現実優先の態度に接して、ありがたく思う。これから研究が進み、自閉症スペクトル障害の本質について、また、自閉症スペクトル障害の人々の人生についてますます深く知られるようになったなら、私たちと手を結び合った方が豊かですばらしい恵みが得られるのだということがわかってくるのではないだろうか。そうなった暁には、社会の側だって、ASらしさをそのまま残した人々――自ら選んだにせよ、その人の能力と特殊さとの組み合わせではそうなる以外になかったにせよ――のことを、これではいけないとか、尊敬に価しないなどと決めつけたりはしなくなるかもしれない。

ASの人々にも、そうでない人々と同様、さまざまな面で独創力のある人や頭の良い人はたくさんいる。おもしろい人、良く働く人、教養ある人だって多い。親切で暖かく、礼儀正しい人、愛情深く、ユーモアもあり、愉快な人も少なくない。そして、ASの人々にも、そうでない人々と同じように、相応の困難が与えられる。普通の人と同じように落胆することもあれば、幻滅することもある。シュールなレンズを通して人生を見ていると、ひどく辛いこともある。ごく簡単なはずの用事が歪み、もつれ、ねじれてしまうのだから。通常の脳を持った人にとっては何ということのない用事だろうに、買い物をしたり、車を運転したり、勉強したり、仕事をクビにならずに続けたり、料金の支払いをしたり、友だちとどこかへ行ったりするだけのことが、ひどく難しい課題になってしまうのだから。どんなに固い決意を持って努力しても、目に見える結果が出るとは限らないと思い知らされて、気が滅入ることもある。見知らぬ人にしじゅう手を貸してもらい、友人たちにも頼ってばかり、何ごとにも家族の指示を仰がなくてはならないのは、屈辱的なことでもある。

でも、いくらつらい目にあおうとも、私は、ASを根治させる治療法が見つかることなど望みはしない。それよりも、もっと根絶してほしい病《やまい》はほかにある。もっとありふれた病、実にたくさんの命をむしばんでいる病だ。この病にかかった人は、わが身を絶えず「人並み」という基準と比べずにはいられなくなる。しかもその「人並み」とやらはたいてい、あまりにも完璧で、完全で、現実にはだれ一人達成できないような代物だったりする。こんな「人並み」にふり回されるより、はるかに生産的で、はるかに満たされる生き方があるだろうにと思う。もっと別の新しい理想、もっともっと主観的な基準に基づいた理想に従って生きるならば、もっと流動的な、心の領分を大切にするならば、驚異を、好奇心を、独創性を、工夫を、奇抜さをよび起こすものたちを大切にするならば……。もしもいつかそんな世の中が実現したならば、あらゆる人々が平和に共存でき、お互いの良さを認めることができるようになるのではないだろうか。

ハウツー編

Ⅰ　まわりの人に自分の困難さやニーズをどう伝えるか

自分のかかえている困難について、あるいは、特殊なニーズについて、周囲に広く知らせる方がいいのだろうか？　それとも、隠しとおす方がいいのだろうか？　これは難しい問題だけに、当事者の間でも論争がたえない。

ＡＳであることを隠しとおす道を選ぶのは、隠しとおすことが可能な人たち、工夫しだいでは隠しきれる人たちに多いようだ。そんな彼らは、自分なりにいろいろと手だてを考えては、人付き合いのルールをうまく切り抜けたり、学校に適応したりしている。

その一方、周囲に障害のことを理解してもらった方がうまくいきそうだと思われる人たちも少なくない。特に、ＡＳの程度が濃い人たちはなおさらだろう。そんな場合は、ほかの人たちを教育して、アスペルガー症候群とはどんな障害なのか、さらに、自分の場合はどういう影響が出ているのかを知ってもらう必要がある。

自分がアスペルガーであることを、みんなに（あるいは一部の人に）カムアウトする（＝打ち明ける）かどうかは、最終的には、個々人が自分で判断すべきことだ。とはいえ、今はその気がない人も、将来、誰かに打ち明けようかと迷うときが来ないとはかぎらない。外の世界に出るにあたって、無理なく力を発揮するためには、持てる権利は主張した方がいい、受けられる配慮は受けた方がいい、でもそのためには、少数の親しい友人や家族、学校や医療の関係者にだけでも、事情を打ち明けるしかない……。そんな岐路に立たされる可能性はおおいにある。いつか、カムアウトすべきときがきたら、これから挙げるような点を参考にしてほしい。

カムアウトしてプラスになるかもしれないこと

個人的には、私は完全カムアウト派だ。私自身は、相手が誰であれ、ＡＳのことを話すのをためらったことは一度もない。誰彼かまわず、知っているかぎりの知識をありったけ聞かせたくなってしまうくらいだ。中でも、今の私の生活にＡＳがどう影響しているかという点に関しては、どうしても説明しておきたいと思ってしまう。これまで、私のことをよく知らない人たちに、的外れな対応ばかりされてきたからだ。私の思考や行動のパターンについても、その理由についても予備知識のない相手からは、妥当で現実的な反応は返ってこない。そう思うようになったのだ。

たとえば、私は一見とげとげしくて押しも強く、公然と既成の秩序に逆らう主義の持ち主だと見えるだろう。でも、本当に大切なところでは、そう、心の奥底では私だって私なりに、親切でありたい、礼儀正しくありたいと願い、精いっぱいに力を尽くしている。ただ、私の「精いっぱい」が、いつも簡単に外界の人々に伝わるとはかぎらない。おそらく、私があまりに風変わりなので、それがいわば雑音として働くのではないだろうか。人々は私の特異さにじゃまされて、こちらの伝えようとしている内容をまっすぐつかめなくなるのではないか。雑音の正体をなるべく詳しく説明すると、その影響力はかなり抑えられ、私の本当の姿が見えやすくなる。

私の場合、相手がどんな人であれ、カムアウトした方が、良い関係を築きやすくなっていると思う。店で出会う見知らぬ人から、親友、家族といった人々に至るまで、あらゆる人との間で、私はカムアウトの方を好んでいる。

カムアウトしたほうがいい理由を具体的にあげるなら、たとえば次のようなものが思い浮かぶ。もちろん、私が考えつかなかった理由がほかにも数えきれないほどあることだろう。

① 周囲の人にASのことをあらかじめよく説明してあれば、自己刺激行動やチック、感覚過敏などを必死でがまんする必要がないし、対人場面での理解の悪さなど、ASゆえの特性をとりつくろう苦労をせずにすむ。この人たちは知識があるんだから、これはASの特徴であって異常事態ではないと納得してくれるはずだと思えば、ゆったり構えていることができる。

② 打ち明ける相手の中には、ASについて啓蒙することで、これまでよりも頼れる味方になってくれ

る人もいるかもしれない。どう援助すればいいかの知識も増えるし、援助の必要性をはっきり自覚してくれることにもなるからだ。

③ ＡＳとはどんなもので、どんな症状が出るのかという知識が一般の人々に普及するのが早ければ早いほど、ＡＳが社会に受け入れられ、広く理解してもらえる日も早く訪れるだろう。

④ 自分がＡＳであることを周囲に説明してあれば、負担の大きすぎる役目に立候補しなかったとしても、許容されやすくなるだろう。たとえば、教官の手伝いを買って出る、公開討論会などで団体を代表して発言するといった役目が果たせなくても、理解が得られやすいだろう。

⑤ 友人関係では、「親しさの表現はこうあるのが当然」という暗黙の思い込みを脇に置いて、この人はこうなんだなと納得し、慣れてもらえるかもしれない。

⑥ 自分のためにＡＳのことを説明することで、間接的にほかの人の役に立つこともある。たとえば、説明を受けた人々が、自分の身近にも未診断のＡＳの人がいることに気づく可能性もある。

⑦ ＡＳについて人々を啓蒙したり、ＡＳにまつわる体験を語ったりという活動が、語り手自身にも恵みとなるのはよくあることだ。自分のことを語るうち、どんなに人とちがっていようと、自分はこのままでいいんだ、大切な人間なんだという実感が高まっていくことは多い。

カムアウトにつきまとうリスク

いくら完全カムアウト主義者の私といえども、カムアウトして後悔したことがないとは言わない。「アスペルガー症候群」なんてことば、口にするんじゃなかったと思った経験は少なくない。よその人に、友人に、ときには家族や親戚に、ASをかかえて生きるとはどういうことなのか説明しようとして、ひどい偏見にぶつかったり、誤解されてつらい思いをしたことは何度もある。まともに聞きたくない、共感する気になれない、関心が持てない、そんな向こうの気持ちもわかる――そう言ってしまえれば、どんなにいいだろう。そう言えるくらいになれたなら、私だって心の平和が得られるだろうから。でも私には無理だ。思い出すたび、毎回、憤りでいっぱいになってしまう。なぜなら、冷たい反応に接したときの私は、すっかり打ちひしがれ、がっくりきて、憤慨し、恥をかかされ、ひどいときには、ありのままの自分の姿を恥じることになってしまったのだから。

カムアウトで不利な事態を招いたとしても、少しでも痛みを軽減したい。そう考えて、私はいくつかの対応策を考え出した。冷たい扱いを受けたときのこちらの出方には、おおざっぱに言って四種類あるようだ。どの反応になるかは、相手との間柄と、こちらの怒りの強さによって決まるらしい。たとえば、よく知っている相手のときほど、私はひどく腹を立てることになりやすい。一方、私が幸せになろうがなるまいが、この人には関係のないことだと思える相手、この人にはASについて理解する能力がなさそうだと思える相手には、最初から共感などほとんどあてにしていないようだ。こうして考えていくと、私にも、次のような対応ができることがわかってきた。

a　ゆったり構えて、これから先に期待する。こうして説明することで、いつかは敬意と配慮をもって接してもらえる日が来るかもしれないのだから。

b　出会う人全員を納得させるなんて不可能だと自分に言い聞かせ、忘れるように心がける。

c　怒っても何の益もなく、こちらの自己認識が鈍り、成長が阻害されるだけだということを忘れない。

d　その相手とは、つき合いを断ってしまう。

でも、どんな出方を選ぶにせよ、自分自身に対するフォローは忘れない。ASについて啓蒙することは大切なのだ、代償を払うだけの値打ちは十分にあるのだとしっかり自分に言い聞かせることにしている。そして、どんなことになろうとも、自分の出方は自分で決められるのだということも忘れない。こちらは善意で説明したのだ。向こうは失礼な態度に出たかもしれない。誤解に基づく発言をしたかもしれない。でも、それに対する接し方を決められるのは自分なのだ。

ASのことを周りの人々に伝えることに決めたなら、次のような可能性を覚悟しておこう。

①　ASは非常に微妙な障害で、ちょっと見ただけでは見分けにくいことが多いため、それくらい大したことはないと誤解されることがある。そうなると、怪しげな最新流行の心理学用語を濫発してい

るだけだ、けしからぬ行動を大目に見てもらうための言い訳だろうと決めつけられることになってしまう。

② ＡＳのことをひととおり学んだ人たちの中には、その知識を元に、ＡＳの人はグループで行う活動にはふさわしくないと考え、ことさらに排除しようとする人もいる。そのため、カムアウトがきっかけで、パーティーやクラブ、委員会、雇用などから締め出されてしまう可能性もある。

③ 相手の予備知識や先入観によって、障害の程度や種類を誤解されることもある。自分より軽度の人と、あるいは逆にもっと重度の人と「同じくらいだろう」と思われたり、別の神経学的・心理的な発達障害と「似たようなものだろう」と早合点されたりして、自分には合わない処遇や援助をされたり、まちがった期待をされる可能性がある。

④ 自分に障害があることはみんなに知られているんだと実感したとたん、人とのかかわりを避けたくなってしまうこともある。突然、まるでみんなのさらし者になっているような気がして、批判や好奇の目に敏感になってしまうのだ。

カムアウトする範囲と戦略は上手に選ぼう

自分が人とちがっているのは、ＡＳのせいかもしれない——初めてそう気づいたばかりの頃の私は、会う人会う人ほぼ全員に、できるだけ大量の情報を、できるだけ短時間に話して聞かせたものだ。しかし、ほどなく私は、もっと賢いやり方があるはずだと気づく。

それ以来、少しずつ試行錯誤を重ねて、打ち明け方のテクニックがいくつかに固まってきた。今では、カムアウトが必要になるたび、自分と相手の立場や力関係、この人ならどんな反応をしそうかというこちらの予測、関係の深さ・親しさなどを考慮して、戦略を選んでいる。

そのためにはまず、カムアウトする相手をおおざっぱに二つに分ける。私の場合、知っておいてもらう必要のある人たちと知ってもらわなくても何とかなるかもしれない人たちだ。「誰にも、何一つ明かさない」という考えには陥るまいと気をつけているが、かといってこの選択肢をまったく排除しているわけではない。いつか必要になった場合の用心に置いてある。

知っておいてもらう必要のある人たちと知ってもらわなくても何とかなるかもしれない人たちを分類する基準はもちろん各自が決めることだが、このような区別があるということだけは、議論の余地がないと思う。関係によって、カムアウトの重要度は確かに差があるものだ。それればかりかときには、少なくとも部分的なカムアウトはほぼ必須となる場合もある。自分がどんな人間であるのか、自分はASのためにどんな影響を受けているのか、少しは明かしておかないことには、関係が成り立たなくなることだってあるのだ。

参考までに、私の場合、知っておいてもらう必要のある人たちと知ってもらわなくても何とかなるかもしれない人たちはこのように分けている。

1 知っておいてもらう必要のある人たち

a 自分の活動や将来に関して、何らかの権限を持っている人。たとえば学校の教官、雇用主、スポーツコーチ、警察官などがこれにあたる。ＡＳに関する知識をある程度は持っておいてもらわないと自分のニーズに見合った援助が期待できないばかりか、こちらの意図や利害を誤解される危険さえある。

b これからもっと親密になりそうな相手、大切な関係を築きたい相手。恋愛の相手もそうだろうし、友人や親戚、ルームメイト、同僚などの中でも特に親しい相手もここに含まれる。自分の特異性を尊重し、楽しんでもらい、変わったライフスタイルを理解してもらうには、ある程度はＡＳについて知っていてもらう必要がある。

c 助言や援助を求めることになる相手。宗教的指導者、カウンセラー、ソーシャル・ワーカー、主治医などがＡＳの知識を持っていると、こちらのニーズを的確につかめるようになる。

2 知ってもらわなくても何とかなるかもしれない人たち

a ほぼ行きずりに近い人々。販売員、ウエイターやウエイトレス、受付係、役所の人、修理作業員など、必要な時しか話すことのない人々。

b 教室、職場、ジム、近所などで、たまに顔をあわせる人々。

c　親戚や昔の友人で、今は疎遠になっている人。

d　子どもの学校の先生、子どもの友だち、その親。

e　もう二度と出会わないであろう人々。順番待ちの列、混雑した映画館、人通りの多い道で出会う人々など。

考えられるカムアウト戦略

誰に対してカムアウトするかを決めるのはまだ序の口。私の場合、頭を悩ませるのは、カムアウトの「相手」より、「方法」だ。ここでいくつかのテクニックを紹介する。ふつうなら、このうち一つくらいは使えるものがあるだろう。

①　AS関連の資料を収集して、二つのファイルにまとめておく。一つ目だけを渡すか、二つとも渡すかは、相手の関心度に応じて決める。一つ目のファイルに収めるのは、ASとは何なのか、専門用語ぬきで、やさしくかつ素早く理解できるような資料だ。個人の手記や実話記事、一般向けのパンフレット、ビデオ、好みの本などが使える。二つ目のファイルには、もっと詳しく知りたい人向けの資料を集める。専門雑誌の記事、教科書、研究報告などはこちらに収める。（有用な情報源については二四五頁を参照）

② **ASのことをわかってもらいたい相手を、自閉症スペクトラム障害についての勉強会や学会に招待する。**

③ **自分の得意な方法で、個人的な物語を表現する。**文章、スピーチ、ビデオ、スライド、写真、ダンス、アート、何でもいい。ほかならぬ自分の人生にとってASはどんな存在なのか、個人的な実感を表現してみよう。自分自身がASではない人にとっても使える方法だ。

④ **見ず知らずの人に援助を頼まなければならないような事態が起きた場合に手渡せるようアスペルガー症候群に関する必要最低限の情報を盛り込んだ名刺を用意しておこう。**たとえば、私の名刺にはこう印刷してある。

「私にはアスペルガー症候群という神経生物学的障害があります。そのため、ときとして、冷静かつ理性的な会話・行動が困難になることがあります。このカードは、私が誰かのご迷惑になっているだろうと思ったときにお渡しするためのものです。私の場合、アスペルガー症候群のために、次のような困難が生じることがあります。**ゆっくり話せなくなる、がまんしようと思っても会話に割り込んでしまう、自分では止められず、手を動かしてしまう、まばたきをしてしまう。**また、この障害のため、話の流れを追うことが難しく、人の趣旨や意図を誤解することもあります。それを避けるには、静かな口調でお話し下さると助かります。また、私が質問をした場合は、ストレートで、省略のないお返事をいただけると、誤解を避けやすいと思います。もし私の態度が失礼に感じられたのであれば謝罪いたします。

アスペルガー症候群に関して、詳しい情報がご入り用でしたら、

ASPEN of America, Inc.

P.O. Box 2577, Jacksonville, Florida 32203-2577

までお願いいたします」

⑤ 来客がつい読んでみたくなるように、ASに関する資料を家の中で目立つところに置こう。

⑥ ASについてこれから啓蒙したい人々の名前を情報源になる広報誌や、機関誌を発行している地域的、全国的な組織に送ろう。

⑦ 自分はASのせいで、どんな行動に出てしまうことがあるだろう？　全部でなくてもいい。なるべくたくさん書き出して、リストを作ろう。たとえば、「私は混雑した場所では動揺しやすくなります／人と話しているとき、相手に近寄りすぎてしまう傾向があります／私は他人の頭をこすりたくなります／ほかの人がしかめ面をしていても、悲しいのか、怒っているのか、寂しいのか、区別がつきません」などを挙げてもいいだろう。「そんなのは誰でもあることだよ」などと軽くあしらわれないためにも、できるだけ多く書き出し、自分はこれほどたくさんの問題と向き合っているのだということをはっきりさせよう。数が多ければ多いほど説得力も増すものだ。

II　大学での生き残り術《サバイバル・スキル》

「大学という場所には、ASっぽいタイプの人が山ほどいる」。AS関係の大会で、そんな発言を何度か耳にしたことがある。よくぞ言ってくださいましたと、思わず頬がゆるんでしまう。周囲にしっかりした支援体制があり、本人が何らかの分野に深い関心を持っているなら、ASの学生にとって、大学時代は実にすばらしいものになることが多い。好きなことにひたすらこだわり続けて、それをほめられる場所が、大学以外のどこにあるだろう？　自分流のスタイル、自分流の習慣を貫きながらも変に見られない場所が、ほかにあるだろうか？　会う人会う人に話しかけようが、誰とも口をきかなかろうが、さらには独り言を言おうが浮き上がって見えない場所が、ほかにあるだろうか？　つまり、これほど自分のペースでふるまえる場所が、大学以外にあるだろうか？　少なくとも私は知らない。

大学進学は、誰にとっても大きな前進だろう。これが大きな逆もどりになることを防ぐには、大学選びが大切になる。自分のかかえる特別なニーズに合わせて、さまざまなプログラムやリソースを用意してくれるような大学をえらぶ必要がある。このような配慮を受けるためには、少なくとも何人かの関係者にはASのことを説明しておかなくてはならない。話しておくべき相手として考えられるのは、担当教官の大半、ガイダンス・カウンセラー、カリキュラム設定や受講登録の権限を持つ担当者などだろう。

また、住居をともにする相手・関係者にも話をしておいた方がいいかもしれない（もちろん、一人で住むのであれば別だけれども）。

ここでは、ＡＳの学生にとって役立ちそうな支援制度を紹介していく。この中で自分にはどれが必要かよく考えた上で、そのような条件の整った大学を選んでほしい。

社会性の障害に対する援助《サポート》

１　ソーシャル・スキルを伸ばすのに役立つもの

ａ　ＡＳの人々にとって、口頭《スピーチ》コミュニケーション、社会学、心理学、演劇芸術などの授業は、ソーシャル・スキルを高める絶好のチャンスになる（実践というより、理論を学ぶ場と考えるべきだが）。私自身、ソーシャル・スキルについて現在持っている知識のほとんどは、こうした授業から学んだものだと思っている。学生時代の私は、インターパーソナル（対人）コミュニケーション、イントラパーソナル（個人内）コミュニケーション、非言語的コミュニケーション、発声と構音、マス・コミュニケーション、文芸朗読、演劇実技、社会心理学、児童心理学、特殊教育心理学、社会学、心理学概論といった授業にかなりの時間をさいたものだ。理由はわからないが、私の経験では、人間の行動の微妙な差異を理解する力を育てるには、生の経験を勘だけを頼りに解こうとするより、人間行動を科学として学ぶ方が効果的だった。私なら、ＡＳの学生には、前述したような科目を可能なかぎり受講することをお勧めしたい。ただし、科目によっては、よい成績をおさめようなどとは考えず、「内容さえ学べればいい」という程度の心構えで受講した方が賢明かもしれない。これらの学問分野の中には、一般の学生ならわざわざ習わなくとも自然にわかっている知識をかなり必要とするものもある。ASのためにそういった知識が不足していた場合、通常の受講期間では短すぎて、なかなか習得できないかもしれないからだ。

b　**志望している大学／在籍している大学には、ASの学生、ASと関連する障害を持つ学生のための交流グループがあるだろうか？　あるいは、これから設立される可能性があるだろうか？**　カウンセラーにたずねてみよう。

c　**カウンセラーに相談して、就職のためのトレーニングを受けられる場を探すのを手助けしてもらおう。**「面接の受け方、よい印象を与える履歴書の書き方、社会人らしい服装などを学ぶほか、雇用主とASについて相談するコツも指導してもらうといい。

d　**大学のキャンパス内に、「安心できる避難場所」を確保しておこう。**　静かな自習室の一角、図書館内の人通りの少ない場所、構内にある庭園のベンチ、付属博物館の特別展示室など、リラックスし、自分をとり戻す必要を感じたら、そこへ行けばいいようにしておく。

2　学生同士の対人関係の構築を図るための援助

アスペルガー症候群の人々なら誰でもそうだが、親密な交友関係を築くのはときとして非常に難しいことになる。しかし、大学という所はある種独特の空間で、気軽でさりげない交流を経験できる場がいろいろ用意されている。このような場での出会いがあれば、学校生活をより心地よく、よりスムーズに送ることができるだろう。学生同士の交流に熱心な大学では、さまざまな趣味や関心事を中心としたグループ活動を奨励しているので、学生同士が知り合える機会も多い。ガイダンス・カウンセラーに手伝ってもらって、自分と関心や趣味を共有する人たちのグループを見つけ、グループの中で一人か二人、友だちを作る努力をしよう。ソーシャル・スキルの遅れが特にはなはだしい人は、カウンセラーに事情を話した方がいいだろう。「学生チューター制度」や「学生メンター制度」などを実施している学校なら、学生の中から募集されたボランティアが、キャンパス内の道順を教えてくれたり、勉強のしかた、駐車場の使い方、教材や生活必需品の買い方、調べものに必要な資料の見つけ方などをガイドしてくれることになっている。そのような制度を利用できれば、担当になった学生との間に、精神的な結びつきを経験できるかもしれない。

3　教官との関係構築を図るための援助

担当の教官と好ましい関係を築くには、教官選びが大切になる。学生には持てる能力を最大限に発揮させたいという意識があり、親身になってくれる教官の授業以外は、受講しないようにすることだ。どの教官がこのような条件にあてはまるか調べるのはそう難しいことではない。急いで決めようとせず、他の学生たちに、どの先生が気に入ったか聞いて回ればいい。同級生と話すのが無理な人は、カウンセラーに頼もう。カウンセラーに手伝ってもらって、学生が落ち着いて授業内容に集中できる条件を整えるためなら、協力を惜しまない教官を見つけよう。具体的にどのような配慮を頼むかは、授業によっても、また個々の学生のニーズによっても違ってくるが、たとえば以下のようなものが挙げられる。

a　ASのために、パーソナル・スペースの問題をかかえている（不適切に他人に近づき過ぎてしまう、あるいは、他人に近くに立たれるのに耐えられない）人、社会性の障害が大きい人の場合、グループ単位でのプロジェクト、グループ・ディスカッション、二人組みでの実験課題、グループごとでの座席指定などを避けられるよう、特別許可を求める方法がある。

b　聴覚や視覚の過敏が問題になる人は、気の散る原因からなるべく離れた座席（中央近くの列の前方などが多いだろう）を優先的に利用できるよう確保してもらう、教授のノートのコピーを提供してもらう、講義を録音する許可をもらうなどの配慮を頼むことができる。

c　字義どおりの思考が妨げになって、問題解決を目ざした思考ができないのではないか、高度な思考を要する課題は遂行できないのではないかという不安がある場合は、受講を決める前に、担当教官と（できればカウンセラーにも立ち会ってもらって）詳しく話し合い、どんなサポートがあれば、また、どんな課題ならうまくいきそうか、具体的なところまで考えておく必要がある。ただし、受講したかった授業でも、あなたには向いていないと言われるかもしれないので、そのつもりで。たとえば私の場合、哲学の授業ではひどく苦労したものだ。今になってふり返れば、途中で放棄するか、そもそも最初から選択しなければよかったと思う。大学側が「この学生には、この科目に必要な課題をこなすのはどうしても無理だ」と十分に認識してくれたなら、代替科目(本来、その専攻の必要科目ではなかった科目)を受講できるような措置をとってくれることが多い。場合によっては、この方法に頼るしかないこともある。

d　協調運動の障害のために書字に困難がある場合は、教官の配慮で、試験を口頭試問にしてもらう、レポートを口頭での発表に替えてもらう、試験の制限時間を延長してもらう、教室でノートパソコンを使わせてもらう、講義を録音するなどの措置が受けられるかどうか、問い合わせておこう。

e　不安発作があったり、うつ状態に陥る時期があったりという問題が重く、生活や学業に支障が出るほどになっている場合は、課題の提出期限や試験日を柔軟にしてもらう、別の時限・別の学期に同一内容の講義を受講する許可をもらう、提出できなかった課題の代わりに特別な課題を出してもらい、その提出で補完してもらうなどの交渉をしてみるといい。

f　視覚優位のタイプなら、教官に相談して、グラフや表、ビデオなどの視覚的な補助教材を工夫してもらえないか、視覚を通して理解を促す実例をたくさん挙げてもらえないか、わかりやすい画像説明の入っているパソコン教材ソフトはないか、たずねてみよう。

g　ハイパーレクシア、ディスレクシア、スペルの困難、読みやすい字が書けないなど、読み書きにかかわる障害があるなら、先生方に相談して、個人指導や特殊教育センターでの指導など、適切なサポートが得られるよう、手配してもらおう。

h　授業の進行がふだんとちがうと驚いてしまう、急にスケジュールを変更されると動揺してしまう人は、担当の先生方にあらかじめ事情を話しておくこと。講義の進行、予習内容や必要な持ち物、講義や指導の日時、そのほかいつものリズムを乱すような変更があるときは、遅くとも数日前には知らせてくれるように頼んでおく。

i　他人との会話で、発言の順番やタイミングがわからない、他人の発言をさえぎってしまうなどの問題があるなら、教官に頼んで、グループ・ディスカッションやディベートの参加を強制しないように頼もう。

キャンパス内の移動のために

地理的な問題

ＡＳの人には、方向感覚に問題のある人が少なくない。そんなタイプの学生にとっては、広大なキャンパスで目ざす場所を見つけるのはひどく困難になることがある。また、大学によっては、まるで混雑したショッピングセンターのようににぎやかな所もある。このようなキャンパスは視覚的にもわかりにくいし、刺激が強すぎ、ストレスをひきおこしやすい。どれも、ＡＳの学生にとっては、学業の上でも、情緒的な安定のためにも悪影響を与える条件ばかりだ。ここで紹介するのは、いずれも簡単な方法だが、無秩序で複雑な大学構内で移動するのに役立つだろう。

Ⅰ　特別なニーズのある学生や教官のための特別措置を依頼しよう。たとえば、

ａ　**障害者用駐車場の使用許可を求める。**目ざす校舎の近くに駐車できれば、混雑にあわずにすむし、駐車場内で場所がわからなくなる心配もなくなる。

ｂ　**エレベーターの鍵を提供してもらう。**人ごみに巻きこまれると方向感覚を失ってしまう人、階段を昇り降りするうちに方向がわからなくなる人、エレベーターのような狭い空間で短時間でも外界と隔てられることで落ち着きを取り戻せそうだと思う人は、エレベーターの鍵をもらえるよう交渉するといい。

ｃ　**障害のある学生のための通学援助制度を利用する。**大学によっては、キャンパスまで自分で運転するのが難しい学生のためにスクールバスを運行しているところもある。そのような制度のある大学なら、自分も利用させてもらえるかどうか問い合わせてみよう。

Ⅱ　キャンパス内の道順を覚えるには

ａ　写真家になったつもりで大学構内を歩き回り、目についたものを何でも〈心の目〉で頭に焼きつけていく。目に映る景色をスケッチしてみよう。上手な絵である必要はない。絵が苦手なら、四角や丸、三角でもいいので、ビルなどの建造物、通路、道路、植栽や花壇などをメモしていく。色鉛筆やマーカーを使って、本物らしくしよう。

b **ある場所から別の場所に移動するときには、途中で何が見えるか、道順にしたがって詳しく書き留めていこう。**

c **テープレコーダーを持ってキャンパス内を歩き、目に映る物、現在向かっている方向などを録音していこう。**テープを聞きながら歩くだけで迷わずに移動できるよう、特徴を詳しく録音していく。ただし、混乱を避けるため、テープは目的地ごとに別々のものを用意すること。たとえば、一本のテープには午前中の時間割どおりに移動の道順をまとめ、別のテープには午後の時間割に沿って録音する。そのほか、住居から図書館へ、体育館へ、学生会館へ、ショッピングセンターへ、と目的地別に録音していく。つまり、音楽でいえば、一本のテープに一曲ずつ録音するようなものだ。

d **誰かに手伝ってもらって、キャンパス内の移動の練習をしよう。**練習のときは、道順以外の会話はできないと言っておこう。雑談などをすると、そちらに気をとられて目的が果たせない。頭の中に地図を作ること、特徴を言葉にし、それを耳で聴くことに集中しよう。最初の時期にしっかり練習しておけばおくほど、必要な情報が長期記憶に定着しやすく、地図などがなくても移動できるようになる日も早くやってくる。

時間と努力を最大限に活用するには

1　時間割の組み方

特別なニーズのある学生に対しては、時間割や卒業条件などにかなり融通を利かせてくれる大学が多い。たとえば、受講する科目数を通常より少なくしてもらう、特定の科目を免除するか、代替科目に振り替えてもらうなどのほか、場合によっては、自分だけのために独自のコースをデザインしてもらえる可能性もある。そのような場合、次のような点に注意すること。

a　**アドバイザーや友だちに何と言われようと、自分の手に負える量以上の科目を受講しないこと。**

b　**自分に向いた生活のリズムに逆らわないこと。**起きるのがつらいような早い時間の講義、ふだんはクールダウンすることに決めている時刻より遅い時間の講義には登録しないこと。自分が朝型なら、夜の講義は受講しないこと。逆もまた同様。

c　**指定された履修順序は極力守り、履修の前提条件となる科目を終了していない講義を選択するのは避けよう。**いきなり上級コースから受講するのは、前もって担当教官によく相談してみて、これなら授業内容についていけるでしょうと保証してもらえた場合に限る。

d　**どんな形でもいいから、自分に向いた趣味や娯楽のための時間を最初からスケジュールに組み込んでおくこと。**

e　選択した科目の中には、難しくてどうしようもないものもあるかもしれない。そんな場合、放棄しても成績の平均点が下がらないよう、登録をキャンセルできる期限を確認し、カレンダーに書いておこう。

f　課題の提出期限、試験日などを知らされたら、すぐにカレンダーに書き込もう。

g　シラバス（講義要項）と時間割は余分にコピーして、実家、協力してくれる友人などに送っておく。大切な予定のある日の前には声をかけてくれるようにあらかじめ頼んでおけば、期日や内容を忘れずにすむ。

h　二科目とも同じ建物内で行われる場合を除いて、二時間続けて講義に出席するような時間割は組まないこと。制限時間を気にしながら移動すると、負担が大きくなりすぎる場合がある。

2　勉強術

a　一番苦手な科目から先に勉強しよう。

b　一日のうちでもっとも能率の上がる時間帯を勉強時間にあてよう。この時間にはたいてい疲れている、落ち着かない気分になる、空腹になる、刺激過多になっている、不安になりやすいとわかっている時間帯は避けること。

c　いつも同じ場所で勉強してみるのもいいかもしれない。「勉強専用の場所」を決めてしまい、そこは睡眠にも、社交にも、休息にも使わないというわけだ。試してみよう。

d 「すき間時間」用の教材を準備して持ち歩けば、数分間でも空き時間があるたびに復習ができる。

e 自分はどんな環境だと勉強がはかどるのか、いろいろ試してみよう。静かな方がいい人もいれば、雑音が必要な人もいる。照明は明るい方がいいのか間接照明がいいのか、きれいな机と散らかった机ではどちらが向いているのか、おやつや飲み物があるといいのか、確かめておく。

f 期間を区切って、短期目標と長期目標を設定しよう（例：短期目標は「受講している各科目を一日一時間ずつ勉強する」、長期目標は「試験範囲の復習は、どの科目も、試験の二時間前までに終わらせる」）。

g 自分の注意持続時間に気をつけよう。落ち着きがなくなってきた、疲れてきた、退屈になってきたと気づいたら、勉強は一時中断して、再開しても大丈夫だと実感できるまではほかのことをする。自分は一度にどれくらいなら集中できるのかを知っておき、その限度を越えないうちに別の活動に移るようにしよう。

h ノートの作り方は、自分が最も記憶しやすい方法で。重要な概念や単語にアンダーラインを引く、丸をつける、矢印や星印をつける、大切な概念の説明や詳しい解説などは行頭を下げて段差をつける、同じページの中で筆記体から活字体にかえるなど、工夫しよう。

i ノート用、勉強用にさまざまな道具を活用しよう。

・ハガキ半分くらいのカードに、数学や科学の公式、用語の定義、さまざまな概念などを一枚に一項目ずつ写す。

・テープレコーダーを準備し、講義を録音する。
・科目ごとに別々のファイルを用意し、講義ノート、配布資料、宿題などは全部一か所にまとめてしまう。
・ノートを作るときには、さまざまな色のペンや色鉛筆などを使って、視覚に訴えるようにすると効果が高い。

大学生活でのストレス解消法

① **ヨガをはじめとする運動、深呼吸、バイオリズム・フィードバック、瞑想などのストレス緩和テクニックを練習し、実践しよう。**定期的に実践しているものがない場合は、カウンセラーに相談して、自分のニーズや興味に合う教室を見つけるのを手伝ってもらおう。
② **ストレスでまいってきた、弱ってきたと思ったら、大好きな趣味、興味の対象に救いを求めよう。**
③ **気持ちが落ち着くような音楽を聴こう。**
④ **日記をつけるか、日々の思いをノートに書き留めていこう。**夢や抱負、毎日の日課、嬉しいことや悲しいこと、混乱すること、うまくいかないこと、ストレスや刺激過剰の元になることなどを書いていく。日記の書き方には、正解も間違いもない。どう書こうと自由。私の場合は、罫線のないふつうのノートを買ってきて、鉛筆やペンを紙の上で文字どおり「遊ばせ」ながら、考えが湧いてく

るのを待つ。いたずら書きをしたり絵を描いたりと、手を動かしているうちにことばがついてくることも多い。日記には、書きたいことは何でも書いてかまわない。字や文法など気にせず、自分の思いや考え、気持ちに集中しよう。順調だった時期に書いた日記をあとで読み返してみると、ちょうど思い出の切り抜き帳やアルバムでも見るように、楽しい記憶を呼びさましてくれるだろう。逆に、つらいときに書いた日記は、資料として利用できる。自分はどんなときにうまくいかなくなるのかをふり返ることができるし、もしかしたら原因が見えてくるかもしれない。そんなときは、カウンセラーやアドバイザー、その他の支援担当者《サポート》にも、むりのない範囲で日記の内容を見てもらうといい。悩みの元になっている問題にどう対処したらいいか、決めるのを手伝ってもらうためである。ことに、ストレスが原因で、すぐ眠くなる、あるいは逆に眠れない、食欲が落ちている、身体の清潔が保てない、勉強に身が入らない、人との会話がうまくこなせない、毎日が楽しくないといった事態になっているとしたら、誰か頼れる人に相談することが大切になる。ストレスを放置しておくと、持てる力を発揮することができなくなってしまう。ストレスが主人になって支配されてしまうのではなく、自分からストレスを制御するように心がけよう。

　大人になって初めての面接のことは、今でも忘れられない。私は修士課程を終えたばかりだった。就職斡旋会社が募集していた相談員の職に応募したのだった。当時はちょうど、メディア関連機器が相次いで商品化されていた時期で、小型ビデオカメラや家庭用ビデオ、ＣＤなどの発売も近いというころだった。面接の中で、会社のオーナーに「マルチメディア関係にはかなりご関心がおありなのですか?」ときかれた私は、勢い込んで新テクノロジーへの熱中ぶりを披露した。これで未来の上司に自分を売りこむことができるぞと思いながら。

　しばらくは何もかもが順調だった。ところがそのとき、オーナーがとあるメディア機器メーカーの名前をあげて、わたしはこの会社のファンなんですよと言ったのだった。「おや、意見が分かれましたね」と言うくらいにしておけばいいものを、いや、本当なら黙っていればもっとよかったものを、私ときたら、口に指を突っこみ、吐くまねをして、「ゲロゲロー、最低!」と言ってしまったのだ。その場は凍りつき、面接はここで終わりとなった。

　驚いたことに、それでも私は採用された。ただし、専門職として権限を任される就職相談員になれたわけではない。履歴書を見れば、これだけの勉強をしておきながら就職相談員なんてもったいないと思えるほどだったが、現実の私に与えられた仕事は、狭い部屋に女性ばかり十何人もひしめき合って、みんなで一つの机を使い、朝の九時から夕方の五時まで、職のない人々に臨時雇いの口を紹介するというものだった。この仕事は三か月も続かなかった。こんな私がキャリア・カウンセラーになろうだなんて、何と皮肉なことだろう。キャリア・カウンセリングを必要としているのは私の方だったのに。

仕事に関して、ASのみなさんにアドバイスしたいことを一つだけ選べと言われたら、私ならこう言うだろう。なるべく早いうちから、将来の仕事のことを考え始めなさい。なるべくならプロのキャリア・カウンセラーに相談する。カウンセラーが見つからないなら、最低でも十分な知識のある知人に相談すること。大きくなって、仕事についてきちんと考えることができるようになったなら、一日も早く始めるように、強くおすすめしたい。

こうして将来のことを考え始める上で、この章の内容を参考にしてほしい。ここで紹介するのは、あくまでも出発点だ。それぞれに工夫をこらし、実現可能な選択肢をあみ出してほしい。

仕事を選ぶために：まずは「自分」を知り、理解しよう

どんな方面の仕事に進むかを選択するためには、まず、自分は何に一番関心があるのか、どんな面が強いのか、どんなことをしているときが気楽なのかを知っておくことが欠かせない。次の手順を参考に、自分の好みや適性を知ろう。

① 勉強して楽しいこと、話題にするのが楽しいこと、実際にやって楽しいことを残らずリストアップしよう。

② 自分のスキルや能力のリストを作ろう。

③ ①で見つかった関心事の一つを仕事に結びつけるとしたらどんな選択肢があるか、探ってみよう。たとえば、スポーツが好きだとする。ブレーンストーミングをして、スポーツに少しでも関連のある職業を思いつく限りあげてみよう。まずはスポーツチームのフィットネストレーナーや、用具係を思いつくかもしれない。ジャーナリストもある。試合や選手を取材して報道する人もいれば、ある種目の歴史を調べたり、その原理について語る人もいる。記念品などのグッズを収集し、売買する業者もあれば、試合のチケットの販売員もある。チーム専属の理学療法士、コーチのアシスタント、グラウンド管理人、競技場やグラウンドを設計する建築家。プロ選手だって職業だ。

④ やってみたいと思う職業それぞれについて、できるだけ詳しく調べよう。その仕事につくにはどんなスキル、どんな能力が必要なのかを調べ、自分のスキル、自分の能力がそれに見合っているかどうか検討していく。ここで考慮すべき点としては、次のようなものがある。

a 職場の物理的な環境は、感覚面で負担にならないだろうか？　職場のある建物、働く部屋、そのほか仕事で訪れることになるであろうすべての場所について、騒音レベル、照明や採光、全体的なデザイン、においに至るまで考えに入れよう。職場はうるさすぎないか？　せわしすぎないか？　混雑しすぎていないか？　わかりにくくないか？　圧倒されてしまう心配はないだろうか？　視覚的に目ざわりなものはないだろうか？　何らかの問題があるなら、それでも自分は最大限の仕事能力を発揮できるだろうか？

b　その職場ではどの程度の対人関係を求められるだろうか？　たとえば、他の従業員といっしょに、グループ単位で作業をすることになるのだろうか？　グループでのミーティングは多いだろうか？　あるいは、ほとんど単独で働けるのだろうか？　大勢の前で話をすることは求められるだろうか？　報告書を書くことは多いのだろうか？　仕事の内容を仲間うちで検討したり、互いに評価し合ったりすることがあるのだろうか？　他の従業員といっしょに親睦会などに参加する必要があるのだろうか？　つまり、希望の職場では、ある程度は匿名の存在でいることが可能なのか、それとも、共同作業を頻繁に求められるのか？　もしも共同作業が日常のことだとしたら、自分はそれでも力を出せるだろうか？

c　希望の職場では、変更や変化は多いだろうか？　仕事の性質によっては、日常業務の内容が変わる、勤務時間や出社日が変更になる、休日や休憩時間がずらされる、さらには取り消されるといった急な変更を覚悟しておいた方がいいこともある。ほかにも、上司や同僚が転任する、新しいスキルを学ぶ必要に迫られる、別の部屋や新しい社屋に引越す、他の支社に出張するなどの変化・変更が考えられる。自分は柔軟性を求められる仕事でもこなせるだろうか？　それとも、もっと安定した、予測のきく環境が必要だろうか？

d　昇進するために講習を受けたり、研修を受けたりする必要があるだろうか？　職場によっては、生涯教育の授業を受けたり、セミナーを受講したりすることを求められるかもしれない。自分にはその覚悟ができているだろうか？　可能だろうか？　やる気はあるだろうか？

理想の仕事を手にするために

I　面接で合格するためのスキル

どこからどう見ても、これはやっかいなものだ。とはいえ、成功の鍵は二つある。念入りに準備をすること、そして、練習を積むこと。じっくり時間をかけてこの二つを実行すれば、面接も以前ほど怖くなくなるはずだし、結果もはるかに良いものになるだろう。

a　**ロールプレイ（役割演技）をしよう。**ほかの人に手伝ってもらって、ブレーンストーミングをしてみる。面接で飛び出すかもしれない質問といえば、どんなものがあるだろう？　採用する側はどんなことを不安に思い、何を話し合っておきたいと考えるだろう？　思いつくかぎりリストアップしてみよう。さまざまな状況を想定して、答え方を実際に練習してみよう。

b　**非言語的コミュニケーションのノウハウを学ぼう。**まず、した方がいい行動、してはいけない行動のリストを作ろう。これを、面接の日まで毎日、何度も読み返そう。自分にできるかぎりで最高の態度を見せられるぞと自信がつくまで、ひたすらおさらいをくり返す。リストに入れる項目としては、たとえばこんなものがある。

・会ったとき、別れるときにはきちんとあいさつをする。
・話しことばのリズム、声の高さがおかしくないように。
・相手の方をまっすぐ見よう。
・落ち着いて見えるように、朗らかに見えるように心がけよう。
・自分に向けて発せられていることばは、気をつけて聞こう。
・椅子に腰かけるときは、上体をまっすぐに。
・熱意のあるところをはっきりと示す。
・服は洗濯し、アイロンをかけておく。組み合わせもおかしくないように。
・風呂に入り、洗髪しておく。歯も磨いておく。
・部屋中をきょろきょろ見回さない。
・関係ない声は出さない。
・会話をするときは、割り込まず、順番を守ろう。
・話すときには、手を動かしすぎないように。
・爪を噛まない、指先で机をトントンと叩かない、足をコツコツいわせない。
・笑うべきでないときに笑わない。

Ⅱ　こんな職種はどうだろうか?

ＡＳの人たちには、人間の感情とあまり向き合わずにすむ職種、そつのない対人折衝が必要ないときが一番うまくいく人が多い。だとすれば、たとえば次のような仕事が考えられる。

・文筆業
・歴史家
・動物の訓練士・調教師
・建築家
・エンジニア
・科学者
・プログラマー
・大学の教官（大好きな分野で）
・園芸
・図書館の司書
・芸術や工芸
・調査結果の解析
・音楽
・木工職人
・組み立て工場のライン作業
・電気機器、自動車、テレビなどの修理
・警察官や警備員
・骨董品等、特殊な品物の収集、売買
・消防士
・その他、自分が強く心をひかれる分野で、自分の長所を活かせ、必要な環境条件が整うような職種であれば何でも

仕事で成功するためには

I　特別な配慮を要請する

読者の中には、上司や同僚にＡＳのことを打ち明ける決心をした人もいるだろうし、黙っていようと思っている人もいるだろう。ここでは、特にＡＳという名前を持ち出さなくても頼めそうなサービスや配慮を紹介する。自分に向いたものがあれば、利用できないかどうか、たずねてみるといい。ほうっておけば業績の妨げになりかねないＡＳゆえの特質をコントロールするのに役立つかもしれないのだから。ただし、頼むときには、こちらの趣旨をしっかり理解してもらうことが大切だ。義務を免れようとしているのではない、会社のために、確実に最高の業績をあげたいのだ、だから必要な歩み寄りを求めているのだということをはっきり伝えなくてはならない。

a　耳栓やヘッドフォン
b　サングラス
c　ワープロ
d　電卓
e　可能な範囲で、なるべく静かなオフィス、作業場所
f　手順やスケジュールに少しでも変更があるときは、なるべく早く、詳しく知らせてもらう
g　指導者《メンター》をつけてもらうか、誰か特定の同僚とペアを組んで、研修をいっしょに受けたり、隣で仕事

をしたりする

h　急いで静かな場所で休まなくてはならなくなった場合にそなえて、休憩のスケジュールを柔軟にしてもらう

i　就職の申し込み用紙や契約書など、書類記入のための援助

j　職場がある建物の近くで、いつも同じ場所に駐車できるよう、枠を確保してもらう

k　グループ単位で共同作業をする場合、働きやすいメンバーをリクエストさせてもらう

l　仕事にかかわるスキルを高める研修・訓練

Ⅱ　働く側の責任

a　最大限の努力をしなくても上司や同僚が許容してくれるとあてにしない。いつでも最善をつくそう。

b　欠勤、遅刻、早退する場合は、かならず上司に連絡すること。自分は理由を説明する努力もせず、まわりが穴埋めしてくれるのをあてにするのは、公平な態度とはいえない。

c　自分の可能性を過小評価しないこと。

d　スキルを高め、知識を広げるために、できることは何でもしよう。

e　自分のニーズを受け入れてくれない人たちがいても、なるべく気を長くもつように。こちらの特殊性に順応するにはもう少し時間が必要なだけかもしれないし、もっとASのことを教えてもらわないとASの世界がよく理解できないだけかもしれない。

f　熱中できる職を見つけるために、最大限の努力をしよう。興味の持てない職場だったら仕事の妨げになりかねないAS的行動でも、好きな仕事のためならはるかにコントロールしやすくなるものだ。

g　急な退職は避けよう。辞めるときは、遅くとも二週間前には予告しなくてはならない。そのためには、気をつけてコンディションをモニターする必要がある。自分自身に正直になり、圧倒された気分になり始めたら、負担が重すぎると思い始めたら、あるいは挫折を感じ始めたら、自分でわかるようにしておこう。このような気分に気づいた場合は、すぐに上司や指導者《メンター》に相談して、状況を改める方法を探るか、あるいは退職に向けて準備をすること。

h　上司や同僚に、ある程度ASのことを知っておいてもらった方が適切な配慮が受けられるのではないか、より理解してもらえるのではないか、自分に最適な仕事を与えてもらえるのではないかと思える場合は、ASについて、知っておいてほしいことを話そう。

i　上司や同僚には、友情や指導に感謝していることを伝えよう。年に一、二度、お礼の手紙を出すのもいいし、口頭で気持ちを表現するのもいい。

Ⅳ　日常生活の雑事を混乱せずにこなすには

　私は日常の家事が大相撲と同じくらい好きだ——つまり、大嫌いだ。以前なら、こんなことを口にするのはどうにも後ろめたかった。自分の家族、自分の家庭じゃないの。それなのに、世話をするのが楽しくないなんて、私ってひどい。そう思っていたのだ。

　そんな私だったが、今では、家事が苦手だと堂々と認めてしまえるようになった。家政の切り盛りだって、なかなかあなどり難いものではないかと気づいたからだ。これだけのことがきちんとこなせるようになったなら、修了証書や学位がもらえたってよさそうなものではないか？　世の中には、「家事なんて簡単だ」「こんな単純作業は、頭が空っぽな人にこそふさわしい」などと言う人がいる。そんな彼らは、本当のことを知らないのだろう。私にとっては、家政学とは科学の一分野であり、研究し、調査し、分析し、学習し、記憶して初めてこなせるようになるものだ。家事が難しいのは、知能が高くないとできないという意味ではない。それよりも、計画する力、秩序だてる力が必要だから、そして、自分の意思ひとつで向けたい所に注意を向けられる力が必要だから難しいのだ。雑多な用事に次々と取り組む力、分類する力、書類をファイリングする力、しまってある物をとり出してくる力、やりかけのことをやめてでも急に飛びこんできた用事に対応する力がなくては、日々の雑事をうまくさばいていくことはできない。

同じＡＳの友人たちの話を聞いていると、この種の力の弱い人が多い。私もその一人だ。私の意識ときたら、あっという間に好き勝手な方に行ってしまい、なかなか帰ってこない。そこここに葦に囲まれた池があり、野生動物がたくさんいる草深い原野に、元来は水猟犬だったゴールデン・レトリーヴァーを放つのにも等しい。私ときたら、自分はいったい何を探しているのか、どの用事をまっ先に片づけるべきなのか、自分はどこへ行く気なのか、目の前の問題をどう処理しようとしているのか、まるでわかっていないのだ。知人たちの中には、毎日の家の用事を大した無駄もなく、無理もなくこなしている人たちがいるけれど、私には神業としか思えない。私の目には、家事とは実に複雑怪奇な要求の集合体としか映らないのに。趣旨のわからない条件をいくつもクリアしなければならないし、統一のとれた基本原則もない。だからしじゅう折衷案を考え出さなくてはならない。その上、退屈な作業、うんざりする作業も多い。これはもはや、一つの立派な職業、しかも熟練を要する専門職だ。こんな仕事の腕をみがいて、プロになろうなんて気にはとてもなれない。

とはいえ、家事をすっかりあきらめているわけではない。私だって、日々練習に励んでいる。ある程度、困らないくらいの力は身につけなくてはと思うからだ。これだって、一〇年前に比べたらずいぶん進歩したと思っている。かつての私なら、こんなふうに割り切るなんてできなかったのだから。

これまで私は、かなりの試行錯誤を重ねてきた。その中で、少しずつではあるけれども、さまざまな教訓を得ることができた。ここでは、ＡＳをかかえた人間が家事をこなすにはどうしたらいいか、私の経験から学んできたことを紹介していこう。

色を使った分類法：誰にでも出来、たいていの物に使える整理整頓法

1 個人の持ち物

まず、家族の全員に、一人一色ずつ、その人のテーマとなる色を決める。個人専用の身の回り品を買うときは、なるべく、その人のテーマカラーの物を選ぶように心がける。それぞれに好きな色を選んでもらい、この人は青、この人は黄色、この人はピンクというふうに、家族の全員に全員の色を覚えてもらう。このシステムで整理できる品物としては、歯ブラシ、ヘアブラシ、洗濯物かご、寝具、タオル、体を洗う手ぬぐい、各種の学用品、キーホルダー、眼鏡ケース、弁当箱、手袋や帽子、通学用リュック、書類かばん、おもちゃ箱などがある。持ちものばかりではない。カラーペンやメモ用紙もそれぞれの色に合わせて買っておけば、伝達事項や予定も色で区別することができる。たとえば、青を選んだ人宛ての伝言は青いメモ用紙に書けばいいし、カレンダーに予定を書くときも、赤を選んだ人の予定は赤インクで書けばわかりやすい。

2 郵便物

郵便物を入れる容器も、色違いをいくつか用意しよう。世帯に届いた郵便物は必ず分類し、それぞれ

の色の容器に入れると決める。この色は請求書、この色は個人あての手紙、また別の色は店の広告や割引券など読みたいダイレクトメール、この色は返信する郵便物というぐあいに、テーマカラーを決めて仕分けしよう。

3 書類や記録の管理

ファイルしなければいけない情報は、大ざっぱにいくつかのカテゴリーに分けることができる。カテゴリーごとにテーマカラーを決めて、ファイルはその色に合わせて買おう。テーマカラーを決めるときは、なるべくそのカテゴリーを連想できる色を選ぶといい。

a **車関係**――保証書、レンタルや購入の契約書、修理記録、支払い記録など。一番お気に入りの車と同じ色のファイルにしまう。

b **クレジットカード・小切手関係**――クレジットカードの契約書、カードや小切手を紛失したとき、盗難にあったときの連絡に必要な住所・電話番号、そのほか金融関係の契約書、支払済みの請求書や領収書の控え、小切手の口座を管理している銀行の口座番号、銀行名、住所と電話番号など。好みの通貨と同じ色のファイルにしまう。

c **家族に関連する書類**――遺言、出生・結婚・洗礼・死亡証明書、離婚の書類、卒業証書など、家族それぞれの個人情報に関連する番号、免許など。目の色と同じ色のファイルにしまう。

d　**財務関連の記録**――保険関連の書類、投資関連の書類、営業の担当者など、口座の管理にかかわる人の名前・電話番号・連絡先住所など。ふだん使っている小切手や小切手帳と同じ色のファイルにしまう。

e　**健康に関する記録**――予防接種の記録、入院の記録、これまでに受けた医療処置の記録、家族や親戚など血縁のある人々がこれまでに経験した病気、アレルギー反応の記録、処方されている薬の記録など。救急箱などによく描いてある赤十字と同じ色、赤いファイルにしまう。

f　**耐久品・家電製品の情報**――保証書、取扱説明書、指定サービスセンターのリストなど。冷蔵庫と同じ色のファイルにしまう。

混雑した場所を避け、感覚の負担過剰を防ぐには

1　通信販売

通信販売が普及したおかげで、最近では、かなりの買物がカタログでまかなえるようになってきた。食料品もまとめ買いなら通販で買えるし、趣味性の強い小物類や芸術作品、趣味の材料、日曜大工用品まで売っている。地域によっては、通信販売で買った物には消費税の適用されない所もあるから、そんな所に住んでいる人なら、通信販売は節約にもなる。カタログには実にたくさんの種類がある。まだ送られてきていないなら、近所の人や親戚に頼んで、読み古しのカタログをもらうといい。また、室内装

飾、園芸、自動車修理など、たいていの趣味の雑誌には、関連する用具や材料を扱う会社の広告が載っているものだ。あなたの趣味、特別に熱中しているテーマに関する雑誌があるなら、巻末の広告を見れば、通信販売の広告や、カタログの請求先が載っているかもしれない。

2 贈り物

この次、誰かに贈り物をしなければならないときは、家から出なくても準備できるものを選んではどうだろうか？　たとえば、雑誌の定期購読をプレゼントする方法もある。購読料を払い、相手の家に配達されるよう手配するのだ。あるいは、受取人の名前でどこかの組織へ寄付をするのもいい。催し物のチケットをプレゼントすることもできる。物ではなく、行為を贈るプレゼントもある。自分の得意な用事やサービスをしてあげる約束の証に、利用券を作って送ればいい。物を贈るにしても、通信販売で買えば買物に行かずにすむ。

3 宅配サービス

障害のある顧客には注文した品を戸口まで配達してくれる店、そこまでできなくても、商品を郵送する手配をしてくれる店は少なくない。この場合、サービスを利用するには、障害があって車の運転が難しい、人ごみに出るのが辛い、家から出ることに困難がある旨を伝えるだけでいい。この種のサービスを行っているかどうか、店員にたずねるのが難しい人は、代わりに、手紙で問い合わせる方法がある。

4　友人と交代で買物をする

友人と話し合って、外出の必要な用事は、交代で行う契約を結ぶ方法もある。そのときの当番に当たっている方が、二人分の用事をまとめて片づけるというものだ。あるいは、「ほかの店は苦手だが、この店なら大丈夫」という場所がある人なら、こんな相談をもちかけるのもいい。「落ち着いて行ける店で買える物はこちらが二人分買うから、その代わり、混雑した店、避けた方がいい店での買物を頼めないだろうか?」ときいてみるのだ。

5　買物の代行を頼む

ほかの方法がだめでもあきらめないこと。誰かに買い物を頼む方法はいくらでも工夫できる。お金で雇う余裕がないなら、手作りの品物で支払う手もある。ほかに好きな用事、上手にこなせる用事があるなら、それを手伝うのと引き換えに頼むこともできる。たとえば、相手が高校生なら、宿題をみてあげるのもいい。得意な手芸・工芸の作品と交換してもいい。納税の申告用紙を記入する、庭仕事を手伝うなど、サービスとの交換条件で毎週の食料品の買い出しを頼んだり、使い走りを頼んだりできるかもしれない。

混乱せずに一日を乗り切るには

1　スケジュールは固定してしまおう

まず、用事のリストを作る。掃除、庭の手入れ、車の手入れや修理、ボランティア活動、買い物などの仕事をはじめ、美容院・理容院や病院に行くといった用事に至るまで、定期的にこなさなくてはならない用は残らず書き出していく。書き終わったら、それぞれの用事を特定の曜日に振り分け、必ずその曜日にこなすと決めてしまう。スケジュールは全部、大きな月間カレンダーか年間カレンダーに書き込んで壁に貼っておく。あるいは、家事専用のノートを作って、そこに書くように決めてもいいだろう。まずは、毎週しなければならない用事から先に決めていこう。たとえば、食料品の買出しは月曜日、掃除機をかけるのは火曜日、洗濯は水曜日、ハタキかけは木曜日、庭の手入れは金曜日というように固定してしまう。続いて、月一回の用を振り分けていく。たとえば、散髪や通院を毎月第一月曜日、車のメンテナンスは最終金曜日というように決めていけばいい。

2　視覚に訴える手段

どこに行くにも、常に小さなメモ用紙を持ち歩く癖をつけよう。「これは忘れてはいけない」と思うことがあったら、すぐに書き留め、確実に目につく場所に貼りつけていく。たとえば、その日のスケジュールに何か変更があるなら、洗面所の鏡に貼るのもいい。「運動を怠けないように」「健康に良い食生活を守るように」「子どもには本を読み聞かせるように」といった内容の標語なら、冷蔵庫のまわりに貼るのもいい。「家族や友だちに、これを忘れずに言わなくては」という内容なら、パソコンや電話のまわりなどが便利だろう。

3　聴覚に訴える手段

思いついたこと、達成したい目標、忘れたくない約束の日時などは、テープレコーダーに録音するのもいい。どこにでも持ち歩けるポケットサイズのものが便利だ。こうして録音した内容は、何度も聞き返せば、たえず記憶を刺激することができる。あるいは、時間がとれたときにまとめて紙に書き出し、視覚に訴える備忘録《リマインダー》を作る使い方もある。

4　ファッションセンスのチェック

見映えのよい服装、着ごこちの良い服装の組み合わせを考えるのが大変だという人の場合、愛読している通販カタログをヒントにするといい。この服装なら好きだと思える写真があったら、切りぬいておく。そして、写真の中でモデルが着ている服を上から下までまとめて注文するといい。あるいは、ここでなら落ちついて買えるというお気に入りの店があるなら、その切り抜きを持って行く手もある。店員さんに切り抜きを見せて、似たような雰囲気の組み合わせを探してもらうのだ。こうして買った服を家に持って帰ったら、セットごとにまとめてハンガーに掛け、クロゼットに吊るす。そのうちの一枚に、持って行った切り抜き写真をピンでとめておけば、組み合わせがわからなくなる心配もない。

V　感覚にまつわる問題に対処するには

感覚認知の問題とアスペルガー症候群の関係については、まだ完全にはわかっておらず、さらに詳しい研究が必要だ。とはいえ、専門家たちの間では、両者の間には何らかの関わりがあるらしいと考えられるようになった（アトウッド、一九九八p一九、リムランド、一九九〇）。

みなさんの中に、日々の生活で経験するようなありふれた感覚が原因でいらいらしやすい人、簡単にまいってしまう人はいないだろうか？　通常の照明なのにひどくまぶしく感じられる、静かな音楽なのにうるさくて辛い、ちょっと香水の香りが漂ってきただけでむかむかする、特定の舌ざわりや味が引き金になって吐き気を催す。そんな問題で困っているなら、感覚認知に問題があるのせいかもしれない。

そんな場合は、専門の訓練を受けた作業療法士に援助を求めることを検討してみよう。感覚統合療法の理論にのっとって、治療のメニューを組んでくれるはずだ。

とはいえ、治療の効果があがりはじめるまでの間にも、自分ですぐにできる対処法もある。ここでは、よくある悩みに対処するのに使えそうなテクニックをいくつか紹介していく。全部とはいかないにしても、いくつかは役に立つものがあるかもしれない。

ここで注意事項を一つ。ここで紹介するテクニックの中には、人前で行うと奇異に思われるものもある。だから、ものによっては、なるべく人目につかない場所で行う方が無難かもしれない。人目を避けるのが無理な場合は、親しい間柄の人たちには、感覚認知の問題のことを簡単に説明した上で、自分はこうやって対処しているのだと話しておくのがいいだろう。そうすれば、自分なりの治療を行っている姿も、共感をもって見てもらえるだろう。

触覚過敏

① 人に触られることが苦手な人の場合は、あらかじめ、周囲の人々に事情を話しておこう。体に触れるときは前もって教えてほしい、あるいは、体には触れないでほしい旨をていねいに頼んでおく。この人になら触れられても大丈夫だと判断した場合は、軽く触れる方がいいか、強く圧迫されるのがいいか、好みを伝えておく。

② ちょっとした感触でも気になって神経がいらだってしまうなら、少しでも刺激の少ない場所を探そう。職場や学校の座席をはじめ、自分の居場所となるスペースは、空調など空気の流れを起こす物、カー

テンなど不意に動いて体に触れやすい物からなるべく離れた場所を選ぶ。

③　体の表面を強く圧迫される感覚を好む人は、上着やセーター、ベストなどのポケットに軽い重りを入れてみるといいかもしれない。重りには市販のものもあるし、自分でコイン、小石、おはじきなどを袋に詰めて作ってもいい。ただし、洋服にポケットがないなら、自分で縫いつけることになる。あるいは、重いショルダーバッグやリュックサックを持ち歩くという方法もある。

④　自分の肌にはどんな種類の布が最も心地よく感じられるか、調べてみよう。好みの感触がわかったら、洋服、手袋、帽子、タオル、毛布、シーツ、なべつかみ、スカーフなど、何でもその素材で出来たものを選ぶようにする。

⑤　髪を洗うのがつらい人は、なるべく短い髪型を選ぶと、短時間で洗い終えることができる。一方、ドライシャンプーという方法もある。コーンスターチか無香料パウダーを頭にふりかけ、数分間おいてからブラシで落とせばいい。ただし、この方法は、パウダーの感触に耐えられる人しか使えない。また、髪が乱れてきたが、洗わなくてはならないほどではないという状態のときは、帽子やスカーフで隠すこともできる。ただし、どんなに少なくても週に一度は洗髪しなくてはならない。さもないと、シラミがつく、頭皮の病気にかかる、他人に避けられるなどのリスクを冒すことになってしまう。

⑥　口の周辺の神経の末端が敏感で、物理的な刺激を求めてしまう人の場合、鉛筆やペンなどを噛まないように気をつけること。この手の固い物は、口の中で割れる危険があるからだ。代わりに、パラフィン蝋、分厚いゴム管、ガム、固めのストローなどを噛むといい。

⑦ 物をもんだり、押しつぶしたりするのが好きなら、風船の中に物を詰めてもむ方法がある。小麦粉、小麦粉と米、コーンスターチなど、好きな感触の物を詰め、口を結んで閉じ、押しつぶすといい。ひげを剃るのにシェービングクリームを使っているなら、使う前にしばらくもてあそんで感触を楽しむこともできる。そのほか、塑像用の粘土で遊ぶ、昔ながらのパン作りを習う、園芸を始める、小さなゴム製のボールを握りしめる、小型の振動するおもちゃを握ってみる、米や豆を袋に詰めておき、袋の上からいじるなどの方法もある。中でも、米や豆などは、小さな袋に入れればポケットに忍ばせておけるし、靴に入れてつま先で踏むこともできるから、人前でも変な目で見られる心配をせずにすむ。

⑧ 入浴など、清潔保持のためにどの道やらなくてはならない用事を、感覚情報入力の機会として利用してしまおう。さまざまな手触りのボディーブラシや手ぬぐいを用意し、好みによって、全身を強くこすってみたり、そっとなでてみたりして、お気に入りの感触、お気に入りの強さを見つけるといい。

視覚過敏

① サングラス、サンバイザー、帽子などを利用して、日光や天井灯から自分を守ろう。ただし、必要な物まで見えなくならないよう、注意すること。

② さまざまな色、ワット数の電球を試してみて、自分の好みに合うものを見つけよう。

③ 身のまわりを好みの色でそろえよう。

④人の多い広い場所に出ると圧倒されてしまうという人は、顔の両側に手を当てて周辺視野をさえぎってしまい、目の前のものだけを見るようにするといい。これは私がよくやっている方法だ。私自身の経験からわかったことだが、頭が痛くてこめかみをマッサージしているようなふりをすると、人に見られても変に思われないようだ。

⑤視線を下げ、足もとの床だけを見るようにする方法もある。ただし、これができるのは、誰かと一緒に歩いていて、障害物にぶつからないよう誘導してもらえる場合に限られる。

聴覚過敏

①寝つきの悪い人のための耳栓を利用してみるといい。ただし、安全のため、学習のため、楽しく生活するために必要な音まで聞こえなくなるのでは困る。救急車や消防車の音が聞こえるかどうか、誰かに話しかけられたら聞こえるかどうか、確認しておくこと。綿やティッシュペーパーは耳栓の代用には向いていない。繊維の間を空気が通りぬけるときに、不快な周波数の音が出る可能性がある。

②雑多な種類の音が混ざり合うような場所はなるべく避けよう。大規模なスポーツ競技場、コンサートホール、人通りの多いショッピングセンター、人々が大声で騒ぎ、大音量の音楽がかかっている部屋、大規模なカフェテリアなどは、最初からあきらめてしまった方がいい。どうしても行くなら、耳栓を使うことを考えてみよう。

③ ヘッドフォンステレオを聞いて雑音をかき消す方法もある。ただし、もしかしたら大事な音がするかもしれないので、それは聞こえる程度に。

④ 聴覚統合訓練を受けることを検討してみよう。

食物にまつわる過敏

① 食感や匂い、味などのために、食べられない物が多くて困っている人は、それぞれの基本栄養素が含まれる食品群から、何とか食べられる物を見つけよう。一群ごとの種類は少なくてもかまわないから、とにかく全部の食品群から何か食べるようにすれば大丈夫だ。ただし、この方法だと、レストランや他人の家に行くとき、自分用の食べ物を持参しなければならないかもしれない。

② 柔らかい物、ぬるぬるした食感に耐えられないなら、歯ごたえのある物をふりかければごまかせるかもしれない。セロリ、ナッツや種子類、ニンジンなど、好きな物を足してみよう。

③ どうしても好きになれないが、健康維持のために食べられるようになりたいと思う食品がある場合は、無理をせず、余裕のあるときに試してみるようにしよう。とてもリラックスしているときに、お気に入りの本やテレビ番組で気をそらせながら食べるといい。いきなり一口ほおばるのではなく、最初はほんの一つまみ、二つまみから始めること。味見してみて、大丈夫だとわかった場合だけ、少しずつ量を増やし、普通に一口分食べられるところまで持って行く。

④できそうな気がするなら、調理法しだいで嫌いな食物の見かけや味をごまかすことができないか、いろいろ実験してみよう。たとえば、バナナがどうしても苦手でも、チョコレートシェークに混ぜれば、ほんの少量なら摂れるかもしれない。あるいは、カリフラワーも、つぶしてマッシュポテトに混ぜこめば、少しは食べられるかもしれない。

⑤同じ食品のくり返しにこだわりがある人は、主治医に事情を話して、栄養補助食品を摂った方がいいかどうか相談してみよう。

嗅覚過敏

①お気に入りの香りが液体かペーストの形で手に入るようならば、綿球の一端に少しつけたものを持ち歩くか、腕の内側につけておこう。そうすれば、他のにおいに耐えられないときに嗅ぐことができる。

②人目を気にしなくていい場所では、鼻栓をするのもいい。

③家庭用洗剤や入浴関連の製品は、無香料のものばかり買うようにしよう。

④周囲の人たちに、自分のいるところでは香水をつけるのを我慢してもらえないか、においの強い食物を食べないでもらえないか、丁重に頼んでみよう。

⑤香水やオーデコロンのチラシに香りがしみ込ませてあったり、洗濯用洗剤のサンプルからにおいがもれてきたり、においのする広告物が問題になることもある。地元選出の議員に手紙を書いて、この種

の広告を雑誌に綴じこんだり、郵便受けに入れたりすることを制限あるいは禁止できるよう、新しい法律を制定してほしいと訴えてみよう。

Ⅵ　ＡＳではない援助者たちに知っておいてほしいこと

私の娘がアスペルガー症候群と診断されたときのこと。私は、娘を診てくれた先生方から、実にすばらしい助言を与えられた。私たち夫婦は、これからＡＳの専門家にならなくてはならない。なぜなら、娘の代弁者として権利を主張してやれるのは、誰よりもまず両親だからというのだ。

先生方の言葉は本当だった。その日以来、このことを実感しない日など、ほとんどないと言っていいくらいだ。ＡＳなんて、世間一般の人々には、ろくに知られていないのだから。

私はこう考えるようになった。ＡＳの人々が幸せに暮らしていくためには、周囲の理解と受容が欠かせない。それが実現できないのは、何といっても、ＡＳについての啓蒙が遅れているせいではないだろうか？　ＡＳにはどんな症状があるのか、そのためにどんな問題が起こりうるのかを知らなければ、また、ＡＳの不思議な特性を知らなければ、ＡＳの人を受け入れ、サポートするなんて不可能に近いだろう。情報、これこそが鍵だと思う。しかも、この鍵はすぐに手に届く所にあるのだ。アスペルガー症候群の支援グループはたくさんできている。国際的な組織もあれば、全米組織もある。地方ごとの団体、州単位の団体、地元に密着した団体もある。

インターネットも、ＡＳについて学ぶには絶好の場だ。ＡＳを扱ったウェブサイトは数多く作られていて、研究報告、個人の体験談、医療、学校や職場で配慮すべきことなど、幅広い情報が提供されている。最近では、マスメディアもＡＳに注目し始めたらしい。ＡＳの人をかかえる家族の姿や、ＡＳの人の話などを取り上げ、啓蒙に一役買ってくれるようになった。アスペルガー症候群という世界があることは、これから少しずつ広まっていくことだろう。そしていつかは、誰もが知っている当たり前の知識になる日が来るだろう。しかも、みなさんの協力次第で、その流れはもっと速くできるのだ。

ＡＳの世界について一つだけはっきりと言い切れるのは、その人にとってアスペルガー症候群がどんな意味をもつかは人によっても違うし、同じ人でも時期によって違うということだろう。ＡＳの影響は、その程度も形もさまざまなのだ。だから、効果的なサポートのあり方も千差万別で、万人にあてはまる原則を語るのは容易なことではない。とはいえ、ＡＳの人が本当に幸せに暮らしていくためには、周囲の人々の援助が大きくものをいうのだから、少しでも具体的な指針を示しておかないわけにはいかないだろう。ここで紹介するのはあくまでもヒントであり、これが絶対というものではないが、ＡＳの人を応援し、支える人々なら誰にでも参考にしてもらえるだろう。

家族・配偶者・親しい友人の方へ

◎まず、ご自分の援助が、ASの人にとってどれほど大切なものかをわかってほしい。もしかしたらASの人自身は、自分が人の手を借りているなんて気づいていないかもしれない。でも、本人が自覚していようがいまいが、みなさんの支援の大切さは変わらない。周囲の人々の役割は幅広い。あるときはお手本役となって好ましい行動の見本を見せることになるだろうし、相手が混乱したり、不安がったりしているのが見て取れるときは、カウンセラーとして相談に乗ることになるだろう。急な事態であわてふためいているなら、心のよりどころとして落ち着きを取り戻させることになる。

◎誰かの援助を中心になって担うというのは、ストレスのかかるものだ。援助する側は、自分のストレスを処理する方法を見つけておこう。必要を感じたら、一時的に援助者の役割を離れよう。緊張をほぐし、リラックスする時間を確保することを自分自身に約束しよう。自分のための指導者《メンター》やカウンセラーを探そう。

◎自分は自分にできることだけをするのだというつもりでいよう。ASの人を援助するために、本来の自分らしさを必要以上に犠牲にしないように。それよりも、ASの人のニーズと自分のニーズをすり合わせ、ほどよい妥協点を見つける方がいい。たとえば、自分は社交好きで、ASの友人は人付き合いが大嫌いだとしよう。そんな場合は、自分だけで他の友人たちと外出し、ASの友人には留守番してもらうことにして、相手の好きそうな本やビデオを借りてきてあげることもできる。援助者の個性と似ていないからという理由で、ASの人が、自分はこれではだめなんだと感じるようなことが決して起こらないよう、注意してほしい。

◎ASは突然消えてなくなるものではない。強迫的な儀式行為、融通のきかない思考パターン、字義どおり解釈などといったASゆえの特性は、一朝一夕には変わらないことを理解してほしい。ASの人々は、息の長い指導を受け、ときには行動療法を受け、年月をかけ、個人的な経験の記憶を積み重ねることでようやく、どうにか使える対処スキルを見つけることができるのだ。ASの人と何かを話し合うとき、特に、議論が白熱しそうなときは、最初からそのことを頭に置いておこう。そんな場合は、論理的・具体的で控えめな言葉を選び、なるべく具体例をあげ、客観的で偏見のない気持ちで臨むようにすれば、コミュニケーションの経路が閉ざされることもなく、意義のある話し合いになりやすい。

◎ASの人々とつき合う友人は、ASのことをよく知っている人々、ASゆえの事情を受容する能力もあり、意欲もある人々がいい。そんな条件にあてはまる友人たちと小人数のグループ付き合いができるよう、手を貸そう。心配することはない。ASの人々だって、たいていは普通に友だち付き合いを喜ぶものだ。ただ単に、友だちを作るには何をしたらいいか、付き合いを長続きさせるにはどうしたらいいかがわかっていないだけであることが多い。

◎ASの人が混乱し、ショックを受けることになりそうな場面を避けられるよう、手を貸そう。過敏な感覚に負担がかかるような状況を避けるのを手伝おう。趣味や興味の対象に打ちこむのを応援しよう。ASの人にとっては、趣味は治療にもなりうるし、仕事に結びつく可能性もあるのだから。また、買い物、家事、育児、日々の雑用や義務などを手伝ったり、洋服の選び方、社会の暗黙の約束ごとなどを助言したりすることで、日常生活を順調に送れるよう、手助けしよう。

◎「あなたのことを気にかけているよ」「友だちだと思っているよ」ということははっきりわかるように伝え、安心させよう。相手の趣味を一緒に楽しむのもいい。君の（あなたの）話を聞くのが好きだよと言葉で伝えるのもいい。相手のジョークに笑うのもいい。一緒に外出するのもいい。つまり、他の大切な人の良い点を楽しむのと同様、その人の良い所を普通に味わってほしい。

◎相手を見下したり、保護者ぶったりしないこと。ASの人々は愚かではないし、正気を失ってもいない。ただ、違った窓から世界を見ているにすぎない。ときには彼らの目を借りて世界を見てみよう。見慣れた世界がずいぶん新鮮に感じられるに違いない。

教育関係の方へ

◇ASの人々には、整理整頓能力に難のある人が少なくない。課題の提出期限を忘れていたり、宿題や教材を忘れてきたりしても驚かないこと。できる限り柔軟に接してほしい。毎日、授業に持ってくる物を絵で示す、課題提出日がはっきりわかるようにカレンダーに太字で印をつけてやる、毎日、毎週、毎月の予定や目標を色鮮やかな紙にメモして渡すなど、視覚に訴える合図《リマインダー》を活用して援助しよう。また、同級生の中から、相談相手《メンター》の役目を買って出てくれる生徒・学生を探そう。メンター役の生徒には、必要な持ち物を忘れてこないように声をかけたり、課題の準備のやり方を手引きしたりしてもらう。大切な伝達事項、大きな行事の日時などは家にも送っておけば、本人が忘れていても、家族からも声をかけてもらうことができる。

◇ＡＳの人々は抽象的、概念的な思考が苦手だということを頭に置いておいてほしい。高度な問題解決スキルを要する概念を説明するときは、実例などをあげて具体的に説明すること、凝った表現は避け、率直かつ平明な言葉を選ぶように心がけること。必要と思われる場合は、チューター制度を利用するよう勧めてみよう。また、受講登録を許可する前に、その科目より先に修得しておくべき基礎科目の履修を終えているかどうか確認しよう。ＡＳの生徒・学生たちの場合、概念をつかむためには、背景となる基礎知識・情報の蓄積は多ければ多いほどいい。だから、時間割の都合が合わないからといって、初級の授業が終わらないのに上級の授業を受講したりすると、彼らにとっては大変な負担になってしまう。

◇奇妙な行動が見られるときは、ストレスが原因であることが多い。はた目にもわかるほど動揺している、自分を落ち着かせようと儀式行動をしているなどのようすが見えたら、他の生徒・学生に気づかれないようにこっそり声をかけ、教室を出て息抜きしたくないか、ガイダンス・カウンセラーに相談したいことはないか、きいてみよう。

◇ＡＳの生徒・学生は、風変わりな意見を述べたり、珍しい質問をしたりすることがあるので、最初からそのつもりで。彼らは何も、わざと挑発しているわけでもなければ、無礼なのでもない。よく調べてみたら、対人面の不器用さのせいだったり、ただ単に、説明に使われていた言語表現や論理を真っ正直に受け取って誤解したためである可能性が高い。

◇慣用句、ダブル・ミーニング、皮肉、ジョークだとわかりにくいジョークなどは避けよう。

◇ASの人には、非言語的なメッセージはなかなか伝わらないというつもりでいよう。伝えなければならない内容があるなら、非言語的な手段だけに頼ることのないように。

◇視覚に訴える補助材料をふんだんに使用しよう。授業をテープに録音するのを許可しよう。同級生と組んで共同作業をさせたり、みんなの前で発表させたりといった課題に困難があるようなら、無理をさせず、柔軟に。

◇日課や手順、クラス構成などの変更は最小限に。

◇少しでも気が散らないよう、視覚的・聴覚的な刺激になるものからなるべく離れた席を選ばせるとよい。

雇用主の方へ

□確かにASの人々は、対人関係は不得手だし、融通がきかないかもしれない。だが、長所をうまく活かせば、欠点を補ってお釣りがくるほどになる。非常に忠誠心が篤く、ひたむきに物ごとに打ち込む。知識は確かだし、仕事は手堅くこなす。そのことを忘れないでほしい。

□ 本人の興味・関心に合った部署に配置しよう。ASの人々は、興味のあることには非常に意欲的に取り組むので、信じ難いほどの進歩をとげ、大きな業績をあげることにつながるのだから。

□ 対人折衝が苦手でも勤まる部署、共同作業があまり必要でない仕事を勧めよう。ASの人々の場合、普通の人が「寂しすぎる」「外界との交流が少なすぎる」といって敬遠するような分野で、かえって成功するかもしれないのだ。この特性はうまく活用しよう。

□ 人によっては、自宅にいる方が落ち着いて集中でき、すばらしい成績をあげることもあるので、一人で仕上げられる独立したプロジェクトを任せるといい。

□ 決まりきった手順を求める、反復作業を好むなど、ASの人にありがちな特性をうまく利用しよう。決まったパターンを追う作業、予想外のことが起きない作業などを担当できるよう計らおう。それによって、ストレスや不安をかなり防ぐことができ、生産性も損なわれずにすむ。

□ 変化や変更があるときは、前もって心の準備をさせること。仕事の条件や内容の変更、オフィスの引越し、スケジュールの変更、スタッフの異動などがあるときには早めに予告しよう。変化は最小限に抑える、それは無理でも、せめて少しずつ慣らしていこう。これも、ストレスや不安を軽減するのに役立つ。

□ 指導相談員《メンター》制度を採用しよう。親身になってくれる同僚（なるべくなら、ASについて知っている人が理想だ）に相談相手《メンター》になってもらい、グループプロジェクトや略式・公式のプレゼンテーションといった場面で指導してもらうほか、会社のルールや気風を理解し、従えるように、人と接する場面では落ち着いてプロらしくふるまえるように（とはいえ、しっかりしたマナーの研修を積むまでは、顧客や得意先などとの接触は最低限に抑えた方がいいだろう）、さらには、社内で迷子にならないようにといった点で援助してもらおう。

□ 環境の面で配慮してほしいことはないか、本人にたずねてみよう。たとえば「こんな照明がいい」という希望はないか、騒音はどの程度までなら耐えられるか、きいてみるといい。

Ⅶ　用語解説

感覚統合　人の脳が感覚入力を整頓して、周囲と効率的かつ意味のある相互作用を行えるようにする処理過程。

感覚統合機能不全　感覚入力を正しくとりまとめる能力が目立って低い状態。たいていは、何らかの神経学的な不具合や欠陥による。この機能不全のある人は、不安発作や頭痛に襲われることが多かったり、道に迷いやすい、混乱をきたしやすい、勉強に苦労するなどの問題がよくみられる。

嗅覚過敏　においの感覚に適応する力に不自由をきたす不具合の一種。嗅覚過敏があると、いくつか特定のにおいにストレスを感じたり、吐き気をもよおしたり、ひどい嫌悪感をいだいたりすることになる。ある種の食べ物を食べること、ある種の環境で集中することなどが、不可能とは言わないまでも困難になることが多い。

強迫性障害　現実の認識が歪められ、ある特定の心配ごとや考え（アイロンを切り忘れていないだろうか、ドアに鍵をかけただろうか、ドアの取っ手は細菌だらけなのではないか）がふり払えなくなり、ひどい不安に襲われる状態のこと。心配をふり払おうと、身体を動かして、あるいは頭の中で、特定の強迫的な行動（アイロンや鍵を何度も確認する、一時間もかけて手を洗い続ける、一から十まで繰り返し数え続ける）をしたくなるが、実行すると不安はかえって悪化してしまう。このパターンがみられれば必ず障害というわけではなく、頻度が高すぎて通常の生活や習慣に不自由をきたしている場合を障害と考える。

空間的な関係づけの問題　視覚的な情報処理の不具合で、対象物の位置や関係を正しく把握することが困難になる。

形式ばった言葉づかい　過度に堅苦しいしゃべり方。語義の解釈の幅が狭く、しかも辞書どおりの語義から離れられないのが特徴。

左右の協調　身体の両側とも、まとまりのある使い方、統制のとれた動かし方ができる能力。この力が足りないと、微細運動（道具を使って食べる、服を着る、字を書くなど）にも粗大運動（走る、投げる、踊る、スキップをする）にも苦労をすることになりやすい。読みの困難も、この力の不足に関係している場合が多い。

視覚の問題　視覚的な情報処理の不具合の一種で、目を通して集められた情報を理解し、解釈し、処理する力が弱くなる。この問題をかかえていると、読み書きが上手にできない、二つ以上の対象物の位置関係が正しく把握できないなどの形になって現れることがあるし、教えられた道順を守れない、自分の現在位置がわからないなどのために、道に迷いやすくなることもある。

自己刺激行動　自分で自分に刺激を与えるための動き（手をひらひらさせる、何かをなめる、くるくる回る、体をゆするなど）のことで、自分を落ち着かせるため、ストレスを逃がすために行われる。

触覚の問題　皮膚の下に分布している神経から脳に間違った信号が送られる状態のことで、軽い圧迫、強い圧迫、痛み、温度など、さまざまな感覚に過敏な反応を示したり、十分に反応できなかったりすることになる。この種の機能不全がある人の場合、いくつか特定の手ざわりをひどく嫌ったり（濡れたもの、ざらざらした表面、砂の当たる感触、なめらかなもの、ぬめぬめするもの等）、特定の行動を避けたり（髪を洗う、握手をする、工作や手芸、鉛筆を握る等）することがある。また、本人はストレスにさらされるし、いら立ちやすい、集中をそがれやすい、一人になりたがるなどの行動特性となってあらわれることもある。

チック　本人の意志とは関係なく、いくつかの筋肉運動（細かいものもあれば、大きなものもある）や発声が起きるもの。まばたきをする、歯をかちかち言わせる、鼻にしわを寄せる、咳払いをする、喉の奥でうなり声をたてるなどの動作が習慣的にくり返され、本人にはコントロールできなくなる。本人はチックのために不安になったり、恥ずかしい目にあったり、恥の意識にとらわれてしまうことが多い。行動をがまんしようとがんばりすぎると、精神的な緊張がひどくなる、ほかのことに集中できなくなるなどの結果になりやすい。

聴覚情報弁別能力　人間の脳が、大切な音（人の話し声など）と余分な音（乗り物の音など）をより分ける、音の発生源を探し当てる（教室の前方から聞こえたか、後ろから聞こえたかを聞き分ける）、集中のじゃまになりかねない音（背景で鳴っている音楽など）を無視して肝腎な作業（たとえば勉強）に集中しつづけるなどの作業を行う能力。音と音を弁別することができないと、学業に支障をきたす結果になりやすい。

聴覚過敏　耳から入ってきた音声情報を分析したり、解釈したりする力が阻害される原因となる不具合の一種。聴覚過敏のある人々の場合、ある種の音が怖い、痛い、混乱の原因になる、負担がひどくて溺れてしまうなどのために、ごくありふれた活動が苦痛だったり、不可能だったりすることもある。

反響言語　他人の声や話し方、他人の発したせりふ、口調などを巧みにまねること。驚くほどの熟練を見せる人も多い。

プロソディ　声のトーン、話し方の調子など。音声による会話では、内容ばかりでなく言い方にも意味があるが、アスペルガー症候群の人々はこの部分でつまずくことが多い。他者の言葉の背後にある意味を正しく解読できなかったり、自分の言いたいことをそのとおりに伝えることができなかったりする。

Ⅷ　役に立つ情報源・書籍

関連ウェブサイト

下記サイトからさらにほかのサイトにリンクでアクセスできます

社団法人　日本自閉症協会
http://www1.biz.biglobe.ne.jp/~asj/

「ぺんぎんくらぶ」　親の立場からの情報が多く載せられている
http://www2u.biglobe.ne.jp/~pengin-c/

「自閉連邦在地球領事館附属図書館」
http://member.nifty.ne.jp/unifedaut/

アスペ・エルデの会
http://www.as-japan.jp/

O.A.S.I.S. (Online Asperger Syndrome Information & Support)
http://www.udel.edu/bkirby/asperger/　英語圏の充実サイト(英語)

National Autistic Society
http://oneworld.org/autism_uk/　英国の自閉症協会のサイト(英語)

関連書籍

＊印はいずれも東京書籍発行（詳細は巻末広告参照）

＊自閉症の謎を解き明かす
ウタ・フリス著　冨田真紀・清水康夫訳　2136円

＊自閉症とアスペルガー症候群
ウタ・フリス編著　冨田真紀訳　4078円

＊自閉症スペクトル　親と専門家のためのガイドブック
ローナ・ウィング著　久保紘章・佐々木正美・清水康夫監訳　2400円

＊ガイドブック アスペルガー症候群
トニー・アトウッド著　冨田真紀・内山登紀夫・鈴木正子訳　2800円

＊ぼくのアスペルガー症候群　ケネス・ホール著　野坂悦子訳　1300円

高機能広汎性発達障害 -アスペルガー症候群と高機能自閉症
杉山登志郎・辻井正次編著　ブレーン出版　2800円

高機能自閉症・アスペルガー症候群入門 -正しい理解と対応のために
内山登紀夫・吉田友子・水野 薫編著　中央法規出版　2000円

訳者あとがき

ニキ・リンコ

本書は、リアン・ホリデイ・ウィリーの初めての著書、"Pretending To Be Normal"の日本語訳です。リアンには三人の女の子がいますが、末の娘さんがアスペルガー症候群（AS）と診断されたことをきっかけに、「自分も実はASだったのだ」と気づくことになりました。

ASは広義の自閉症（自閉症スペクトラム）に含まれると考えられており、従来から知られていた狭義の自閉症と同様に、生まれつきの障害です。ところが、子どものときにことばの発達に目立った遅れがないことが多く、重いことばの遅れを伴う子どもたちに比べて、それと気づかれるのが遅れがちな傾向があります。その上、この障害の存在自体、広く知られるようになったのが九〇年代のことですから、それまでに大人になっていた人々の場合、「どこかおかしい」と思っても、そのおかしさを分類するカテゴリーさえなく、下すべき診断名がなかったのです。そのため、「アスペルガー症候群」という名称が次第に広く知られるようになりつつある今は、幼児や児童にまじって、若者や大人の診断が相次いでいます。

本当は生まれつきの障害で、児童精神科の担当する領域なのに、大人たちが（それも、しばしば自分の子どもや孫の診断をきっかけに）診断を受けに来る。歴史の流れの中で見れば、今は、子どものときに診断の機会を逃した人々が一斉に診断を求める、いわば過渡期にあたるのかもしれません。

大人になってから診断を受けた人が、診断によって安心する、ときには救われた思いを味わうことは、決して珍しいことではありません。でもどういうわけか、このような反応はとかく奇異なものとして見られがちです。それればかりかときには、「自分から障害者になりたいのか」と批判されることさえあります。

本書の著者の場合、近くに大人を診断できる機関がなく、正式の診断を受けるに至っていないとのことです。そのことを著書の中で堂々と説明してしまうのは、いえ、それ以前に、診断というお墨付きなしに本書を著すことは、「ニセモノ」呼ばわりされる危険と背中合わせであり、よほど勇気のいることだったのではないでしょうか。ASの知名度が上がるにつれて間違った自己診断も増えていることは事実なので、確かに微妙な問題ではあるのですが、彼女が勇気を持って自分の学んできた知恵を分かち与えてくれたのは、とてもありがたいことだと思います。訳者自身も教えられる点が多く、おおいに役に立ちましたから。

とりわけ、非ASのパートナーに助けられながら結婚生活を送るという点については、私も（子どもこそいないものの）全く同じ立場なので、いろいろと考えさせられました。本来、対等な二人として愛し合い、助け合いたいのに、自分にはどうしてもできないことがあり、相手の手を借りるしかない。あるいは、相手にがまんを強いてしまう。そんな条件をかかえつつ、卑屈になることもなく、虚勢を張ることもなく、特権を振りかざすこともなく、二人の関係を守っていくのは、決して容易なことではないからです。いずれか一方に（ときには両方に）に何らかの特別なニーズがあるカップルは、みなそれぞれに日々、自問をくり返し、危ういバランスを守りながら歩んでいかなくてはならないのです。

さて、非ASの夫に支えられてくらしていること以外にも、著者と訳者の間にはいくつかの共通点がありました。中でも興味深く感じたのは、独特の文体と、視覚による認知や記憶のパターンでした。リアンの書く英文は、極端なまでに文法的な構造を守った文章です。文体が古めかしくて理屈っぽいのに、内容が身近な日常のことなので、そのギャップがかえってとぼけた雰囲気なのです。日本語でいえば、ちょうど、受験英語の「英文解釈」の直訳体のような感じでしょうか。私も、人に見せる文章を書くときはなるべく普通の日本語を書いていますが、頭の中で流れているのは理屈っぽい直訳体ですし、何かとても大事なことを考えながら言おうとすると、音声の会話でも直訳体になってしまいます。事情を知らない人には「自然な会話体」と見えるのが私にとってはよそゆきのことばで、「変に堅苦しい文章」が、飾らない自分のことばなのです。訳しながら、きっと、リアンにとってもそうなんだろうなと想像してしまいました。

だから最初、受験英語の直訳体のような文体で訳そうとも思ったのですが、そうしなかったのには理由があります。堅苦しく、順番のねじくれた直訳体にしようとすると、単語の順番が入れ替わるから、画像の順序も変わってしまうのです。リアンは映像で、それも、動画ではなく、スライドのような静止画像の積み重ねで思考し、記憶するタイプだとのことなので、文章を書くにあたっても、リアンの頭の中では静止画像の連続が見えていたのではないかと思います。ですから、日本語に移しかえるにあたっては、なるべく画像の順序を変えないことを優先させたいと思いました。自閉といえばとかく「視覚優位」ばかりが強調されますが、「視覚で発想・記憶する傾向があること」と「視覚情報の処理がすぐれていること」は必ずしもイコールではありません。リアンや私のように、視覚に頼りつつも道順が覚えられず、道に迷ってしまう人もいるのです。同じ視覚認知といっても、静止画像優位と動画優位の違いがあるのかもしれません。

逆に、正反対といえるのは、私は自己主張が得意ではなく、自分の権利や尊厳を守らなくてはならないときにかぎって、口ごもったり、謝ったりしてしまう点。そして、パステルカラーが大好きな点です。

非自閉の人がさまざまであるように、自閉の人々もさまざま。ASの世界、自閉の世界も、豊かで多様な世界です。みなさんがその豊かさ、多様さを味わい、楽しみ、何かを学んでくだされば嬉しく思います。

本書を読んで

落合みどり

また一人、自分と似た（けれど、同じではない）人に出会えました。

今回は、社会の中で暮らす自閉症（アスペルガー症候群）者リアンの『手記』です。しかも、すぐに役立つ『ハウツー編』付き。きっと、多くの人が待ち望んでいるのではないかと思われるこの本の原稿を、自分自身もASを持ちながらASの子どもを育てている立場が共通するという理由で、いち早く読ませていただくチャンスをいただけたことを、光栄に思います。

ページを一枚一枚めくる度に、たくさんの類似点を見つけることができました。例えば、子どもの頃によく独り遊びをしていたこと、本が好きだったこと、思うように体を動かせなかったこと、頭が良いのに強情だと言われていたこと、感覚刺激の問題が人生の一大事だったこと、外見やオシャレに無頓着なことから、自分たちだけが普段着で行ったハロウィン・パーティで他の保護者たちが仮装しているのを見て、「何か秘密結社のようなものでもあるのだろうか？」と思ったその発想の仕方まで…。

『ハウツー編』には、お国柄の違いを随分と感じますが、ほとんど全く同じ工夫をしていることに思わず笑ってしまいました。強いて言えば、「目的地・用事別に、必要なアイテムをセットした鞄をいくつも作っておく。」ことを付け加えたらどうか、などと思ったりもしましたが…。（こういう智恵を持ち寄ったら、きっと、AS流の処世マニュアルができるでしょう。）

また、大学時代に「ここに行けば、自分と同じ人に出会えるはずだ」と密かに期待していたのに一人も見つからず、他の学生がどんどん派閥のようなものに固まり始めた中で、自分一人が取り残されていたことに気づくだりなど、ほとんど同時期にほぼ同年齢の人が海の向こうの国で自分と同じ気持ちで過ごしていたことに驚きました。ただ、彼女はここでものの見方・考え方が変わり、ASらしさが薄れていったといいます。それに対して、私は、その時期に、逆に「孤立」を深めてしまいました。ここが、その後を決定づける分水嶺だったことを改めて痛感します。

ところで、この『手記』には、「アスペの人たちのQOL《Quality of Life》（生活の質的側面）」の維持向上のために有益と思われるヒントが随所に盛り込まれています。ASでない人は選ばないところもあるとは思いますが、以下、挙げてみます。

□耐え難いほど不快な感覚刺激がある一方で、見失いそうになった自分を取り戻す心地良い感覚刺激があること
□当事者にならず、観察者という身分で世界に参加できる「かくれ家」があること
□人間の多様性を尊重し個々人の意見の違いを許容する「場」という、AS的な特性を活かせる環境に居られること
□奇異な印象を与えずに、公然と心身のシステムを安定させてくれる「楽しみ」を見つけられること
□自分の居場所があること
□ありのままの自分でいさせてくれる人に、出会えること
□自分のことを、長所を持つ一人の人間として認め、普通と違っていることは二の次と考えてくれる友人がいること（そのことが自分を信じる力になり、不安を薄らげ、持てる力を発揮する源になっている）

□自分との共通点を多く持ち、人生を共に歩むパートナーがいること
□混乱が生じた時に、出来事の一部始終を解説し、事態を収拾してくれる人がいること
□自分の裁量で整備でき、プライバシーを守れる環境（自宅・部屋）があること
□ASであることの楽しさや悩みを、打ち明けられる人がいること
□風変わりな点までひっくるめた「丸ごとの自分」に誇りを持てることを大切にする家庭環境に育ったこと

このすべてを手中にできたリアンは、何て幸せな人だろう！　いや、これらはきっと、リアン自身の前向きな姿勢に応えて、神様が与えたプレゼントなのでしょう。

しかし、ASと一口に言っても実にさまざまな人がいます。これはAS一般の幸せである以前に彼女にとっての幸せであり、数多い幸せの一つの形に過ぎないことも付け加えておかねばなりません。この『手記』もまた、通常の脳を持った普通《ノーマル》の人間と自閉症との中間点の微妙なバランスの上に成り立っている、たった一つのリアン・ワールドです。

もちろん、ここに掲げた項目の全てを揃えることがAS的QOLの必須条件だ、ということでもありません。むしろ、ここに挙げた一つ一つの事柄は、どれか一つでもあれば十分と言えるほどの重さを持ったものです。この内のどれ一つとして得られずに、ますます孤立し深い傷を負うことになってしまっている同朋たちが、まだまだたくさんこの地球上にいるのですから。

さて、彼女や私の子ども時代、いや、つい最近まで、《社会に生きる自閉症》などというのは矛盾した概念でした。しかし、自閉症グループの中では軽度な方に属するこのASというサブグループは、ひとたび家

族の誰かが診断されると、ズルズルと身内のあの人、この人…それらしき人が思い当たるくらい身近なもの、なのに、非常に見分けにくく誤解されることの多いものです。よく言えば、独創性が強い子。悪く言うと、躾のできていない子。普通の言い方で、ちょっと変わった子。その行動の特異性やモノの見方・感じ方の根底に、「一見普通なのに、普通の人ならば何でもないようなことが困難」で、何らかの支援を必要とする重大な問題を抱えていることは、ずっと見過ごされ続けて来ました。それは、本人にとっても家族にとっても、大きな負担になります。

しかし、親子でＡＳであるとか、或いは、多少その気《け》のある親の元に生まれた場合、専門家が○○療法と名づけているものとほとんど同じ教育的指導を、生来の勘で施していることがあるものです。ＡＳでない人にはとても理解し難いことを、いとも簡単にそして自然に行って、連綿と続いているＡＳ家系があることは、最近、よく報告されるようになりました。リアンも、そのような人々の一人。暖かく見守り、時には自分のために闘ってくれる家族、信頼のできる友に囲まれている安心感が、彼女の明るさと創意工夫の根底に流れています。自分を肯定し、自尊心を失わずに育つことの大切さを、教えてくれます。その伝統は、その次の世代、つまりリアンのお嬢さんにも、脈々と受け継がれていくことでしょう。

とはいえ、アトウッド先生の書かれているように、成人した後に、自分の生き難さの理由がＡＳであることを知った人々の半生は、正に『探索の旅』だったのです。それは、「ＡＳ的な特質が原因で、普通のコースから閉め出されそうになったことなど一度としてなかった」リアンでさえ同じこと。まるで、羅針盤も地図も持たずに大海に漕ぎ出した小舟のようなものです。私自身も、試行錯誤を繰り返し、偶然出会った人たちに助けられ、いわば棚から落ちたボタ餅を拾って糧にしてきたことを思い出します。

今にしてみれば、知らないからこそ果敢に挑み、だからこそ開けた道もありました。何となく居心地の良い場所を選んだことが、治療教育的な訓練と同じ効果をもたらしていたこともあります。確かに、ＡＳは生来のもので終生変わらない障害ではありますが、経験を積むことで成長して行く面も持っています。

こんなことを書くと、「自分で工夫できるのだから、何の支援も要らないではないか！」「ただの個性ではないか！」と思われてしまいそうです。実際、ずっとそのように思われてきたし、努めてただの個性として見ようとする意見も根強くもあります。しかし、ここで是非とも強調しておきたいのは、自分（或いは、自分の子ども）が、ＡＳという特性を持った人であることを**知らなかったからこそできたこと**から、それを**知らなかったが故に失ってしまったこと**を差し引いて出る答えの値は、得てしてマイナスになっていることが多い（つまり、損失の方が大きい）ということです。傍目からはうまくいっているように見える人でも、何度も何度も大きな落とし穴に落っこちながら、文字通り生き延びて来たのだということ。その結果だけで判断してはいけないということ。この現実を、忘れて欲しくはありません。

ですから、次のリアンの言葉に、生半可でないぎりぎりのところをかいくぐって来た人ならではの強い決意の表われを、見て取っていただきたいと思います。

『ＡＳの人々の場合、あれもだめ、これもだめと意欲をくじかれる経験の連続で、自分を大切にする意識もぼろぼろになってしまい、すっかり迷子になってしまうことがあまりにも多い。そんな世界で自分を見失ってしまっては、幸せに至る道などほとんど残ってはいないだろう。だから私は、少しでも機会があれば決して逃さず、娘にも、私自身にも、何度でも繰り返す。私たちだって、強固な意志さえあれば、自分たちに向いた幸せを築く方法は見つかるはずよ、どんな方法だって、使えればいいのよと、身をもって示そうとする（一六九頁）。』

最近は、診断される人も増え、専門家のアドバイスを受けることもできるようになりました。とはいえ、ASであることを知った人々の頭上には、一点の曇りもない青空が広がっているわけではありません。やはり、標準《ノーマル》をはずれた人に厳しい社会であることに、変わりはない。だからこそ、自分の学んだことを、次の世代に伝授しつつ、自分自身と他の同朋たちのこれからの人生にも役立てていきたいと思います。

しかし、ここで、ASが、自閉症のサブグループの一つに位置付けられていることの意味を考えずにはいられません。人々と一緒にそこに居て、声も出せるし会話もしているのに、自分がその世界の一員ではない在り方をしているということ。そして、ASという特質を持っていることを人からどのように受け容れられ、温かく迎え入れられたか否かによって、その人の一生が大きく変わってしまうということ。人との関係という存在基盤があってこその、生きるための術《ハウツー》だということ。このことを、決して忘れないで欲しい。

外見上は普通の姿をしているのに人と違う感じ方をしているASの苦悩は、知ったからといって解決するものでもないのです。「自分が普通と違うことを自覚すると同時に、本当の苦しみが始まる」こともまた、ASのASらしさでもあります。

何はともあれ、自分自身がASと共存できなければ、自信を持つことはできません。自分自身の限界と素晴らしさを見極めてこそ、社会に向かって飛び出すことができるというものです。ありのままの自分自身をしっかりと見つめた上で、自分を取り巻く環境を整備するための努力を惜しまない。こんな人が増えていくことが、ASの人とそうでない人たちとの双方が歩み寄り、互いの良さを認め合う世の中を創るための第一歩になるのではないでしょうか？　いや、そうなることを、心から願っています。

リアン・ホリデー・ウィリー Liane Holliday Willey
アメリカ、ミズーリ州カークウッド生まれ．ミシガン州在住．三女の母．教育学博士．心理言語学および学習様式の相違を研究するかたわら活発な執筆・講演活動もしている．末娘の診断を通じて、自身もアスペルガー症候群であることを知る．理解ある夫と家族に支えられて日々を送る．趣味は、ビーズや針金や粘土を使ってアクセサリーや小さな彫像をつくること、フィクションの話を読むこと、書くことなど．インテリア・デザインと人への影響の研究と時代別に捉えた歴史研究も好きで行っている．

ニキ・リンコ Niki Lingko
1965年生まれ．大阪市出身．翻訳家．主な訳書S.ソルデン『片づけられない女たち』、L.ポントン『なぜ10代は危険なことをするのか』WAVE出版、D.ペルザー『許す勇気、生きる力』青山出版社、G.ガーランド『ずっと「普通」になりたかった』、M.フリードマン『熟年人間力、若者を救う』花風社など．

装幀　東京書籍AD　金子 裕
編集　大山茂樹

アスペルガー的人生

二〇〇二年六月六日　第一刷発行
二〇〇三年一二月六日　第二刷発行
著　者　リアン・ホリデー・ウィリー
翻訳者　ニキ・リンコ
発行者　河内義勝
発行所　東京書籍株式会社
〒114-8524　東京都北区堀船二-一七-一
電話　営業　〇三-五三九〇-七五三一
編集　〇三-五三九〇-七五一三
印刷・製本所　凸版印刷株式会社

東京書籍　書籍情報 http://www.tokyo-shoseki.co.jp/
ISBN 4-487-79723-3　C0037　NDC378

Printed in Japan